I0544265

Neue Aufträge des Regenten ...

Auch, wenn Hauptmann Jack Dryden sein Leben für den Regenten geben würde, ist bei ihm doch die Grenze dort erreicht, wo es darum geht, seine Frau in den dunklen Gassen Kairos in Gefahr zu bringen - an dem Ort, wo der Freund und Einkäufer von Antiquitäten für den Regenten verschwunden ist ...

Cheryl Bolens Bücher

Regency-Liebesromane:

Reihe: Im Auftrag des Regenten
Mit Der Hilfe Seiner Lady
Eine äußerst diskrete Ermittlung
Diebstahl vor Weihnachten
Eine ägyptische Affäre

Reihe: *Die Bräute von Bath*
Die Braut in Blau
Mit seinem Ring
Das Geheimnis der Braut
Diesen Lord zu lieben
Liebe in der Bibliothek
Weihnachten in Bath

Reihe: Das Haus Haverstock
Zufällig eine Lady
Herzogin aus Versehen
Irrtümlich Gräfin
Zu Weihnachten verheiratet

Reihe: Beherzte Bräute
Die falsche Gräfin
Sein goldener Ring
Hochzeitsnacht mit Hindernissen
Miss Hastings abenteuerliche Fahrt nach London
Weihnachten mit den Birminghams

Pride and Prejudice Sequels
  Miss Darcy's New Companion
  Miss Darcy's Secret Love
  The Liberation of Miss de Bourgh

My Lord Wicked
Christmas Brides (Three Regency Novellas)
A Duke Deceived

Romantic Suspense:

Falling For Frederick

Texas Heroines in Peril Series
  Protecting Britannia
  Murder at Veranda House
  A Cry In The Night
  Capitol Offense

World War II Romance:

It Had to Be You (Previously titled *Nisei*)

American Historical Romance:

A Summer To Remember (3 American Romances)

WIDMUNG

Für Kay Hudson, eine begnadete Schriftstellerin, die in den letzten beiden Jahrzehnten jedes Buch gelesen hat, das ich schrieb und mich als Rezensentin und außerordentliche „Korrektorin" unterstützt hat

Eine ägyptische Affäre

(Im Auftrag des Regenten, Buch 4)

Cheryl Bolen

Übersetzung von Susanne Döring

Vorwort

In diesem Buch habe ich die Worte *Orientologie, Orientalist* oder *Orientalistik* für das verwendet, was heutige Leser als *Ägyptologie* bezeichnen. Das wissenschaftliche Studium der Ägyptologie entstand erst etwa 30 Jahre nach der Zeit, zu der meine Geschichte spielt. Damals wurden alle Studien arabischer Kultur als Orientalistik bezeichnet. Die großen Tage archäologischer Expeditionen in Ägypten würden erst Jahrzehnte später anbrechen.

Ebenso habe ich den Ort, den wir heute als *Giza* kennen, so geschrieben, wie er im frühen neunzehnten Jahrhundert buchstabiert wurde, *Gizeh.*

Meine Geschichte spielt eineinhalb Jahrzehnte nach dem Sieg Lord Nelsons gegen die Franzosen 1798 bei Abukir. Vier Monate vor diesem Sieg der britischen Marine war Ägypten von den von Napoleon angeführten Franzosen erobert worden. Beide Länder interessierten sich für die Sinaihalbinsel, um den Weg nach Indien und in den Orient abzukürzen. Die Briten hatten kein Interesse daran, Ägypten zu beherrschen - anders als Napoleon. Zum Zeitpunkt meiner Geschichte gab es außer einem Konsul wenige Engländer in Ägypten. Es gab dort mehr Franzosen, und ihr Konsul war eine bedeutendere Macht als der britische. - *Cheryl Bolen.*

Prolog

Lady Daphne, deren Wunsch, Mrs. Dryden genannt zu werden, weithin nicht beachtet wurde, hoffte aufrichtig, dass der Prinzregent sie und Jack an diesem Tag zu sich gerufen hatte, um ihre Hilfe bei einer dieser Ermittlungen zu erbitten, bei denen sich die Drydens als so fähig erwiesen hatten. Der arme Jack war in der letzten Zeit ziemlich ruhelos gewesen. Es war ein solcher Jammer, dass er, um mit seiner Frau in der Hauptstadt zu bleiben, auf all die Abenteuer verzichten musste, die er als Wellingtons erfolgreichster Spion genossen hatte.

Wie enttäuscht sie und Jack sein würden, wenn ihr Herrscher sie nur nach Carlton House gebeten haben sollte, um eines seiner neuen (und äußerst teuren) Kunstwerke zu besichtigen. So gern sie ihren rundlichen Herrscher hatte, sie stimmte der öffentlichen Meinung zu, die sich über die Art beklagte wie er die übermäßig großzügigen Mittel verschwendete, die ihm jedes Jahr über die Zivilliste gewährt wurden.

Als sie und Jack die Treppe des Regenten, die ein Spiegelbild der gegenüberliegenden war, hinaufstiegen, musterte sie jedes Gemälde und jede Statue, an denen sie vorbeikamen. In dieser, der reichsten Stadt der Welt, gab es keine größere Zurschaustellung untadeligen Geschmacks - und bodenloser Taschen - als das sich ständig entwickelnde und ausdehnende Carlton House des Regenten im angesagtesten Teil Londons.

Sie kamen zu einem marmornen Achteck, durchqueren es und zwei weitere Vorzimmer, bis sie im Thronsaal ankamen. Sie konnten den Thron des Regenten nicht gleich sehen, da zwei wohlgekleidete Gentlemen davorstanden, aber er entließ sie schnell und hieß sie und Jack willkommen. Daphnes erster Gedanke war, dass er unglaublich abgenommen haben musste. Dann, als sie sich weiter näherten, war sie überzeugt, dass er einen breiteren Thron bekommen hätte. Was eigentlich sehr klug von ihm war. Beim letzten Mal, als sie in diese Raum gewesen war, hatte sie ständig daran denken müssen, wie sehr der Regent sie an Mr. Tom erinnerte, wenn dieser seinen flauschigen Katzenkörper in einen von Papas Schuhen zu zwängen versuchte.

„Wie überaus freundlich von Ihnen, dass Sie heute gekommen sind, Mylady", sagte er zu Daphne. Dann wandte er sich zu Jack und nickte. „Hauptmann Dryden." Sie hatte den Prinzen lange nicht bei so guter Gesundheit gesehen. Und er wirkte wirklich viel schlanker in seiner eleganten schwarzen Jacke und der kunstvoll gebundenen Krawatte, die die Fettrollen unter seinem Kinn verdeckte. Zum ersten Mal konnte sie verstehen, wieso er früher der hübsche, junge Prinz genannt worden war.

Sobald er sie begrüßt hatte, klingelte er nach einem Diener, und als ein Lakai fast sofort erschien, sagte er: „Beschaffe Stühle für Lady Daphne und Hauptmann Dryden."

Außer dem Thron hatte es im ganzen Raum nicht einen einzigen Stuhl gegeben. Monarchen waren nicht daran gewöhnt, dass ihre Untertanen neben ihnen saßen. Aber ihr lieber Regent behandelte Daphne und Jack immer fast so wie sein Dutzend Geschwister.

Einen Moment später wurde ein Paar vergoldeter Stühle ohne Armlehnen dem Prinzen gegenüber aufgestellt. Er sah Daphne an. „Ich bitte Sie, und auch Sie, Hauptmann, Platz zu nehmen."

Nachdem sie vor ihm saßen, holte er tief Luft. „Ich habe Sie heute hergebeten, weil ich mich einem höchst verwirrenden Problem gegenübersehe." Daraufhin stieß er einen weiteren Seufzer aus. „In der Vergangenheit waren Sie beide in der Lage, jede besorgniserregende Situation, mit der ich Sie bekannt gemacht habe, zu meiner Zufriedenheit zu bewältigen." Er runzelte die Stirn. „Ich fürchte jedoch, dass mir diesmal niemand helfen kann."

„Königliche Hoheit", sagte Jack, „ich kann im Moment nicht für meine Frau sprechen - da ich die Art Ihrer Schwierigkeiten nicht kenne - aber ich für mein Teil werde mich immer gerne im Dienst der Krone opfern."

Sich opfern? Daphne gefiel der Klang dieses Versprechens überhaupt nicht. Sein Leben opfern? Sie wollte gerade etwas dazu sagen.

Der Regent hob eine seiner molligen Hände. „Erlauben Sie mir, Ihnen die Art meiner Schwierigkeiten mitzuteilen." Es dauerte einen Moment, bevor er fortfuhr. „Wissen Sie, was eine Mumie ist?" Sein Blick wanderte von Jack zu Daphne.

„Wie in Ägypten?", fragte sie.

Er nickte feierlich, Jack ebenso.

„Gut. Fangen wir von vorn an. Letztes Jahr. Seit einigen Jahren interessiere ich mich jetzt für Orientalistik."

Sie und Jack nickten beide. Man musste nur seinen Pavillon in Brighton sehen, um zu verstehen, wie sehr seine Königliche Hoheit in orientalische Architektur und Kunst verliebt war. Der Königliche Pavillon sah aus wie ein indischer Palast, der von einem Chinesen im Opiumrausch entworfen worden war.

„Ich habe viele Geschäfte mit einem Inder, dem Fürsten Edward Duleep Singh, gemacht, der mir nahezu unbezahlbare Kunstwerke aus dem gesamten Orient beschafft hat. Im letzten Jahr tauchte er mit dem Gemälde einer wundervoll verzierten Mumienmaske auf, Edelsteine, in reines Gold gefasst. Sie kam aus dem Sarg des Pharaos Amon-Ra. Er bot an, sie mir für eine sehr hohe Summe zu verkaufen."

Wenn ihr verschwenderischer Regent es als sehr hohe Summe betrachtete, musste es ein Vermögen sein.

„Natürlich musste ich sie haben. Ich schaffte es, einige Statuen zu verkaufen und brachte genug Geld für den Kauf zusammen. Er reiste letzten August ab und sagte mir, dass er, wenn er sie für mich beschafft hätte, sie durch besondere, bewaffnete Kuriere nach London schicken würde, wie er es in der Vergangenheit immer so bereitwillig und zuverlässig getan hat."

Jack hob eine Braue. „Ich vermute, Sie haben sie noch nicht erhalten, obwohl fast ein Jahr vergangen ist?"

„Schlimmer noch", fügte der Regent hinzu, „*niemand* hat den Fürsten gesehen, seit er im letzten Winter in Kairo eintraf. Ich habe mit mehreren britischen Offizieren gesprochen, die aus Ägypten zurückgekehrt sind. Sie kennen viele der Männer, mit denen Singh zu tun hatte, und niemand hat Singh gesehen."

„Ist es Eurer Hoheit in den Sinn gekommen, dass der Mann ermordet worden sein könnte?", fragte Jack.

Der Prinzregent zuckte zusammen, dann nickte er ernst. „Vor allem, da er so viele Goldsovereigns bei sich trug."

„Die internationale Währung", murmelte Daphne.

„Das Überraschende ist, dass Fürst Singh nirgends ohne eine wahre Armee von Männern hinging, die geschworen hatten, ihn zu schützen. Er war nie sorglos, immer vorsichtig. Ich mache seit zwei Jahrzehnten mit ihm Geschäfte - Sie müssen sich einige der Vasen anschauen, die er mir aus der chinesischen Ming-Dynastie verschafft hat. Sie stehen im Pavillon."

Jack wirkte besorgt. „Ich muss Eure Königliche Hoheit nicht darauf aufmerksam machen, dass die Spur schon sehr kalt sein wird, bis ich die Reise nach Ägypten unternehmen kann?"

Reise nach Ägypten? Ich, nicht wir? Sie würde dazu mit Sicherheit etwas zu sagen haben.

„Ja, aber ich habe großes Vertrauen in Ihre Fähigkeit, Ermittlungen durchzuführen, Hauptmann."

Daphne konnte nicht umhin, sich zu fragen, was seine Königliche Hoheit am meisten beunruhigte: der Verlust, die Maske der Mumie sein eigen nennen zu können, oder der mutmaßliche Mord an seinem alten Lieferanten.

Der Prinz beantwortete ihre unausgesprochene Frage. „Ich habe das Gefühl, doppelt betrogen zu sein. Einerseits bin ich enttäuscht, die Maske nicht in meinen Besitz bringen zu können, aber während ich den Verlust der zehntausend

Guineen beklage, bin ich betrübter darüber, dass jemand meinen alten Freund ermordet haben könnte. Ich fühle mich verantwortlich dafür, sein Leben in Gefahr gebracht zu haben."

„Sie haben ihn nicht in Gefahr gebracht", sagte Jack. „Die Natur seiner Geschäfte war einfach gefährlich."

Daphne konnte sich nicht des Verdachtes erwehren, dass Fürst Singh durch unlautere Mittel in den Besitz der Maske gekommen sein könnte.

„Trotzdem fühle ich mich verantwortlich."

„Ich werde nach Ägypten reisen, um die Angelegenheit für Sie zu untersuchen", sagte Jack.

„Wir." Daphne schaute ihren Mann böse an.

Jack drehte sich zu ihr und erwiderte ihren Blick. „Das ist viel zu gefährlich. Außerdem bist du nicht in der Lage, eine Seereise durchzustehen."

Das stimmte. Ihr Magen drehte sich schon bei der bloßen Erinnerung an ihre Hochzeitsnacht um, die sie damit verbracht hatte, auf einem Kriegsschiff herumgeschaukelt zu werden. Sie hatte sich nicht vorgestellt, als sie Jacks Heiratsantrag annahm, dass er ihr Spuckbecken würde halten müssen. Sehr zu ihrer Verlegenheit.

Der Prinz schenkte ihr einen mitfühlenden Blick. „Arme Lady Daphne. Der Kapitän des Schiffs hat mir von ihrer großen Übelkeit während der Überfahrt berichtet, und ich habe inzwischen mit meinem ausgezeichneten Arzt über die Situation gesprochen. Er hat ein Gebräu - unter anderem enthält es Ingwer - von dem er schwört, dass es selbst die größte Anfälligkeit für Seekrankheit beseitigen kann. Er empfiehlt auch eine Kammer in der Mitte des Schiffs."

Er unterbrach sich, sein Blick wanderte zu Jack. „Ich habe mir die Freiheit genommen, ein Postschiff der Flotte für ihre Überfahrt bereitzustellen. Mit Ihrem Einverständnis werde ich zehn meiner Leibgardisten zu Ihrem Schutz abstellen, und ich habe die Dienste des führenden Fachmanns für Orientalistik unseres Landes für Sie gesichert. Mr. Maxwell kann ihnen nicht nur als Ratgeber, sondern auch als Dolmetscher dienen. Er spricht fließend Arabisch."

Maxwell? Warum kam ihr dieser Name so vertraut vor? Dann erinnerte sie sich, dass ihre Schwester Rosemary - eine junge Dame, die alles Orientalische liebte - ein Buch mit dem Titel *Reisen durch die Levante* las. „Sprechen Sie von Stanton Maxwell?", erkundigte sie sich.

„Ja, allerdings. Haben Sie seine Reiseberichte gelesen?"

Sie schüttelte den Kopf. „Noch nicht, obwohl es genau die Art von Buch ist, die ich gerne lese." Daphne konnte ihre Aufregung über die Aussicht, in exotische Länder zu reisen, kaum unterdrücken. Wie hatte sie sich immer danach gesehnt, die zerfallenden Säulen uralter Tempel zu sehen, den Gebetsruf von jahrhundertealten, persischen Minaretten erklingen zu hören, mit einem Kamel unter einer unerbittlichen Sonne durch weite Wüsten zu reisen. „Wir werden entzückt sein, einen solchen Auftrag für Eure Königliche Hoheit zu übernehmen."

Jack warf ihr DEN Blick zu. „Ich denke nicht, dass der Orient der richtige Ort für eine Dame ist."

„Zusammen sind Sie beide stärker", sagte der Prinzregent. „Ich hatte die Hoffnung gehegt, dass

Sie beide in Betracht ziehen würden, zu reisen."

Sie wusste, dass, so gut Jack bei seinen Ermittlungen auch war, er mit ihr zusammen besser war.

„Seien Sie versichert", fuhr der Regent fort, „ich würde nie darum gebeten haben, wenn ich glaubte, dass einer oder beide von Ihnen in tödliche Gefahr geraten könnte."

Dies war nicht nur die aufregendste Aussicht ihres gesamten Lebens, sondern sie glaubte auch wirklich, dass dies genau die Art von Auftrag war, die die vielen Talente ihres Mannes nutzen würde. Er war ebenso geschickt darin, Karten zu lesen (eine Fähigkeit, die ihr völlig fehlte), wie fremde Sprachen zu lernen. Er besaß den Respekt aller Soldaten, die unter ihm dienten. Er hatte einen sehr wachen, analytischen Verstand. Und niemand war mutiger. Wenn er nach Ägypten ginge, würde er nicht nur die verlorene Mumienmaske finden, sondern auch den Fürsten Singh - oder Singhs Mörder ausfindig machen.

Sie blickte ihren Mann beschwörend an. „Oh, bitte, Jack. Und Rosemary muss uns begleiten. Sie liebt alles, was mit dem Orient zu tun hat."

Er hob beide Hände. „Dann musst du es aber sein, die deinem Vater erklärt, dass ich seine älteste und seine jüngste Tochter aus dem Komfort und der Sicherheit Londons in ein exotisches Land auf der Suche nach einem möglichen Mörder verschleppe."

Sie schmollte. „Der Regent sagte, er würde uns nie bitten, dies zu tun, wenn wir in Lebensgefahr schweben könnten. Nicht wahr, Eure Hoheit?"

Der Prinzregent nickte und musterte Jack. „Ich werde selbst mit Lord Sidworth sprechen. Ich würde niemals seine Töchter in Gefahr bringen.

Ich habe selbst eine Tochter."

Jack wandte sich wieder dem Mann auf dem Thron zu, stand auf und verbeugte sich. „Wir stehen Ihnen zur Verfügung."

Kapitel 1

Zwei Monate später ...

Jack duckte sich, um zu verhindern, dass sein Kopf an den Balken über der Tür stieß, als er an Deck ging. Er musterte Maxwell, der am Bug des Schiffes stand und zum Horizont hinausstarrte. Zweifellos hielt er nach einer Andeutung von Land Ausschau, das die Monotonie dieses endlosen, blauen Meeres unterbrechen könnte. Maxwell warf Jack einen verständnisvollen Blick zu. „Wir sollten heute Alexandria erreichen."

Stanton Maxwell, der Gelehrte für Orientalistik, vom Regenten zu ihrer Begleitung engagiert, hatte Jack während der langen Reise in Arabisch unterrichtet. Trotz der großen Unterschiede zwischen den beiden Männern hatte sich während dieser Wochen der Enge auf dem kleinen Schiff zwischen ihnen eine offene Kameradschaft entwickelt. Für einen so gelehrten Mann war Maxwell ungewöhnlich ruhig. Jack war froh, dass die Unterrichtsstunden dem Mann irgendwie geholfen hatten, seine Schüchternheit zu überwinden.

Jack ging zu dem anderen Mann hinüber und nickte ihm zu, sein Blick huschte über den sehr bescheidenen, sehr englischen Wollanzug des Mannes. Jack versuchte sich vorzustellen, wie der schlanke Mann als Araber gekleidet aussähe. Durch seine Lektüre von Maxwells *Reisen durch die Levante* wusste Jack, dass der Mann das getan hatte, aber es war verdammt schwierig, sich den unscheinbaren Mann mit einem dichten, schwarzen Vollbart, wehendem Kopfschmuck und ... der Brille, die der Mann ständig trug, vorzustellen.

Jack war die salzige Luft und der frische Wind nach der Dumpfheit ihrer winzigen Kabine sehr willkommen. Beide Männer beobachteten ernsthaft das glänzende Meer in der Hoffnung, einen Blick auf den Orient zu erhaschen. Jacks Gedanken waren nicht beim Orient oder dem vermissten indischen Fürsten oder der antiken Mumienmaske aus reinem Gold. Seine Gedanken waren bei Daphne. Er war während der gesamten Reise ihretwegen besorgt gewesen, hatte gefürchtet, ihre frühere Übelkeit würde wieder auftreten. Es machte ihn krank, wenn er sich an die Zeiten erinnerte, wenn Schiffe anlegten und die Leichen derer, die nicht kräftig genug für die Reise waren, von Bord gebracht wurden. Wenn sie nicht auf See beigesetzt worden waren.

Er dankte Gott dafür, dass seine Frau die Reise bisher durchgestanden hatte. Er musste dem Regenten sagen, wie sehr das Heilmittel seines Arztes geholfen hatte, Daphnes Leiden zu lindern. Sie hatte die Übelkeit nicht ganz vermeiden können, aber sie war beträchtlich kräftiger gewesen als auf ihrer früheren Reise.

„Wo sind die Damen?", fragte Maxwell. „Ich dachte, Lady Rosemarys Eifer, den Orient zu sehen, würde Schlaf unmöglich gemacht haben."

„Oh, sie ist früh erwacht, aber, lieber Herr, Sie dürften absolut nichts über Frauen wissen, wenn Ihnen nicht klar ist, wie lange es dauert, bis sie sich vorzeigbar gemacht haben." Bei den meisten Frauen. Nicht bei seiner Daphne. Sie scherte sich keinen Penny darum, wie sie aussah. Und Jack liebte sie genauso, wie sie war.

Was das Gegenteil von ihrer Schwester war. In vieler Hinsicht war Lady Rosemary sehr erwachsen. Nach Daphne war sie mit Sicherheit die intelligenteste von Lord Sidworths sechs Töchtern. Aber sie benahm sich wie ein Schulmädchen, wenn sie sich in die Aufzählung aller guten Eigenschaften eines Hauptmann Cooper bei den Dragonern seiner Majestät stürzte.

Jack hatte gedacht, sie sei dem Hauptmann versprochen, aber Daphne hatte ihn eines Besseren belehrt. Ebenso sehr wie Lady Rosemary das Lob dieses Offiziers sang, verunglimpfte Daphne ihn. Aber Daphnes Widerworte konnten nur bis zu einem bestimmten Punkt gehen, denn sie würde Rosemary nie kränken wollen. Daphne unterließ es immer, ihre Schwester daran zu erinnern, dass der Hauptmann Rosemary gegenüber nicht mehr Interesse gezeigt hatte als für jede andere junge Dame.

„Sehen Sie, Dryden!" Maxwell deutete in die Richtung von ein Uhr. „Dort. Sie können die riesige Kuppel des Serails des Paschas sehen."

Jack hatte geschworen, dass er nicht über den Orient ins Schwärme geraten würde, wie die Damen es sicher täten, aber der Anblick einer orientalischen Kuppel war kein alltägliches Ereignis für einen Jungen von einer Farm in Sussex (außer der des scheußlichen Pavillons des Regenten in Brighton). Jack sah fasziniert zu, wie die Kuppel, die den Horizont beherrschte, größer und größer wurde.

Bis die Damen sich ihnen anschlossen, waren andere, für arabische Länder typische Dinge zu sehen. „Oh", schrie Rosemary, „seht ihr diese

Kamele dort? Könnte es etwas Aufregenderes geben?" Sie wirbelte zu Jack herum. „Oh, bitte, sag, dass wir auf einem Kamel reiten werden dürfen."

Er verdrehte die Augen. „Wir werden sehen."

Als ihr Schiff den Hafen von Alexandria erreichte, fuhr Daphne, eine Hand vor der Stirn, um ihre Augen vor der Sonne zu schützen, fort, die vor ihnen liegende Szenerie zu mustern. „Bitte, Mr. Maxwell, wie ist der Name dieser Moschee dort?" Sie zeigte auf das Gebäude mit der Kuppel, das die Silhouette der Stadt beherrscht hatte.

„Das ist das Serail des Paschas. Wäre es eine Moschee, würden an ihrem Rand Minarette stehen. Die große Blaue Moschee in Konstantinopel hat sechs Minarette, aber ich habe nie von einer anderen mit dieser Zahl gehört."

Daphne hob die Brauen. „Serail? Ihr meint den Ort, wo der Harem untergebracht ist?"

„So ist es", antwortete Maxwell und mied den Augenkontakt mit den Damen.

Rosemary, die noch nie einen Fuß auf nicht englischen Boden gesetzt hatte, nickte wissend. „Das Serail wurde im 11. Jahrhundert gebaut."

Maxwell blickte die junge Frau voll Bewunderung an, war aber zu zurückhaltend, um etwas zu sagen.

„Sehen Sie, Mr. Maxwell", sagte Daphne, „ich sagte ihnen ja, dass meine Schwester sich für eine Expertin für Ägypten hält, obwohl sie nie hier war."

„Ich denke, man kann viel aus Büchern lernen", sagte der bebrillte Mann.

„Ich habe Ihr Buch sehr genossen", sagte Rosemary, die den Gelehrten nicht wirklich anschaute, da sie ihren Blick nicht vom Anblick der geschäftigen Hafenstadt abwenden konnte. „Und das war, bevor ich Sie auch nur kannte." Jetzt geruhte sie, ihn anzusehen. „Ich dachte, Sie wären ein viel älterer Mann."

„Wie alt?", fragte er.

Sie zuckte die Schultern. „Mindestens fünfzig."

Maxwell runzelte die Stirn. „Ich versuche herauszufinden, ob es gut oder schlecht ist, dass ich jünger bin."

Rosemary zuckte die Achseln. „Ich denke, gut. Sie müssen sehr klug sein. Ich nehme auch an, dass Sie ein sehr kluger Junge waren."

„Ich bin sicher, dass er das war", warf Daphne ein. „Sein Vater war auch ein bekannter Orientalist in Cambridge."

Maxwell räusperte sich. „Ist. Mein Vater lebt noch. Nicht, dass ich sagen will, mein Vater wäre bekannt. Ich möchte nicht prahlen."

„Ich würde wetten, dass Ihr Vater nicht so schrecklich alt ist." Jack betrachtete Maxwell. „Wie alt sind Sie?"

„Sechsundzwanzig."

Rosemary sperrte den Mund auf. „Das ist furchtbar jung, um all das getan zu haben, was sie geschafft haben."

„Mein Vater lehrte mich Arabisch gleichzeitig mit dem Englischen, so dass ich bei meinem Studium der Orientalistik einen Schritt voraus war." Sein Blick fiel wieder auf den Kai. Araber in fließenden, weißen Gewändern, Schwarze mit bloßem Oberkörper, die Getreidesäcke schleppten, Esel und gelangweilt dreinschauende Kamele trugen alle zu dem seltsamen, unharmonischen Getümmel bei.

Jack bemerkte, dass die Köpfe der meisten Männer mit Turbanen bedeckt waren. Irgendwie hatte er gedacht, sie würden den Kopfschmuck der Syrer und anderen Araber tragen, von denen einige in der Menge zu sehen waren.

Was am meisten auffiel, war der Lärm. Solches Heulen und Kreischen hatte er nie zuvor gehört. Wie verschieden die Leute im Orient von denen in Europa waren! Wenn jemand in irgendeiner europäischen Stadt einen derart durchdringenden Lärm wie diese Leute machen würde, kämen die Bewohner aus ihren Häusern gerannt, um festzustellen, wer einen solchen Aufruhr verursachte.

Einige arabische Männer rauchten an Schläuchen hängende Pfeifen von beträchtlicher Größe. Das war noch etwas, wonach er Maxwell fragen musste.

Als sie ausgeschifft wurden, empfing sie ein lächelnder Engländer mittleren Alters, dessen Kleidung von ausgezeichneter Qualität war. „Hauptmann Dryden?", fragte er Jack.

„Ja." Jacks Hand legte sich um Daphnes Taille. „Und dies ist meine Frau, Lady Daphne."

Der Mann verbeugte sich. „Ich bin Ralph Arbuthnot, Attaché des Konsuls in Kairo. Der Regent hat darum gebeten, dass wir uns um alle Ihre Bedürfnisse kümmern, solange Sie in Ägypten sind."

„Das ist wirklich so lieb von unserem Regenten", sagte Daphne.

„Bitte, Lady Daphne", sagte der Attaché, „sind sie Lord Sidworths Tochter?"

„Ja, und dies ist auch eine Tochter von Lord Sidworth, meine Schwester, Lady Rosemary."

Er verbeugte sich wieder. „Ihr Diener, meine Damen. Mein Vater war mit Ihrem Vater in Eton."

„Und Ihr Vater ist?", fragte Daphne.

„Sir Robert Arbuthnot."

Daphne nickte, dann machte sie Mr. Arbuthnot mit Mr. Maxwell bekannt, bevor die Mitglieder der Leibgarde des Regenten sich ihnen anschlossen, und sie dann den Hafen verließen.

„Ich habe mir die Freiheit genommen, einen Dolmetscher zu engagieren, der Ihnen helfen wird." Arbuthnot zeigte auf einen kleinen, dunkelhäutigen Mann, dessen jugendlicher Kopf von einem schäbigen Turban bedeckt war, während sein Unterkörper mit etwas wie einem kurzen Rock bekleidet war. Er war etwa Mitte zwanzig und glattrasiert, bis auf einen dicken, schwarzen Schnurrbart. „Habeeb wird all Ihre Sachen auf einen Esel packen und zum Hotel bringen. Dort wartet ein weiterer Dolmetscher, der den Soldaten zur Verfügung stehen wird." Er musterte Jack. „Ich habe es so verstanden, dass Sie nur eine Nacht in Alexandria verbringen wollen, bevor Sie nach Kairo weiterreisen?"

„Das ist korrekt", sagte Jack.

„Sie möchten sicher etwas essen. Im Hotel, wo Sie übernachten werden, können Sie anständiges, europäisches Essen erhalten, aber ich würde meinen, dass Sie, wenn Sie in Ägypten sind, lernen werden, auch etwas von der einheimischen Kost zu mögen.

„Ich kann es nicht erwarten", sagte Rosemary.

„Meine Schwester hält sich für in alles Orientalische verliebt", erklärte Daphne.

„Ich wünschte, Sie könnten sich uns zum Diner anschließen", sagte Jack zu Arbuthnot. „Ich interessiere mich für einige Dinge, über die Sie mir sicher Auskunft erteilen können", sagte Jack.

„Es wird mir ein Vergnügen sein."

* * *

„Dies könnte für einige Zeit die letzte Mahlzeit sein, zu der Sie sich an einen Tisch setzen", sagte Mr. Arbuthnot, als sie sich zu fünft zum Abendessen setzten.

Schließlich sprach auch der zurückhaltende Mr. Maxwell. „Ja, Sie werden sich daran gewöhnen, auf Kissen zu sitzen und mit Ihren Fingern zu essen - nur mit denen der rechten Hand."

Daphne bemerkte, dass Rosemary über die Idee, mit den Fingern zu essen, die Nase rümpfte. Vielleicht würde ihre Schwester lernen, dass nicht alles im Orient so schön war wie die exotischen Seidenstoffe.

Als das gekochte Lammfleisch serviert worden war, begann Jack, Mr. Arbuthnot auszufragen. „Hat man Sie über die Art unseres Besuchs unterrichtet?"

Daphne, der Kleidung gewöhnlich nicht auffiel, bemerkte, dass Mr. Arbuthnot sehr elegant gekleidet war. Doch kam es leider nicht darauf an, was ein Gentleman trug. Die eleganteste Kleidung, die je geschaffen worden war, hätte den bereits kahl werdenden Mann nicht gut aussehen lassen können. Er musste an die vierzig sein, aber sie hatte erfahren, dass er nie geheiratet hatte. Es war ein solcher Jammer, dass Äußerlichkeiten eine so große Rolle bei der Suche nach dem passenden Ehegatten spielten. (Außer für ihren liebsten Jack, den es nicht kümmerte, dass sie keine Schönheit war.)

Sie ertappte sich dabei, wie sie sich fragte, warum jemand in diesem höllisch heißen Klima darauf bestehen sollte, sich in modische, englische Kleidung zu hüllen. Sie wäre äußerst glücklich gewesen, ihr Kleid zugunsten des spärlichen Kostüms arabischer Tanzmädchen ablegen zu können, wie sie es auf Bildern gesehen hatte. Selbst, wenn große Teile ihrer Haut zu sehen wären.

„Ich habe eine Ahnung", sagte Mr. Arbuthnot. „Ich glaube, der Regent hat dem Konsul die Lage umrissen. Das wäre Mr. Briggs. Ich meine mich an etwas wie ein verlorenes Artefakt und einen verschwundenen indischen Fürsten zu erinnern, denke ich."

Ihre Brauen zogen sich zusammen. „Dann kennen Sie Fürst Edward Duleep Singh nicht?"

„Nein."

„Denken Sie, dass der Konsul ihn kannte?"

„Das könnte ich nicht sagen." Er verschlang eine Handvoll des frischen Obsts und machte sich nicht die Mühe, seine Hände abzuwischen, nachdem er die saftigen Früchte genossen hatte.

Englische Tischmanieren wurden anscheinend außer Acht gelassen, wenn man in fremden Landen lebte, stellte Daphne fest. Trotzdem würde es ihr sehr schwerfallen, mit den Händen zu essen. Zu frisch war noch die Erinnerung daran, wie ihre Gouvernante Daphne auf die Finger geschlagen hatte, wenn sie eine Gabel nicht ordentlich hielt. „Ich würde Ihnen raten, die Information, dass Sie in Ägypten sind, um wertvolle Antiquitäten wiederzubeschaffen, geheim zu halten", sagte Mr. Arbuthnot zu Jack. „Es wäre weit besser, sich als Touristen oder" - er wandte sich Mr. Maxwell zu - „als Orientalisten auszugeben."

„Warum?", fragte Jack.

„Wenn bekannt wird, dass Sie im Auftrag des Prinzregenten hier sind, werden die Leute annehmen, dass Sie mit viel Geld gekommen sind.

Und ..." Er senkte seine Stimme. „In Kairo gibt es viele Männer, die ihnen für fünf Guineen die Kehle durchschneiden würden."

„Das ist dann entschieden", donnerte Jack und schaute Daphne böse an. „Ich hatte meine Frau und ihre Schwester ohnehin nicht mit hierherbringen wollen. Ich werde sie nicht in Gefahr bringen." Er sah Daphne stirnrunzelnd an. „Wir werden die Art unserer Ermittlungen niemandem verraten. Ist das klar?"

Sie nickte düster.

Sein Blick wanderte weiter zu Rosemary, die ebenfalls nickte.

„Sagen Sie, Mr. Arbuthnot", sagte Daphne, „erfüllen Sie Ihre Pflichten in Alexandria oder in Kairo?"

„Ich habe mein Heim in Kairo, aber ich werde oft abberufen, um so etwas wie den Fremdenführer für wichtige, britische Bürger zu spielen. Ich bin schon oft auf dem Nil gefahren und bis hinauf zum ersten Katarakt gekommen."

„Bitte, Sir, was ist ein Katarakt?", fragte Daphne, die Augenbrauen fragend gehoben.

„Ein Katarakt ist eine Stelle im Fluss, wo riesige Felsbrocken den friedlichen Fluss des Wassers stören", sagte Mr. Arbuthnot. „Es heißt, am Nil gäbe es sechs davon, aber wie Sie wissen, ist der Nil der längste Fluss der Welt."

„Der erste Katarakt ist noch weiter von hier entfernt als Theben." Rosemary richtete ihre Augen flehend auf Jack. „Ich hoffe so sehr, dass wir Theben und das Tal der Könige - der toten Könige - besuchen können."

Daphne schauderte. „Ich kann nicht verstehen, warum irgendjemand wünschen sollte, ein Tal voller toter Leute zu besichtigen."

Mr. Maxwell kicherte und bat Daphne dann um Verzeihung. „Es ist nicht so, wie Sie denken, Mylady. Wenn Sie ins Tal der Könige gingen, ist es unwahrscheinlich, dass Sie dort einen einzigen Toten sehen würden. Das Tal ist von Bergen umringt und in diesen Bergen liegen viele Höhlen. Diese Höhlen haben vierhundert Jahre lang als königliche Grabkammern gedient. Pharaonen wurden dort vor mehr als dreitausend Jahren im Geheimen begraben."

Jack schaute Rosemary streng an. „Obwohl wir uns hier als Touristen ausgeben werden, sind wir doch nur zu einem einzigen Zweck hergekommen."

Seine Schwägerin nickte kleinlaut.

Daphne seufzte. Jack war immer so schwerfällig, so unbeweglich, so zielstrebig. Aber auf die ein oder andere Weise würde sie dafür sorgen, dass Rosemary, bevor sie nach England zurückreisten, Theben zu sehen bekommen würde. Und das dämliche Tal der toten Könige.

Daphne wusste, dass sie das Thema der Unterhaltung wechseln musste, weil Jack in einer seiner scheußlichen, belehrenden Stimmungen war. Aber das einzige, worüber ihr eine Bemerkung einfiel, war das furchtbare Wetter. „Wie schade, dass wir nicht zwei Monate früher kommen konnten. Ich wage zu behaupten, dass das Wetter im Frühling viel angenehmer sein dürfte."

Obwohl ein schwarzes Kind mit langen Federn über dem Tisch fächelte, nickte Mr. Arbuthnot, während er mit einer Serviette Unmengen an Schweiß von seiner Stirn wischte. „Es tut mir sehr leid, Ihnen sagen zu müssen, dass Alexandria viel kühler als Kairo - oder Oberägypten - ist, wegen der Meeresluft." Sein Stirnrunzeln verzog sein breites Gesicht noch mehr. „Ich kann nicht bestreiten, dass die Hitze manchmal fast unerträglich ist."

„So unangenehm ist es nicht", sagte Mr. Maxwell, „wenn man es schafft, sich von der Sonne fernzuhalten."

Rosemary wandte sich an den Orientalisten. „Aber Mr. Maxwell, haben Sie sich nicht im Sommer Karawanen durch die Wüste angeschlossen?"

Er nickte ernst. „Ja, und ich muss zugeben, dass das schon teuflisch unangenehm war. Aber es hilft, wenn man sich kleidet wie die Araber."

„Haben Sie Khol um ihre Augen getupft, um sie zu schützen, so, wie die Beduinen es tun?", fragte Rosemary.

„Ja."

„Ich vermute, es ist gut, dass Sie nicht so hellhäutig sind wie Rosemary und ich, denn ich schätze, so viele Tage unter der brennenden Sonne würden ihre Haut zu Blasen verbrannt haben."

Rosemary war noch hellhäutiger als Daphne. In der Tat konnten zwei Schwestern nicht verschiedener sein - und nicht nur, weil Daphne groß, mager und bebrillt war, während Rosemary zierlich und wohlgerundet war. Alles an ihnen war unterschiedlich. Daphne machte sich nichts aus Mode; Rosemary liebte schöne Kleider und alles, was dazu gehörte. Daphne hatte übermäßig lockiges, sehr dunkelblondes Haar, Rosemarys Haare waren blassblond, sanft gewellt und immer nach der neuesten Mode frisiert.

Daphne war sich ihrer eigenen Mängel sehr wohl bewusst. Die beiden einzigen Männer, die ihr

Aussehen je bewundert hatten, waren ihr Vater und ihr Ehemann, aber jeder fand Rosemary sehr hübsch.

Der einzige Zug, den die Schwestern gemeinsam hatten, war ein hohes Maß an Intelligenz.

Mr. Maxwell lächelte. „Man sagte mir, ohne meine Brille könnte ich als Einheimischer durchgehen - obwohl meine Haut damals auch viel dunkler war, wegen des Sonnenscheins."

„Und des Barts, den Sie trugen", sagte Rosemary mit einer Grimasse. „Ich mag keine Bärte."

Daphne konnte einer Neckerei nicht widerstehen. „Was, wenn Hauptmann Cooper sich einen Bart wachsen ließe?"

Ihre Schwester seufzte. „Wenn irgendein Mann einen Bart gut tragen könnte, wäre es mein Hauptmann."

Daphne wand sich innerlich bei dem Gedanken daran, dass dieser abscheuliche Frauenheld Rosemarys Schwarm war.

„Ich kann mir nicht vorstellen, dass es kühl ist, wenn man einen Turban trägt", sagte Jack.

Mr. Arbuthnot schüttelte den Kopf. „Ich auch nicht."

„Ich hätte überhaupt nichts dagegen, einheimische Kleider zu tragen", sagte Daphne. „In der Tat, in dieser Hitze hätte ich nichts dagegen, das Kostüm eines dieser Tanzmädchen zu tragen."

Mr. Arbuthnot spuckte fast sein Essen aus. Mr. Maxwell wurde steif und starrte in seinen Schoß. Jacks Augen verengten sich zu Schlitzen und seine Lippen wurden schmal. „Meine Frau wird sich mit Sicherheit nicht anziehen wie ein

Tanzmädchen!"

„Wirklich, Mylady", sagte Mr. Arbuthnot zögerlich. „Das wäre wirklich nicht passend. Ich möchte nicht gerne ein so unziemliches Thema in der Gegenwart eines jungen Mädchens ansprechen, aber Tanzmädchen sind dafür bekannt, dass sie die Gentlemen, die sie bewundern, mit ihrer Gunst beglücken."

Rosemary errötete. Mr. Maxwell nickte leicht und starrte weiter in seinen Schoß.

Mr. Arbuthnot, der seinen Teller geleert hatte, griff zur Mitte des Tischs und nahm sich mit bloßen Händen eine Ladung Oliven.

Dann lenkte er die Unterhaltung von halbnackten Flittchen ab. „Ich schlage vor, dass Sie sich heute Abend früh zu Bett begeben, weil wir im Morgengrauen aufbrechen."

„Wie lange dauert die Fahrt nach Kairo?"

Mr. Arbuthnot zuckte die Achseln. „Das hängt vom Wind ab. Fünf Tage, im Durchschnitt."

„Werden wir in die Nähe von Fort Rached kommen?", erkundigte sich Rosemary. „Ich bin nicht ganz sicher, wo Hauptmann Cooper sich derzeit aufhält, aber er könnte sehr wohl in Fort Rached sein. Wie schön wäre es, ihn zu sehen!"

„Wir werden nicht in Fort Rached anhalten", sagte Mr. Arbuthnot.

Rosemary runzelte die Stirn.

Wenn der selbstsüchtige, gefühllose und eingebildete Hauptmann auch nur die Hälfte der Eigenschaften besessen hätte, die Rosemary ihm zuschrieb, hätte sie ihn nie kennengelernt (und Daphne hätte nie die Lobgesänge auf ihn ertragen müssen), denn dann wäre der Mann ein göttliches Wesen.

Als die Mahlzeit vorüber war, stand Jack auf,

um sich hinter den Stuhl seiner Frau zu stellen. „Zeit zum Schlafen, Liebes." Die Stimme ihres Mannes war erheblich sanfter geworden.

Sie konnte im Verhalten des Mannes, den sie geheiratet hatte, lesen wie in einem Buch: das hieß, dass er romantische Absichten hatte. Sie zerschmolz innerlich. Wie aufregend es sein würde, sich im Mondlicht Ägyptens zu lieben.

* * *

Das Erste, was sie tat, als sie nach oben in ihr eher schlichtes Schlafzimmer kamen, war, ihr verschwitztes Kleid abzulegen. „Bitte, Liebster", sagte sie und drehte Jack den Rücken zu. „Schnüre bitte mein Korsett auf. Ich muss es unbedingt ausziehen! Es fühlt sich an, als wären die Stangen mit meiner Haut verschmolzen."

Der liebe Jack konnte nie ihr Korsett aufschnüren, ohne seine Hände um ihre äußerst bescheidenen Brüste zu legen. Ihr Atem ging schneller, und sie sagte mit heiserer Stimme: „Lösch' die Kerze."

Ihr Mann, der schon seinen schweren Rock und die Weste abgelegt hatte, gehorchte.

Sie nahm die Hand ihres Mannes und tapste barfuß zu dem offenen Fenster, das mit Gaze geschützt war. Die beiden standen dort und betrachteten die exotische Stadt im Mondenschein; Daphnes Rücken schmiegte sich an Jack und seine Arme umfingen sie. „Ich kann nicht glauben, dass wir hier, im Orient, sind, mein Liebling. Wirkt nicht alles wie verzaubert?"

Hinter den Toren, die jede Nacht geschlossen wurden, war die Stadt so viel ruhiger geworden. Sie hörte das Miauen der Katzen auf Suche nach Nahrung, den einsamen Hufschlag eines Esels, männliches Lachen weit in der Ferne. Minarette ragten überall aus der Stadt in den vom sanften Mondlicht erhellten Himmel auf.

Er knabberte an ihrem Hals. „Ja, das ist es."

Um die Szene völlig perfekt zu machen, begann der melodische Klang des arabischen Gebetsrufs von jedem Minarett in Alexandria zu erklingen.

„Ish'a", sagte Jack. „Der Ruf zum letzten Gebet des Tages."

Sie standen beide wie gebannt dort, bis die Stadt wieder still wurde, dann gingen sie zu ihrem weißen Bett und hoben das Moskitonetz. Jack zog sie in seine Arme. „Ich möchte die Gunst dieses so berauschenden, angehenden Tanzmädchens genießen."

Kapitel 2

„Allah sei gedankt für den Schatten", sagte Daphne, als sie am folgenden Nachmittag unter einem Baldachin aus weißem Tuch auf dem Deck ihrer Feluke saß und sie langsam durch das gelbliche Wasser des Nils segelten. Als sie Alexandria früh am Morgen verlassen hatten, wehte ein angenehmer Wind, der aber jetzt ebenso verschwunden war wie die Silhouette der Stadt mit ihren anmutigen, zum Himmel aufstrebenden Minaretten. Jetzt bewegte sich ihr Schiff kaum. Es hätte sich überhaupt nicht bewegt, wenn nicht die sonnenverbrannten Mitglieder der ägyptischen Mannschaft gewesen wären, die ihre Ruder in das ruhige Wasser tauchten.

Im Kielwasser ihrer Feluke folgte eine genau gleiche, die die Leibgardisten des Regenten trug, von denen immer einer auf Wache stand mit dem Befehl, Hauptmann Drydens Gesellschaft nicht aus den Augen zu lassen.

„Ach, aber Mylady, Sie müssen das so lange genießen, wie es möglich ist", sagte Mr. Arbuthnot und wischte sich seine schweißnasse Stirn mit einem riesigen Taschentuch ab. „Auf dem Wasser ist es immer kühler als in der Wüste."

Jack verkniff sich eine schlagfertige Bemerkung. Der Mann neigte zu sehr dazu, das völlig Offensichtliche zu betonen. Dachte er, dass niemand außer ihm je ein verdammtes Buch über die arabische Wüste gelesen hätte? Arbuthnot meinte es gut und versuchte, hilfreich zu sein, aber seine unaufhörlichen Erklärungen wurden lästig.

Jack, dem unangenehm heiß war, schaute von den Notizen auf, die er sich über die gebräuchlichsten arabischen Sätze gemacht hatte. An den Ufern dieses fruchtbaren Deltas des Nils arbeiteten hagere braune Männer auf den Feldern. Als ihr Boot näherkam, riss Jack die Augen auf. Lieber Gott, waren diese Männer völlig nackt?

Bevor er auf den Anblick reagieren konnte, kreischte Daphne los. „Mach die Augen zu, Rosemary!"

Rosemary, die verkündet hatte, dieser Teil der Reise wäre langweilig, schaute von ihrem Buch zu ihrer Schwester auf. „Warum soll ich meine Augen schließen?"

„Weil dort nackte Männer sind, keine vierzig Fuß entfernt. Zwei, drei, vier ..." Daphne schielte zum Ufer hinüber. „Fünf insgesamt!" Trotz ihrer eigenen Warnung war Daphne unfähig, ihre Augen von dem Anblick abzuwenden.

Rosemary kniff eilig ihre Augen zu. „Liebe Güte."

Hätte doch seine Frau dasselbe getan. Daphne benahm sich, als hätte sie nie zuvor einen nackten Mann gesehen. Aber andererseits, welche englische Frau hatte je fünf nackte Männer im hellen Licht des Tages gesehen?

„Ich schätze, man gewöhnt sich an den Anblick nackter Männerkörper, wenn man viel Zeit in Ägypten verbringt", sagte Maxwell so ruhig, als machte er eine Bemerkung über das Wetter. Jack war sich nicht sicher, was ihn mehr schockierte - die nackten Ägypter oder die schlichte Art, wie der zurückhaltende Mr. Maxwell diese Nacktheit hinnahm. In seinen wildesten Träumen konnte Jack sich nicht vorstellen, wie der schüchterne Gelehrte sich in der Öffentlichkeit auszog. Dass der Mann auch nur dort hinsah, war überraschend.

„Sagt mir jemand, wann ich meine Augen wieder aufmachen darf?", fragte Rosemary.

„Ja, Liebes. Lasse sie erst einmal zu." Daphne musterte noch immer die geschmeidigen Landarbeiter. Jedes sichtbare Stück ihrer dunklen Haut. „Ich lasse es dich wissen."

Jack rutschte näher zu Maxwell und senkte seine Stimme. „Wird es auf dem Basar in Kairo auch Nackte geben?" Er wusste, dass seine Ermittlungen dort beginnen mussten, und ihm war klar, dass Daphne ihm nicht erlauben würde, ohne sie auf den Basar zu gehen.

Maxwell sprach mit so leiser Stimme, dass die beiden Ladys vor ihnen ihn nicht verstehen konnten. „Nein, aber einmal beobachtete ich ein Paar beim Beischlaf im Khan el-Khaliti. Die beiden gaben sich keinerlei Mühe, diskret zu sein."

Jack verzog das Gesicht. „Ich wünschte verdammt noch mal, dass ich es den Damen nicht erlaubt hätte, mitzukommen."

Maxwell warf Lord Sidworths jüngster Tochter einen Seitenblick zu - etwas, was zu tun er zu schüchtern war, wenn das Mädchen ihn anschaute. „Es wäre einfacher, ohne sie hinzugehen."

Rosemary sollte man nicht erlauben, auf den Basar zu gehen, aber Jack würde verteufelte Schwierigkeiten haben, sie davon abzuhalten.

Ein ... Beischlaf ... wäre kein Anblick für ein junges Mädchen. Trotz der Geilheit des Aktes, den Maxwell beobachtet hatte, brach Jack fast in

Gelächter aus. Beischlaf? Nur ein sozial ungeschickter Mensch würde ein solches Wort verwenden. Die Soldaten, mit denen Jack gedient hatte, pflegten diesen Umstand mit einem Schwall weit farbigerer Bezeichnungen zu kommentieren.

„Ich vermute, Khan el-Khaliti ist der arabische Name für den Basar?"

Der Gelehrte nickte. „Man kann sich dort leicht verlaufen. Er ist ein Labyrinth krummer, enger Gassen, wo man alles finden kann."

Jack schlug nach den Fliegen, die sie unaufhörlich belästigten. „Könnte man an einem solchen Ort Antiquitäten beschaffen können?"

„In Kairos Khan el-Khaliti kann man fast alles bekommen. Kairo ist die Endstation für große Karawanen, die von so weit wie aus China herkommen. Man findet dort alle Arten von Nahrungsmitteln, Tabak, Gewürze sowie feine Seiden- und andere Stoffe, chinesische Töpferwaren, Schmuck - und ägyptische Antiquitäten."

„Ich nehme nicht an, dass Sie wissen, wo in diesem Labyrinth ich den angesehensten Antiquitätenhändler finde?"

Maxwell nickte ernsthaft. „Ich war nur einmal in Kairo und habe nicht viel Zeit im Basar oder in Ägypten verbracht. Ich fürchte, ich habe keine so guten Beziehungen hier, vermute aber, dass Arbuthnot jeden kennt."

„Wie lange sind Sie schon in Kairo, Arbuthnot?", fragte Jack.

Der Attaché wandte sich von den Damen ab und sah Jack und Maxwell an. „Im September werden es sieben Jahre."

„Dann dürften sie jeden kennen", sagte Jack. Es konnte nicht schaden, der Eitelkeit des

Mannes zu schmeicheln. In der kurzen Zeit, die Jack mit dem jovialen Engländer verbracht hatte, war ihm klar geworden, dass es Arbuthnot große Freude bereitete, beiläufig jede Bekanntschaft zu erwähnen, die er mit englischen Adligen, persischen Würdenträgern oder Wüstenscheichs vorweisen konnte.

„Ich bin sicher, dass ich nicht jeden kenne, aber es gehört zu meinen Pflichten, wichtige Männer all der Nationen zu kennen, die ihre offiziellen Vertreter nach Ägypten schicken. Wir müssen König und Heimatland so gut vertreten, wie es uns möglich ist."

Befriedige die Eitelkeit des Mannes. „Was für ein Glück wir haben, dass wir dank der Vorkehrungen des Regenten mit Ihnen zusammentreffen konnten", sagte Jack. „Sie sind genau der richtige Mann, um uns in die passende Richtung zu leiten." Jack schlug nach einem Moskito, tötete ihn auf seinem Unterarm, wo er einen Blutstropfen hinterließ. „Wohin müsste man in diesem ... Khan el-Khaliti gehen, wenn man ein sehr wertvolles, ägyptisches Artefakt kaufen möchte?"

„Keine Frage. Man müsste sich an Ahmed Hassein wenden, aber ich muss Sie warnen, der Mann ist höchst verrufen."

Sie waren nun an den nackten Landarbeitern vorbei und Daphne richtete ihre Aufmerksamkeit wieder auf die Erkundigungen ihres Ehemanns. „Du darfst jetzt wieder aufschauen, Rosemary. Wir sind an dem anstößigen Anblick vorbeigefahren." Jack fragte sich, warum seine Frau ihre Augen nicht geschlossen hatte, wenn sie den Anblick so anstößig fand.

Beide Frauen wandten sich um und schauten

zu Jack und Maxwell. Arbuthnot saß auf einer Bank zwischen den beiden anderen. „Was meinen Sie mit verrufen?", fragte Daphne. „Meinen Sie, er verkaufe Fälschungen?"

Arbuthnot schüttelte den Kopf. „Seine Waren sind zum größten Teil authentisch. Das sollten sie auch sein, bei den Preisen, die er verlangt."

„Wieso ist der Mann dann verrufen?", fragte sie.

Arbuthnot zog die Brauen zusammen und senkte auch seine Stimme. Sein Blick wanderte zu der einheimischen Mannschaft hinüber. „Ahmed Hassein würde alles tun, um wertvolle Gegenstände in seinen Besitz zu bekommen."

Daphne schluckte. „Auch Mord?"

Arbuthnot hob die Schultern. „Hassein ist sehr reich. Ich bezweifele, dass er sich selbst die Finger schmutzig macht, aber man nimmt an, dass er für viele Morde verantwortlich ist."

„Können Sie mir erklären, wo ich ihn finde?", fragte Jack.

„Uns. Was mein Mann meint, ist, ob Sie uns erklären können, wo wir ihn finden."

Jack schaute Daphne finster an.

„Man kann sich im Basar leicht verirren, aber trotzdem sollte jeder Ihnen sagen können, wie sie Hasseins Laden finden."

„Oh, aber ich muss auch hingehen", sagte Rosemary.

Maxwell betrachtete sie. „Es wäre mir eine Ehre, Lady Rosemary, Sie durch den Khan el-Khaliti zu führen." Er blickte zu Jack. „Ich würde sie nur zu den anständigsten Geschäften führen."

Daphne wandte sich rasch ihrer Schwester zu. „Ja, Liebste, du musst es Mr. Maxwell erlauben, dich schön durch den Basar zu führen, während Jack und ich uns um unsere langweiligen

Ermittlungen kümmern. Denk daran, die Herzogin wünscht sich bunte Seidenstoffe aus dem Orient."

„Es ist sehr nett von Ihnen, mir das anzubieten, Mr. Maxwell", sagte Rosemary. „Mir ist klar, dass Einkaufen für die meisten Männer wenig unterhaltsam ist."

„Ich versichere Ihnen, Lady Rosemary, es wird mir ein Vergnügen sein. Im Khan el-Khaliti gibt es für jeden etwas Interessantes."

„Ich frage mich, ob die Soldaten von Fort Rached je in den Basar kommen." Rosemary schaute ihre Schwester an. „Ich kann mir nichts Aufregenderes vorstellen, als vom Anblick meines lieben Hauptmann Cooper überrascht zu werden."

Daphne fuhr ihre Schwester mit hochgezogenen Brauen an: „Es überrascht mich, dich das sagen zu hören, denn ich hatte geglaubt, die Entdeckung eines Pharaonengrabes würde viel wichtiger sein."

„Ich hoffe, dass Sie nicht zu viel Hoffnung in ein solches Ereignis setzen, meine Damen", sagte Mr. Arbuthnot. „Es ist viele Jahre her, seit ein neues, unzerstörtes Grabmal entdeckt wurde."

Zwischen Jacks Brauen bildete sich eine Falte. „Und darf ich die Damen daran erinnern, dass wir nicht als Archäologen hier sind? Ich kann euch nicht einmal versprechen, dass ihr dazu kommen werdet, eine Pyramide zu sehen."

„Ich möchte meinen", sagte der Attaché, „dass es für ihre ganze Gesellschaft keine große Mühe sein wird, die Pyramiden in Gizeh zu sehen. Man kann sie von Kairo aus sehen - wenn es nicht zu viel Rauch gibt - und es ist keine lange Fahrt bis dorthin - nicht wie bis zum Tal der Könige.

„Könnten wie auf Kamelen nach Gizeh reiten?",

fragte Rosemary aufgeregt und schaute ihren Schwager bittend an.

„Wir werden sehen." Jacks Stimme klang nicht überzeugt.

Daphne hob ihren Arm und holte mit der Hand aus, um Jack ins Gesicht zu schlagen. „Erwischt!", quietschte sie.

Seine Frau hatte nie zuvor eine Neigung zur Gewalttätigkeit gezeigt. War es ihr so wichtig, auf einem verdammten Kamel zu reiten?

Sie hob ihre Hand, auf deren Innenseite die zerquetschen Überreste eines Moskitos klebten. „Kein Blut. Es scheint, dass ich ihn erwischt habe, bevor er die Gelegenheit hatte, sich an meinem Mann gütlich zu tun. Ich kann nicht verstehen, warum sie mich nicht angreifen, nur den armen Jack."

„Und mich auch", sagte Rosemary mit zusammengekniffenen Augen. „Ich muss sagen, diese grässlichen Insekten scheinen mich unglaublich köstlich zu finden."

„Es mag für Sie nur schwer zu glauben sein - da Sie ja in England nicht von Moskitos geplagt werden", sagte Arbuthnot, „aber wenn die Sonne untergegangen ist, sind sie noch zehnmal so schlimm."

Arbuthnot genoss es so sehr, solche schrecklichen Dinge zu verkünden, dass Jack nicht überrascht gewesen wäre, ihn beim Anblick eines bedrohlichen Krokodils, das in diesem Wasser schwamm, einen Freudensprung machen zu sehen.

„So wie blutsaugende Fledermäuse, die nur in der Nacht herauskommen", sagte Rosemary.

Maxwell nickte. „Ja, in der Art. Und ich muss Sie warnen, Moskitos werden von zwei anderen

Dingen als menschlichem Fleisch angezogen: Kerzenlicht oder Wasser, wie dem Nil oder auch nur Pfützen."

„Liebe Güte", sagte Daphne. „Heißt das, keine Kerzen in der Nacht während unserer Reise."

Sowohl Maxwell als auch Arbuthnot nickten.

„Es sei denn, Sie möchten gerne ein Festmahl für die Moskitos sein", fügte Arbuthnot hinzu.

Seine Frau runzelte nicht nur die Stirn. Wenn Daphne verärgert war, schmollte sie. Und wenn Daphne schmollte, verzog sich ihr ganzes Gesicht. Sogar ihr Körper schien sich vor Missbilligung anzuspannen. „Was sollen wir dann zur Unterhaltung nach Dunkelheit tun, wenn wir weder Karten spielen noch ein Buch lesen können?" Sie schaute Maxwell an. „Ich habe unsere abendlichen Whistspiele während der Seereise so genossen."

„Ich ebenso, Mylady."

Jack konnte sich eine nächtliche Aktivität vorstellen, die Daphne und er sehr genossen, aber er konnte einen solchen Gedanken natürlich nie in Gegenwart anderer aussprechen.

„Wir könnten *Wer bin ich* spielen?", schlug Rosemary vor. „Ich liebe Ratespiele."

Daphne nickte zustimmend. „Und meine Schwester ist sehr gut darin."

„Ich wage zu behaupten, dass es schwer sein wird, einen gelehrten Mann wie Maxwell zu schlagen", sagte Jack.

„Es wäre mir eine Ehre, mit einem so gebildeten Mann zu spielen." Arbuthnot zog sein riesiges Taschentuch heraus und wischte sich über die Stirn. „Ich sollte nicht prahlen, aber man hält mich bei *Wer bin ich* für einen guten Spieler."

„Dann haben wir etwas, worauf wir uns heute

Abend freuen können", sagte Daphne. „Hoffentlich können wir uns an genug berühmte Personen erinnern, dass wir für vier Abende lang genug haben."

„Das könnte das größte Problem werden", murmelte Maxwell.

Jack musterte den seiner eigenen Meinung nach guten Spieler. „In der Zwischenzeit, Mr. Arbuthnot, würde ich Sie gerne fragen, ob Sie andere Männer in Ägypten kennen, die sich für wertvolle Antiquitäten interessieren."

„Da wäre Lord Beddington."

„Derselbe, der als Botschafter im Osmanischen Reich war?", fragte Jack.

Arbuthnot nickte. „Während er in Konstantinopel diente, entwickelte er Interesse an antiken Fundstücken, aber inzwischen hat er sich in alles Orientalische verliebt. Er ist jetzt seit zwei Jahren in Ägypten."

„Es heißt, dass er einige der größten Schätze des Landes gesammelt hat", fügte Maxwell hinzu.

„Er ist in Kairo?", fragte Jack.

„Im Moment nicht. Er ist nach Theben hinaufgefahren. Er hat eine Villa in Kairo, in der Nähe des Sitzes des Paschas. Die beiden haben großen Respekt füreinander."

„Ich schätze, Lord Beddington kann erwerben, was auch immer sein Herz begehrt", fügte Daphne hinzu. „Er ist geradezu unanständig reich."

Arbuthnot warf einen bewundernden Blick auf Daphne. „Sie kennen seine Lordschaft?"

„Wenn ich ihn je getroffen habe, muss ich zu jung gewesen sein, um mich daran erinnern zu können. Er reiste nach Konstantinopel ab, als ich noch sehr klein war. Mein Vater bedauert, dass er nie nach England zurückgekehrt ist. Sie waren

Schulfreunde, wissen Sie."

„Wenn er nach Kairo zurückkommt", sagte Arbuthnot, „bin ich sicher, dass er sich freuen wird, die Töchter seines alten Freundes zu sehen. Jeder Engländer im Ausland sehnt sich nach Nachrichten von zu Hause."

Jack hoffte, dass sie ihren Auftrag erfolgreich ausgeführt haben würden, bevor der frühere Botschafter wieder nach Kairo kam.

„Wissen Sie, welche Arten von Antiquitäten seine Lordschaft sammelt?", fragte Maxwell Arbuthnot.

„Riesenhafte. Er möchte dem Britischen Museum einige stiften und viele der Statuen hat er für seine Parkanlage nach Somerset geschickt."

Daphne zog die Augenbrauen zusammen. „Wissen Sie, ob er sich für kleinere Dinge wie Sarkophage oder Grabbeigaben, wie Totenmasken, interessiert?"

Soweit Jack bekannt war, wusste Arbuthnot nicht, welche Art Gegenstand der Regent von Fürst Singh hatte kaufen wollen. Er und Daphne waren die einzigen in ihrer Gruppe, die es wussten, und er wollte, dass das so bliebe. Sein liebender Blick wanderte über seine Frau. Er hatte ihr nie Anweisungen geben müssen, wenn sie eine ihrer Untersuchungen unternahmen. Sie dachte wie ein Mann. Sie war die einzige Frau, die er kannte, deren Verstand ebenso analytisch war wie der seine.

„Wer versucht nicht, so etwas in die Hände zu bekommen?", sagte Arbuthnot mit einem Schulterzucken.

Damit hatte der Mann vermutlich recht. Jack vermutete, dass es nichts anderes war, ein Fundstück, das aus einer Pyramide stammte, zu erwerben, als italienische alte Meister oder Statuen von der Grand Tour durch Europa mitzubringen. „Gibt es derzeit noch einen anderen großen Antiquitätenhändler in Kairo?"

„Keinen, der mir bekannt wäre", sagte Arbuthnot. „Nein, warten Sie! Der Scheich Al-Mustafa besucht Ägypten als Gast des Paschas und ich glaube, dass er sich sehr für den Erwerb von echten Antiquitäten interessiert."

Er wäre für Jack nur von Interesse, sollte er bereits hier gewesen sein, als Fürst Singh in Kairo war. „War er im letzten Jahr hier?", fragte Jack.

Arbuthnot verzog nachdenklich sein Gesicht. „Das kann ich nicht sagen. Er kommt seit vielen Jahren nach Kairo."

„Wenn er ein Scheich ist", sagte Rosemary, „muss er Beduine sein, und ich glaube nicht, dass sie sich sehr für den Ankauf von Antiquitäten interessieren."

„Nicht alle Scheichs sind Beduinen", sagte Maxwell. „Scheich Al-Mustafa ist einer der meist verehrten arabischen Prinzen aus der Wüste. Er hat einen Palast in Bagdad. Sehen Sie", erklärte er Rosemary, „es gibt Scheichs bei den Stämmen und dann die königlichen Scheichs der Al-Hasmal-Dynastie."

„Ist er ein Mörder wie Ahmed Hassein?", fragte Daphne.

Jack schaute seine freimütige Frau ungehalten an. „Daphne! Du kannst nicht einfach herumgehen und Leute öffentlich des Mordes beschuldigen."

„Nun, ich würde es ihnen nicht ins Gesicht sagen."

Rosemary setzte ein überhebliches Gesicht auf, als sie ihre ältere Schwester von oben herab ansah. „Sagte Mama uns nicht immer, dass wir nichts hinter dem Rücken von jemandem sagen sollten, was wir ihm nicht auch ins Gesicht sagen würden?"

Daphne stemmte die Hände in die Hüften und schaute ihre Schwester böse an. „Die Regeln des guten Benehmens unserer Mama, meine liebe Schwester, beziehen sich nicht auf Mörder."

Jack räusperte sich. „Zurück zu Scheich Al-Mustafa ... Könnten Sie es mir ermöglichen, ihn zu besuchen?"

„Das müsste der Konsul veranlassen, und ich muss Ihnen nicht sagen, wie sehr er bemüht ist, Ihnen - und unserem lieben Regenten - behilflich zu sein."

„Ich habe gehört, der Scheich spräche kein Englisch", sagte Maxwell. „Sie werden einen Übersetzer brauchen und es wird mir eine Ehre sein, Ihnen in dieser Funktion zur Seite zu stehen - vorausgesetzt, dass Sie eine Audienz bei ihm erhalten."

„Wenn er noch in Kairo ist, können Sie sicher sein, dass Sie den Mann kennenlernen werden", sagte Arbuthnot.

* * *

Daphnes Prophezeiung, dass ihnen während des Rests ihrer Reise die berühmten Persönlichkeiten ausgehen würden, um sie mit *Wer bin ich* zu erraten, erwies sich als wahr. In dieser ersten Nacht, in der sie unter einem mondlosen Himmel den Nil hinabglitten, arbeiteten sie sich durch jeden König und jede Königin von England, Frankreich oder Spanien der letzten dreihundert Jahre. Sie erschöpften die Liste der griechischen Philosophen und römischen Dichter. (Sie war besonders stolz darauf, dass sie die einzige gewesen war, die Marc Aurel erraten hatte - obwohl Mr. Maxwell in derselben Rategruppe war.) Jeder Schatzkanzler war an die Reihe gekommen. Sie hoffte nur, dass der arme Mr. Arbuthnot nicht zu gedemütigt war, weil alle seine vier Begleiter gegenüber seinem guten Wissen weit überlegene Ratefähigkeiten gezeigt hatten.

Obwohl die Reisenden sich keine Art von Licht gönnten, wurden sie trotzdem von Schwärmen von Moskitos zerstochen. Es war, als würde diese Plage wie von einem Magneten angezogen.

Daphne zog es vor, nicht an Unannehmlichkeiten und Unbequemlichkeit zu denken. Sie war viel zu dankbar, die Gelegenheit zu haben, den Orient zu sehen. Sie hatte Karawanen mit Männern in schwarzen Umhängen auf Kamelen gesehen. Sie hatte den Ruf zum Gebet von schlanken Minaretten tönen hören. Sie war denselben Fluss hinaufgesegelt wie Kleopatra. Und dort waren diese fünf nackten Männer gewesen. Ja, dachte sie in der letzten Nacht an Bord der Feluke, als sie unter dem Moskitonetz neben ihrem schlafenden Ehemann lag, dies würde ein wirkliches Abenteuer werden.

Kapitel 3

Als Jack eine größere Ansammlung von hohen Palmen sah, wusste er, dass sie den Hafen von Bulak erreichten. Nur Augenblicke später wurde seine Vermutung von Maxwell bestätigt. „Die Moschee von Bulak stammt aus dem neunten Jahrhundert. Sie können den oberen Teil gerade dort sehen." Er zeigte in die Richtung.

„Und wenn Sie dorthin schauen", fügte Arbuthnot hinzu und deutete auf ein auffälliges, drei Stock hohes Gebäude aus hellen Steinen. Auch dieses war von vielen hohen Palmen umringt und von einem Stück samtig grünem Rasen und einem Garten umgeben. „Dort sehen Sie die Villa des Paschas." Arbuthnots Stimme hätte nicht stolzer klingen können, wäre das Gebäude seine eigene Residenz gewesen.

„Also das ist Kairo?", fragte Daphne.

Arbuthnot schüttelte den Kopf. „Oh nein. Wir befinden uns etwa eine Meile nordwestlich von Kairo. Durchaus in Gehweite. Nur einfache Leute, ein paar Konsuln und eine Handvoll französischer Händler wohnen innerhalb der alten Stadtmauern von Kairo."

„Ich glaube, mein Liebling", sagte Jack, „wir sollen im europäischen Viertel wohnen, das wohl außerhalb der eigentlichen Stadt liegt."

„Man muss auch bis Einbruch der Dunkelheit im europäischen Viertel sein", sagte Maxwell. „Ich hatte teuflische Schwierigkeiten, zu meiner Unterkunft zu kommen, als ich dort eine halbe

Stunde, nachdem die Tore geschlossen worden waren, ankam.

Daphne rümpfte die Nase. „Das klingt alles ziemlich primitiv."

Gegen seine übliche Art kicherte Maxwell. „Da haben Sie die Araber genau beschrieben, Mylady."

„Ich lebe selbst im europäischen Viertel", sagte Arbuthnot.

Als ihr Boot an der Anlegestelle ankam und ihr Dolmetscher sich damit befasste, ihr Gepäck nach oben zu bringen, wandte sich Arbuthnot an Jack. „Wenn es Ihnen nichts ausmacht, können wir den Dolmetscher mit ihrem Gepäck auf ein paar Eseln vorausschicken und ich kann Sie direkt mit zum Konsul nehmen."

Jack nickte. „Das wäre mir sehr angenehm."

Nachdem sie an dem geschäftigen Kai angelegt hatten, wartete Jack, bis die anderen Mitreisenden, außer seiner Frau, ausgestiegen waren. Er wollte unter vier Augen mit ihr reden. „Ich möchte, dass nur du und ich zu Briggs gehen."

„Genau, was ich auch dachte. In der Tat hatte ich vorgehabt, darum zu bitten, dass Mr. Maxwell Rosemary in Kairo herumführt. Sie möchte unbedingt eine Moschee sehen. Mr. Maxwell sagte ihr, dass sie einen Schal über ihr Haar legen sollte, dann dürfte sie die Ibn-Tulun-Moschee betreten." Daphne schauderte. „Ich hasse es, an einem so heißen Tag wie diesem an einen Schal zu denken."

Daphne ließ ihren schmalen Arm durch den ihres Mannes gleiten und sie verließen das Boot.

Zur Abwechslung war es nett, jemanden zu haben, der ihnen sagte, wohin sie gehen mussten. Während seiner vielen Jahre geheimer Aktivitäten war Jack gezwungen gewesen, sich auf seine eigene Schlauheit zu verlassen, selbst für die einfachsten Dinge - wie, wo man Wasser aus einem Brunnen holen konnte. Jetzt konnte er Tourist spielen. Beinahe.

Er beobachtete fasziniert, wie die bärtigen, in lange Gewänder und Turbane gekleideten Männer neben Schwarzen mit nacktem Oberkörper arbeiteten, sie alle be- oder entluden Boote mit Früchten, Gemüse und Getreidesäcken. Prächtige Kamele standen entlang der Anlegestelle, auf einigen der mächtigen Tiere saßen Beduinen. Seltsamerweise hatten manche einen Höcker, andere zwei. Er bemerkte auch, dass der Kopfschmuck der Beduinen anders war. Ihre Kopfbedeckung wurde von einem runden, geflochtenen Band gehalten. Genauso, wie er es auf biblischen Illustrationen gesehen hatte.

Zwischen all den am Kai herumwimmelnden Männern fiel ihm einer ins Auge. Ein Europäer. Jack richtete sich angespannt auf. Gareth Williams. Jack hatte einst geschworen, dass er, sollte dieser Feigling je wieder seinen Weg kreuzen, ihn fast zu Tode prügeln würde. Noch vor den schweren Kämpfen in Badajoz, deretwegen Williams nach Marokko geflohen war, war dieses üble Stück Schmutz von den anderen Soldaten einer Vielzahl von Diebstählen verdächtigt worden.

Als Jacks Blick direkt an Williams blauen Augen hängen blieb, wirbelte der andere Mann herum und verschwand in der Menge. Jack hatte genug gesehen, um zu erkennen, dass die im Wüstenklima verbrachten Jahre nicht freundlich mit dem Deserteur umgegangen waren. Williams konnte kaum mehr als dreißig sein, wie Jack, aber er wirkte beträchtlich älter. Seine Haut schien ledrig und fast so dunkel wie die eines Ägypters geworden, nur sein Haar war beträchtlich heller. Er war auch dünner (was Jack verstehen konnte, nachdem er die unappetitlichen einheimischen Mahlzeiten während der letzten fünf Tage gesehen hatte).

Ohne einen Grund dafür angeben zu können, fragte Jack sich, ob Williams am Kai Ausschau gehalten hatte, wann Jacks Gruppe ankommen würde. Eines war sicher - der Mann führte nichts Gutes im Schilde. Seine Treue konnte gekauft werden wie ein Paar abgenutzter Stiefel.

Als Jack schließlich von der Feluke ausgeschifft wurde, nahm Habeeb ihn zur Seite. Jack hatte, seit er in Alexandria aufs Schiff gekommen war, nur zwei oder drei Mal mit dem Dolmetscher gesprochen, aber er war über die Fertigkeit, mit der der junge Mann die englische Sprache meisterte, überrascht.

„Ich muss Sie warnen, Sir, wegen der Damen."

Jacks erster Impuls war, Daphne und ihre Schwester zu schützen. „Was ist los?"

„Ich spreche von den ... ich glaube, Ihr Wort dafür ist Hure. Sie sollten sie besser meiden. Viel besser, zu den Tanzmädchen zu gehen. Viel sauberer. Weniger Krankheiten."

Selbst, als er noch ein Junggeselle gewesen war, hatte Jack diese Art von Frauen gemieden. Er klopfte Habeeb wohlwollend auf die Schulter. Der schmale Dolmetscher war mehr als einen Kopf kleiner als Jack. „Danke für die Warnung." *Obwohl ich sie nicht brauche.* Der Dolmetscher fuhr fort, ihre Taschen auf die schreienden Esel zu packen, die damit zu dem ohrenbetäubenden Lärm beitrugen, der sie umgab.

Vielleicht sollte er den Soldaten diese Information weitergeben. Er ging zu Harry Petworth hinüber, dem Mann, den Jack als den Anführer ausgemacht hatte, einfach, weil er der einzige unter den ungeschliffenen jungen Soldaten war, der je mit Jack zusammen gedient hatte. Er sprach in leisem Ton mit Petworth und ging dann wieder zu seiner Frau und den anderen.

„Hätte Mr. Briggs unsere genaue Ankunftszeit gewusst", sagte Arbuthnot, als er wieder zu ihnen stieß, „hätte er seine eigene Kutsche geschickt, um uns abzuholen."

„Ich glaube nicht, dass ich in Ägypten schon eine europäische Kutsche gesehen habe", sagte Daphne.

„Sie sind selten." Arbuthnot schenkte Daphne ein Lächeln. „Wenn Sie es vorziehen, kann ich immer noch ein Paar Pferde für die Damen besorgen - um die Zeit in der Sonne zu verkürzen."

„Meine Frau mag schlank sein", sagte Jack, „aber sie ist ungewöhnlich zäh. Und sie wird sicher nie eine Niederlage zugeben, selbst nicht gegenüber der fast unerträglichen Hitze der Wüste."

„Ich habe fast den Eindruck, dass ich gerade ein Kompliment bekommen habe", sagte Daphne humorvoll.

Maxwell räusperte sich. „Ich denke, dasselbe kann man auch von Lady Rosemary sagen." Er lächelte sie flüchtig und schüchtern an.

„Danke, Mr. Maxwell", antwortete Rosemary.

Zwei Kolonnen der Leibgarde des Regenten folgten ihnen. Jack fühlte sich teuflisch verlegen, dass er von Männern bewacht wurde, deren Kampferfahrung der seinen weit unterlegen war.

Aber der Regent hatte darauf bestanden und man stritt sich nicht mit seinem Herrscher. Er war sich sicher, dass der Regent die Soldaten ihrer Reisegruppe nur beigeordnet hatte, um Lord Sidworth zu beruhigen, aber Jack war es dennoch peinlich.

„Mr. Arbuthnot, werden die Leibgardisten bei uns untergebracht werden?", fragte Daphne.

Er schüttelte den Kopf. „Ich fürchte, im europäischen Viertel stehen nicht genügend Räume zur Verfügung. Wir haben uns die Freiheit genommen, Zelte für sie zu besorgen - im europäischen Stil - und es gibt auf dem Gelände des Hotels genug Platz, um sie aufzustellen. Je zwei von ihnen werden vor und hinter ihrer Unterkunft zu allen Zeiten Wache stehen. Die Anweisungen des Regenten waren eindeutig."

„Der gute Mann möchte, dass mein lieber Papa sich weniger um uns sorgt", sagte Daphne.

Der Regent hatte Jack gebeten, während dieser Ermittlungen seine Uniform nicht zu tragen. Als Zivilist gekleidet hatte er wenig mit Männern seinesgleichen zu tun und er fühlte sich auch deshalb scheußlich. Es war ein gewisser Trost, dass er andere, weit wichtigere Dinge im Kopf hatte.

In etwas mehr als zehn Minuten erreichten sie den großen Esbeekiya Square, der, wie Arbuthnot ihnen mitteilte, gerade außerhalb der alten Stadtmauern lag. Dieser Platz war viele Male größer als der größte der Londoner Plätze. Auf dem Boden aus Ziegelsteinen hätte man eine kleine Stadt errichten können. „Es ist ein großer Versammlungsort, aber er wurde nie bebaut, weil der Nil ihn in jedem August überflutet", sagte Arbuthnot.

Innerhalb von Minuten hatten sie die alten Holztore in die Stadt passiert und wandelten durch Gassen, die viel zu eng waren, als dass man sie hätte Straßen nennen können. Häuser auf beiden Seiten waren aus Holz und Stuck erbaut, weiß gestrichene Gitter verdeckten die Fenster. Das bot den Räumen Schutz, obwohl die Fenster offenstanden.

Jack ertappte sich bei dem Gedanken, wie leicht das alles abbrennen könnte, vor allem, wenn man die einheimische Sucht nach Wasserpfeifen bedachte - eine Gewohnheit, die Maxwell ihm erklärt hatte. „Selbst Frauen rauchen sie", hatte er Jack erzählt.

Alle paar hundert Meter saßen alte Männer zusammen, um zu rauchen und sehr schwarzen Kaffee aus Tässchen zu trinken, die kaum größer waren als ein Fingerhut.

„Ich schwöre", sagte Daphne, „hier könnte man sich verirren."

„Ja", sagte Maxwell. „Die Straßen haben kein System und können sehr verwirrend wirken."

„Aber wenn Sie erst einmal wissen, wo das Konsulat ist, wird es einfacher. Das Konsulat", erklärte Maxwell, „ist völlig anders als die Gebäude, die wir bisher gesehen haben."

Arbuthnot nickte. „Das ist es allerdings. Man sagt, es sei aus Steinen gebaut, die von den Pyramiden geplündert wurden."

„Das ist ein Sakrileg!", rief Daphne aus. „Wie könnte jemand einfach etwas zerstören wollen, das seit dreitausend Jahren dort gestanden hat? Dazu werde ich Mr. Briggs meine Meinung sagen. Wirklich, eine Pyramide zu zerlegen ist noch schlimmer, als käme ein Ägypter nach England und wollte den Tower von London auseinandernehmen!"

„Oh", verteidigte Arbuthnot, „es waren nicht die Engländer, die die Steine von den Pyramiden geholt haben. Das haben die Ägypter vor vielen Jahren selbst getan."

Daphnes Mund formte einen geraden Strich. „Es ist abscheulich."

„Was noch viel bedauerlicher ist", fügte Maxwell hinzu, „ist die Unfähigkeit dieses Landes, seine Antiquitäten zu schützen. Wenn sie nicht bald etwas unternehmen, wird aus den Tagen der großen Pharaonen nichts mehr übrig sein."

„Was schlagen Sie vor?", fragte Daphne.

„Zunächst", sagte Maxwell, „ein eigenes Museum. Machen Sie sich klar, wie viel von ihrer Geschichte ins Britische Museum wandert?"

„Dann ist es nur gut, dass die Pyramiden dort nicht hineinpassen!", sagte Daphne.

Rosemary, die in der Nachmittagssonne blinzelte und die Stirn runzelte, mischte sich in die Unterhaltung. „Die Ägypter müssen die Kontrolle über ihre Schätze übernehmen."

„Sie haben die Bestimmung erlassen, dass Ausländer - oder eigentlich alle - eine Erlaubnis - einen Ferman - beantragen müssen, bevor sie etwas ausgraben oder mitnehmen", sagte Arbuthnot. „Leider ist es so, dass Gunst nach Macht geht und diejenigen, die bereit sind, höhere Bestechungsgelder zu zahlen, leichter Fermans bekommen, während sie bei anderen wiederholt abgelehnt werden."

Sie folgten Arbuthnot um eine Ecke und Jack konnte zweifelsfrei erkennen, dass sie am britischen Konsulat angekommen waren. Das stolze Gebäude, aus massiven Steinen erbaut, hob sich wie ein Juwel in einem Kohlehaufen von den wie zufällig konstruierten Holzbauten ringsum ab.

Wie es Arbuthnots Gewohnheit war, deutete er mit Besitzerstolz darauf. „So, wir haben das Konsulat erreicht. Warten Sie, bis Sie es von innen sehen! Sie werden sich über ein Stück England im Orient freuen."

„Ich bin gerade hierhergekommen, um der trübseligen englischen Art zu entgehen", sagte Rosemary.

Maxwell betrachtete sie bewundernd.

„Dann ist es sehr gut, dass du den Konsul nicht aufsuchen wirst." Jack wandte sich an Maxwell. „Ich hatte gehofft, Sie könnten Lady Rosemary zu einem Rundgang durch Kairo führen."

„Das wird mir ein besonderes Vergnügen sein."

„Ich erwarte, dass das eine faszinierende Besichtigung wird, da Sie doch so klug sind", meinte Rosemary zu dem Gelehrten.

Dass das Konsulat nicht von englischen Soldaten bewacht war, änderte sich schnell, als vier der Leibgardisten des Regenten, die in ihren wollenen Uniformen und hoch aufragenden Bärenfellmützen ihre Posten vor dem Eingang bezogen, als die Drydens und Arbuthnot das Gebäude betraten. Rosemary und Maxwell - mit der Hälfte der Gardisten - gingen, um die Stadt zu erkunden und sollten sie nach einer Stunde wieder vor dem Konsulat treffen.

* * *

Mr. Briggs hatte sie sogleich in sein Büro geführt, einen großen Raum, der ganz im englischen Stil eingerichtet war. Obwohl er viele Fenster hatte und es ein sonniger Tag war, erhellte nur wenig Licht das Zimmer, was an den dunklen, engen Gassen um das Gebäude und den baufälligen Häusern ringsum lag, die die Sonne von den Fenstern fernhielten.

Jack hatte ihr gesagt, dass der Konsul aus dem Militär käme, und alles in seiner Umgebung verriet seine Liebe zur Genauigkeit. Bücher waren ordentlich sortiert, die Stühle waren alle zum Schreibtisch des Konsuls ausgerichtet, und statt eines Porträts König Georgs bedeckte eine große Landkarte Ägyptens die innere Wand, auf der alle Orte markiert waren, wo der Konsul gedient hatte. Überaus tüchtig.

Mr. Arbuthnot machte sie miteinander bekannt - gemäß dem Protokoll stellte er zuerst Daphne als die Person mit dem höchsten Rang dem Konsul vor. „Sie ist die Tochter Lord Sidworths."

Mr. Arbuthnot zeigte eine entschieden übertriebene (und unangemessene) Bewunderung für alles, was mit dem Adel zu tun hatte, dachte Daphne.

Nachdem der Höflichkeit genüge getan war, wandte sich Jack an den Kriecher. „Wir sind Ihnen für alles, was Sie für uns getan haben, sehr dankbar, Arbuthnot, aber ich bitte, dass Sie mir erlauben, mit Mr. Briggs im Vertrauen zu sprechen."

Der Mann versuchte, seine Enttäuschung zu verbergen, indem er ein Lächeln aufsetzte und ihnen sagte, dass er ihnen ihre Unterkunft zeigen wollte, sobald sie bei Mr. Briggs fertig sein würden. „Ich habe viele Pflichten, nachdem ich nun in Kairo zurück bin, aber ich bin in meinem Büro am Ende des Ganges, sollten Sie mich brauchen."

Jack und Daphne saßen auf einem Paar identischer Mahagonistühle, die dem Konsul gegenüberstanden. Daphne hatte gehört, dass Mr.

Briggs des Orients müde geworden wäre und sich nach einer Rückkehr nach England sehnte. Mit seinen trüben grauen Augen, dem grauen Haar und der welken Haut sah er erschöpft aus.

„Ich hoffe, die lange Reise war nicht zu anstrengend für Sie", sagte er. „Der Regent gab diesbezüglich - in seiner Korrespondenz mit mir - seiner Besorgnis um Lady Daphne Ausdruck."

„Wenn Sie so gut sein wollen, Mr. Briggs", sagte sie, „ich ziehe es vor, Mrs. Dryden genannt zu werden."

Er riss die Augen auf. „Wie einzigartig." Dann wandte er sich an Jack. „Nicht, dass es nicht etwas wäre, worauf man überaus stolz sein sollte, die Frau von Hauptmann Jack Dryden zu sein. Ich habe von Ihrer Intelligenz und Tapferkeit seit Jahren gehört, Hauptmann."

„Sehr freundlich von Ihnen", sagte Jack. „Aber genug über uns geredet. Sie kennen die Art unseres Auftrags hier?"

Der Konsul nickte. „Ich weiß, dass Fürst Edward Duleep Singh beauftragt war, eine ungemein wertvolle Totenmaske, die aus dem Grab eines Pharaos stammt, für den Regenten zu beschaffen. Sie soll aus reinem Gold sein, glaube ich. Und ich weiß, dass seit Monaten niemand mehr den Fürsten Singh gesehen hat. Ich würde behaupten, es muss fast ein Jahr her sein."

„Kennen Sie den Fürsten Singh?", fragte Jack.

Mr. Briggs zögerte einen Moment, bevor er antwortete. „Ich kann nicht sagen, dass ich ihn tatsächlich kenne, aber Fürst Singh ist ein sehr reicher Mann, der überall empfangen wird. Er ist ein häufiger Gast des Paschas und ich hatte die Gelegenheit, von ihm bei dem ein oder anderen Anlass bemerkt zu werden."

„Mit Gast des Paschas", fragte Daphne, „meinen Sie, dass er Hausgast beim Pascha ist, während er in Kairo weilt?"

Briggs schüttelte den Kopf. „Nein, Fürst Singh hat seine eigene Villa nahe bei der des Paschas. Sie ist beträchtlich kleiner als der Palast des Paschas."

„Wissen Sie, ob er Diener dort behält, wenn er sich nicht in Kairo aufhält?", fragte Jack.

„Das kann ich nicht mit Sicherheit sagen, aber es ist üblich, das zu tun, und Sie müssen wissen, dass einheimische Arbeitskräfte sehr billig sind."

Ja, das wusste Daphne. Mr. Arbuthnot hatte ihnen gesagt, dass er ihren Dolmetscher für nur drei Guineen im Monat eingestellt hätte.

„Könnte Mr. Arbuthnot uns Fürst Singhs Villa zeigen?", fragte Jack.

Daphne schüttelte den Kopf. „Erinnere dich, Liebling, Mr. Arbuthnot sagte, er kennte Fürst Singh nicht."

Zwischen Briggs Augenbrauen bildete sich eine Falte. „Ich bin überrascht, das zu hören, wenn man bedenkt, dass Arbuthnot es sich zur Gewohnheit macht, jeden zu kennen, der reich und mächtig ist, obwohl es unwichtig ist, ob er den Fürsten Singh kennt. Er weiß mit Sicherheit, welches Haus dem Fürsten Singh gehört."

Dass er *gehört* anstatt *gehörte* sagte, deutete seine Hoffnung an, dass der Fürst noch am Leben wäre. Daphne wünschte, es wäre so, aber sie war pragmatisch genug, um zu wissen, dass es unwahrscheinlich war. „Glauben Sie, es könnte möglich sein, dass Fürst Singh jemanden gefunden hat, der ihm mehr als der Regent zahlte und er nach Indien zurückgegangen ist?"

„Ich nehme an, dass das möglich sein könnte."

„Und noch etwas", sagte Jack. „Sie sind mit Lord Beddington bekannt, nicht wahr?"

Ein Lächeln erfrischte Mr. Briggs schlaffe Gesichtszüge. „Ich habe in der Tat die Ehre."

„Ich würde ihn sehr gerne kennenlernen", sagte Jack. Er klang so militärisch. Daphne konnte gut verstehen, warum ihr Mann bei den Soldaten, die mit und unter ihm dienten, so hochgeachtet war. (Und sie weigerte sich, darüber nachzudenken, wie die Damen sich wegen ihres gutaussehenden Ehemannes völlig zum Narren machten.)

„Ich bin gerne bereit, ein Treffen zwischen Ihnen und Lord Beddington zu arrangieren. Im Moment ist er nicht in Kairo."

Jack bohrte weiter. „Und der Pascha?"

Mr. Briggs neigte feierlich seinen Kopf. „Soweit ich weiß, ist er in Kairo und es wird mir ein Vergnügen sein, Ihnen auch bei dieser Vorstellung behilflich zu sein."

„Da ist noch jemand", sagte Daphne. „Wissen Sie, ob sich Scheich Al-Mustafa in Kairo befindet?"

Diese Nachfrage erwies sich als erfolglos. „Darüber ist mir nichts bekannt."

„Aber ich schätze, der Pascha dürfte es wissen", sagte Jack.

„Das steht zu vermuten", antwortete Mr. Briggs.

„Ich zähle darauf, dass Sie unseretwegen mit dem Pascha sprechen", sagte Jack. „Ich bitte, dass Sie ihn darum ersuchen, ein Treffen zwischen uns und dem Scheich zu arrangieren."

* * *

Rosemarys Begeisterung für Kairo war so groß, dass sie Daphne an Papas überglückliche Welpen erinnerte, wenn diese ihn nach einer Abwesenheit begrüßten. Wäre Rosemary ein Hund gewesen, wäre sie jetzt mit wild wedelndem Schwanz an ihnen hochgesprungen.

„Es war ganz bestimmt das Interessanteste, was ich in meinem Leben je unternommen habe", verkündete sie. „Und ich hatte keinen Moment Angst. Wie könnte ich auch, wenn jeder unserer Schritte von einem gutaussehenden Soldaten der Leibgarde seiner Majestät bewacht wurde?"

„Und natürlich", fügte Daphne hinzu, die Rücksicht auf Mr. Maxwells Verehrung für ihre Schwester nahm, „war auch Mr. Maxwell dort, um dich zu beschützen."

„Oh ja. Er ist eine solche Quelle des Wissens. Es war, als hätte ich bei jedem Schritt ein ganzes Nachschlagewerk bei mir."

„Ich hätte nicht gedacht, dass es da so vieles gäbe, was eine junge Dame wie Sie interessiert", sagte Mr. Arbuthnot.

„Dann haben Sie sich geirrt, mein Herr", sagte Rosemary. „Alles, was ich sah, war voller exotischer Schönheit und ich habe mich in den Duft verliebt, den die Wasserpfeifen verströmen. Und die Ibn-Tulum-Moschee! Wir waren gerade dort, als zum Nachmittagsgebet gerufen wurde und beugten unsere Knie in Richtung Mekka. Natürlich betete ich zu unserem Himmlischen Vater statt zu Allah, aber ich vermute, es ist ohnehin derselbe. Das werde ich nie vergessen. Jetzt möchte ich unbedingt den Basar sehen, aber Mr. Maxwell sagt, dieser Besuch sollte für einen anderen Tag aufgehoben werden."

Sie folgten Mr. Arbuthnot zum europäischen Viertel und gingen durch grüne Tore zu einem Gewirr enger Straßen, die ein wenig wie ein alter Teil Londons wirkten. Oder Paris. Nur, dass die

Gebäude nicht so hoch waren. Anders als die Häuser innerhalb der Stadtmauern von Kairo waren diese nicht aus Holz, sondern aus solidem Mauerwerk.

Eines der ersten Gebäude, zu dem sie kamen, war ihre Unterkunft. „Ich hoffe, Sie haben nichts dagegen, bei einem französischen Hauseigentümer zu wohnen", sagte Mr. Arbuthnot. „In Kairo haben sich nur wenige Engländer niedergelassen."

„Ich nehme an, dass es daran liegt, dass dieser Verbrecher Napoleon es zuerst für sich zu beanspruchen versucht hat", sagte Jack. „So sehr der Soldat in mir es hasst, die Marine zu loben, aber wir verdanken Lord Nelson doch sehr viel."

Ihr Mann hatte für die Franzosen nichts übrig.

„Ich glaube, Liebster", sagte sie, „nachdem wir die Franzosen bei Abukir besiegt haben, war es sehr großzügig von der britischen Regierung, keinen Anspruch auf die Landstriche zu erheben, die Napoleon zuvor erobert hatte."

„Mir erschien das etwas un-britisch", murmelte Jack. „Aber es war in der Tat großmütig."

Mr. Arbuthnot nickte zustimmend und blieb stehen. „Ich bin sicher, dass Sie feststellen werden, dass Ihr Dolmetscher bereits alle Sachen hierhergebracht hat. Erlauben Sie mir, dass ich mit den Soldaten über ihre Unterkünfte spreche."

* * *

Nach dem Abendessen gingen Jack und Daphne in ihr Zimmer. Er war sich nicht sicher, ob es ihm gefiel, dass der Raum so europäisch war. Er hätte sich vielmehr gewünscht, seine Nächte in aufwendigen Zelten, so, wie sie den Scheichs in der Wüste gehörten, zu verbringen. Einem Ort, wo man auf dicken Kissen saß,

Wasserpfeife rauchte und Weintrauben aß. Er musste einen Hang zum Sultan haben.

Zum Glück waren ihre Zimmer sauber. Das einzige Mobiliar des Raums waren ein Eisenbett unter einem hauchdünnen Moskitonetz, zwei Tische und ein hölzerner Stuhl. Der eine Tisch war als Schreibtisch gedacht, der andere stand neben dem Bett. Der Boden war aus Holz und die Fenster - die in die gluthеiße Sommernacht geöffnet waren - mit ebenso dünnem Netzstoff geschützt. Vor den Fenstern waren filigrane, handgeschnitzte Läden aus Holz.

Ihre Taschen standen in einer Ecke, dank des fähigen Habeebs.

Bei dem Gedanken an Habeeb wirbelte sie zu ihrem Mann herum. „Sag, Liebster, was zum Teufel hatte Habeeb dir zu sagen, als wir aus dem Boot stiegen?"

„Der Feluke, meine Liebe. Kein Boot."

„Du wechselst das Thema, Liebster. Warum wollte unser Dolmetscher mit dir sprechen?"

Jack holte tief Luft, antwortete ihr aber nicht.

Sie lebte bereits lange genug mit ihm (und liebte ihn irrsinnig), um dieses Verhalten bei ihm nicht zu kennen. Ihr lieber Ehemann mochte es nie, über Dinge zu sprechen, die sich nicht für die Ohren einer Dame eigneten. Er war so bewundernswert prüde. „Er hat nicht versucht, dich zu einem Bordellbesuch zu verführen, oder?"

Jack drehte sich zu ihr um, ein halbes Lächeln verzog seine schmale Wange, als er sie in die Arme zog. „Woher weiß meine eigene Versucherin das?"

„Deine eigene Versucherin kennt ihren Mann. Wann immer du zögerst, über etwas zu sprechen, ist es meist etwas, das man nicht in gemischter Gesellschaft bespricht." Ihre Arme legten sich ganz um ihn und ihr Kopf kuschelte sich an seine mächtige Brust. „Bitte, wo ist das Bordell?"

Jack tupfte sanfte Küsse in die lockige Masse ihres widerspenstigen Haares. „Eigentlich wollte er uns nicht verführen, sondern uns warnen. Er warnte vor gewöhnlichen ... Nun, du weißt schon. Er sagte, sie wären nicht sauber. Krankheiten und so. Er schlug vor, dass ein Mann, der derartige Bedürfnisse hätte, eher zu einem Tanzmädchen gehen sollte."

„Und sicher hast du ihm gesagt, dass du keinen Bedarf an Frauen dieser Art hast."

„Natürlich, meine Liebste", sagte er mit einem Zwinkern, als er seinen Kopf vorbeugte, um ihr einen Kuss, so leidenschaftlich wie eine orientalische Nacht, zu geben.

Kapitel 4

Der Gebetsruf, der überall von den Minaretten der uralten Stadt erschallte, weckte Jack am nächsten Morgen. Ihr Moskitonetz war zur Seite geschoben und Daphne lag nicht mehr neben ihm. Er hob sich auf einen Ellenbogen hoch und schaute sich um. Seine Frau stand in ihrem Nachthemd am offenen Fenster. Er kniff leicht die Augen zusammen. „Tu mir den Gefallen, mir zu sagen, warum du halb nackt vor dem Fenster stehst."

Sie drehte sich um. Ihr Gesicht sah aus, als hätte sie gerade eine himmlische Erscheinung gehabt. „Oh, mein Liebling, ist es nicht wundervoll, dass wir wirklich im Orient sind? Du musst kommen und dir das ansehen. Heute können wir in der Ferne die Pyramiden von Gizeh sehen."

Er schwang zwei nackte Beine über die Bettkante und begann, sich die Kleider überzuwerfen. „Mir wäre es lieber, wenn nicht ständig ein Zug Soldaten hinter uns herlaufen würde. Ich fühle mich dabei wie ein Muttersöhnchen."

„Zehn Soldaten sind noch kein Zug. Sagtest du nicht, dass ein Zug aus drei Abteilungen von acht Soldaten besteht?"

Er brummte in sich hinein. „Nimm nicht alles so wörtlich, Frau." Er kam und stellte sich neben sie, die sanfte Berührung seiner Hand auf ihrer Taille entschädigte sie für die Schroffheit in seiner

Stimme. Das erste, was er sah, waren zwei Zelte auf dem grasbewachsenen Garten neben ihrem Hotel. Die Unterkünfte für die Soldaten.

Da es früh am Tag war, war der Himmel noch so frei von Kairos Rauch, dass die große Pyramide und zwei kleinere fern draußen im Dunst zu sehen waren.

„Es ist aufregend, im Orient zu sein. Ich dachte nicht, dass ich je die Pyramiden sehen würde." Sie schaute ihn mit hoffnungsvollem Gesichtsausdruck an. „Können wir nicht heute die Pyramiden besichtigen gehen? Während wir auf die Vorstellungen warten."

„Hast du Ahmed Hassein vergessen?"

„Den Mörder im Basar?"

„Wir wissen nicht, ob er ein Mörder ist, aber, ja, das ist der Mann, den wir heute aufsuchen sollten."

„Den Basar zu sehen wäre fast ebenso gut, wie die Pyramiden zu besichtigen. Aber nicht ganz."

„Der Basar interessiert dich? Ich habe nie gesehen, dass du - anders als die meisten anderen Frauen - das Einkaufen genießt."

„Ich muss zugeben, dass ich kein Interesse an Damast und Seide und Schmuck habe, aber ich würde gerne riechen, wie all diese Gewürze sich mit dem durchdringenden Rauch der Wasserpfeifen mischen. Ich möchte durch das dunkle Gewirr der Gassen und Gässchen laufen, die seit Jahrhunderten unverändert geblieben sind. Ich möchte die bunten Farben der Orientteppiche bewundern und den alten Männern zuschauen, wie sie ihren dickflüssig aussehenden Kaffee schlürfen und die Frauen mit ihren verschleierten Gesichtern sehen."

All die Dinge, die er selbst gerne sehen wollte.

„Ich hoffe sehr, dass wir aufbrechen können, bevor der entsetzlich hilfreiche Mr. Arbuthnot kommt, um uns abzuholen", sagte er.

Ohne ihren Blick abzuwenden, lehnte sie sich an ihn, seine Arme umschlossen sie und sein Mund drückte sich an ihr Ohr, um sie sanft zu küssen. „Ich dachte gerade das gleiche über Mr. Arbuthnot. Seine Hilfsbereitschaft kann sehr lästig sein", sagte sie. „Ich habe ein schlechtes Gewissen dabei, es zuzugeben, da der allwissende Mr. Arbuthnot es nur gut meint."

„Trotzdem denke ich, dass wir den Basar mehr genießen werden, wenn wir nur Habeeb und Maxwell zum Übersetzen mitnehmen."

„Eine großartige Idee. Aber was ist mit Rosemary? Du weißt, wie viel ihr daran liegt, in den Basar zu gehen."

„Wenn wir Hassein gefunden haben, kann Maxwell mit deiner Schwester weitergehen. Habeeb kann uns als Dolmetscher dienen, wenn es nötig wird."

Sie schüttelte den Kopf. „Das dürfte nicht gut sein. Was wissen wir wirklich über Habeeb?"

Er seufzte. „Du hast recht. Ich weiß nicht, wie mir dieser Gedanke so völlig entgehen konnte. Für alle vertraulichen Angelegenheiten brauchen wir Maxwell. Ich würde ihm mein Leben anvertrauen, und der Mann ist diskret."

„Ich denke, ich würde mir Sorgen machen, wenn nur Habeeb Rosemary durch den Basar begleiten würde. Der Mann ist nicht größer als sie!"

„Ich war überrascht, dass er so klein ist. Ist dir aufgefallen, wie klein die Beduinen sind? Ich wäre überrascht, wenn einer größer als fünf Fuß sechs wäre."

Sie nickte. „Sie sahen alle nicht so aus, wie ich mir einen Fürsten der Wüste vorstelle. Aber ich nehme an, es ist ziemlich schwierig, groß zu werden, wenn man vom Sand leben muss."

„Beduinen essen keinen Sand."

„Das weiß ich. Aber welche Nahrung wächst mitten in einer Wüste?"

„Ich verstehe, was du meinst, und ich hatte nicht beabsichtigt, die Männer wegen ihrer kleinen Gestalt geringzuschätzen. Man kann den Mut eines Mannes nicht nach seiner Größe einschätzen."

„Das stimmt. Mr. Maxwell schreibt in seinem Buch über die Fähigkeit der Beduinen, Schmerzen ungewöhnlich standhaft zu ertragen. Und ich finde, das ist ein echtes Anzeichen von Tapferkeit."

Jack wollte ihr nicht erzählen, wie viele Male er große Männer wie Kinder unter der Folter hatte zusammenbrechen sehen. Dann würde sie wissen wollen, ob er je gefoltert worden wäre. Er konnte sie nicht anlügen, durfte sie aber auch nicht wissen lassen, welche Härten er in feindlichen Lagern zu erdulden gehabt hatte.

Er dankte Gott jeden Tag dafür, dass er ihm die Fähigkeit gegeben hatte, der Folter zu widerstehen und dabei seine Würde - und seine Geheimnisse - zu wahren.

„Wie recht du hast."

Er drehte sich zu ihr um und sah sie an. „Jetzt würde ich Mylady gerne beim Anziehen behilflich sein."

„Zuerst, Lieber, brauche ich dringend jemanden, der mir den Rücken kratzt. Diese gemeinen Moskitos auf dem Boot haben sich an jeder Stelle meiner Haut gütlich getan."

„Weil du so köstlich bist." Er rieb die geschwollenen Bisse auf ihrem Rücken und vermied dabei sorgfältig, seine Fingernägel zu benutzen. Es wäre nicht gut, die Haut zu verletzen.

Es gab noch etwas, das Jack ihr nicht erzählt hatte. Er hatte nicht erwähnt, dass er Gareth Williams in Bulak gesehen hatte. Er hatte keinen Grund zu der Annahme, dass Williams Anwesenheit dort mit ihm zu tun hätte. Trotzdem war es Jack unmöglich, die Überzeugung loszuwerden, dass Gareth Williams etwas damit zu tun haben könnte, wenn hier etwas Finsteres vor sich ginge. Diese Vorahnung war der nicht unähnlich, die Jack immer die hinterlistigen Machenschaften seines Erzfeindes, des Duc d'Arbliers, erahnen ließ.

* * *

Sie schafften es, sich davonzustehlen, bevor Mr. Arbuthnot Gelegenheit hatte, sie aufzusuchen. Leider gab es nichts, was sie dagegen tun konnten, sich von dem Zug der Soldaten zu lösen, die ihnen überallhin folgten.

Sie waren früh am Tag losgegangen in der Hoffnung, sich die drückende Hitze des Nachmittags zu ersparen. Während sie die Straßen aus festgetretener Erde entlanggingen, hakte sich Daphne bisweilen bei Rosemary unter, sie schwatzten fröhlich und gingen durch das Labyrinth enger Gassen voran. Aber die meiste Zeit teilten sie sich paarweise auf. Jack und Daphne, Rosemary und Mr. Maxwell. Wann immer Daphne sich in einem fremden Land befand, hielt sie sich lieber nahe bei ihrem gutaussehenden Mann. Es lag gar nicht daran, dass sie ein so ängstliches Geschöpf gewesen wäre, sondern eher, dass sie sich ihm näher fühlte, wenn sie zusammen Neues erkundeten.

Mr. Maxwell war ruhig und schüchtern, aber wenn er sprach, war es fesselnd. Er wies nicht nur auf das absolut Offensichtliche hin wie Mr. Arbuthnot, er klang auch nicht belehrend. Er hatte die Gabe, ganz freimütig über die interessantesten Themen zu berichten.

„Man findet die schönsten Juwelen außerhalb von Konstantinopel hier im Khan el-Khaliti", sagte Mr. Maxwell. „Juwelenhändler kommen seit Jahrhunderten hierher."

Als sie in die Nähe des Basars kamen und Daphne die persischen Teppiche in ihren majestätischen Farben wie Fahnen herabhängen sah, stieg ihre Aufregung.

Da Europäerinnen, insbesondere blonde Frauen wie Rosemary, ungewöhnlich waren, zog ihre Gruppe beträchtliche Aufmerksamkeit auf sich. Die Händler drängten und schubsten sich gegeneinander, um in der Lage zu sein, den reichen Franken, wie hier alle Europäer genannt wurden, anzubieten. Wie schade, dachte Daphne, dass sie kein Wort des schnell gesprochenen Arabisch verstand, das aus jeder Richtung auf sie eindrang.

Ein Ägypter zog an Jacks Ärmel und flehte ihn an, einen äußerst merkwürdigen Gegenstand zu bewundern. Obwohl das zwei Fuß lange Ding ziemlich spitz war, wirkte es doch natürlich. „Habeeb, was bitte ist das?", fragte Jack.

„Das Horn eines Nashorns", antwortete der Dolmetscher.

Mr. Maxwell räusperte sich. „Sie sollen aphrodisische Eigenschaften haben."

„Ich wage zu behaupten, dass das erklärt,

warum etwas so Hässliches für wertvoll gehalten wird", sagte Jack.

Als nächstes kamen sie in den Teil des Basars, wo Parfüm verkauft wurde. Noch bevor sie ihn erreichten, zogen schwere Blumendüfte sie in diese Richtung. Die Damen mussten einfach stehenbleiben. Ein Ägypter in gestreiftem Gewand hielt einen durchsichtigen Flacon unter die Nase der hübschen Blonden. „Oh, wirklich", sagte Rosemary, „sie duften genauso gut wie jedes französische Parfüm."

„Das stimmt", sagte Daphne. „Wir sollten etwas davon kaufen." Sie wandte sich an Habeeb. „Sie werden das Parfüm schlecht machen müssen, um einen guten Preis für uns zu erzielen." Das war der einzige Rat, den sie sich über das Einkaufen im Basar gemerkt hatte. Man hatte ihr gesagt, dass man die Waren in der Regel für ein Viertel des zuerst genannten Preises erwerben konnte.

Während der nächsten paar Minuten wechselten Habeeb und zwei verschiedene Parfümverkäufer Worte, bis Habeeb schließlich Daphne ansah, einen verschmitzten Ausdruck auf dem Gesicht. „Ich habe sehr guten Preis für Sie bekommen. Nur fünf Para für jeden Duft."

Jack zahlte für das Parfüm und sie gingen weiter. Stand um Stand folgten Getreide, Flachs, Salz, Dinge des täglichen Gebrauchs, die für sie im Moment nicht interessant waren.

Mr. Maxwell entschuldigte sich ständig, dass er sich im Basar nicht besser auskannte, aber Daphne war sicher, dass selbst die Einheimischen in dem Gewirr der schmalen Gässchen, in denen sich Araber, Inder, verschleierte Frauen, braune Kinder, Ziegen und Esel drängten, verirren müssten. Wie immer lag über allem der durchdringende Geruch der Wasserpfeifen, aber auch der Duft starken Kaffees, exotischen Sandelholzes, frischen Fischs und vieler anderer Nahrungsmittel, die sie nicht benennen konnte, waberte durch die dunklen Gassen.

Es war noch viel aufregender, als sie es sich vorgestellt hatte. Nur, dass sie so etwas wie eine Sehenswürdigkeit war. Sie war in ihrer Gruppe diejenige, die von jedem, an dem sie vorbeikamen, angestarrt wurde. Wegen ihrer Brille, ihrer Größe und ihrem Schopf dichten, widerspenstigen goldenen Haares. „Ich habe beschlossen, mir Schleier und Burka oder was auch immer diese ägyptischen Frauen tragen, zu kaufen."

Ihr Mann schaute sie an. „Du kannst dich doch nicht wie die Eingeborenen anziehen wollen?"

„Ich denke ernsthaft darüber nach. Ich weiß, dass ich als Europäerin ständig neugierige Blicke auf mich ziehen werde, und du musst zugeben, dass mein Haar wirklich einem zerzausten Schaf ähnelt, das der Sonne zu nahe gekommen ist. Wenn ich Schleier tragen würde, wäre es zumindest bedeckt."

„Ich wünschte, du würdest nicht so schlecht über deine Haare sprechen", sagte Jack. „Ich liebe sie."

„Das, mein Herzallerliebster, liegt daran, dass du mich liebst. Die Eingeborenen tun das nicht."

Der Gang, durch den sie gerade gingen, bestand aus kleinen Ställen für eine Vielzahl von gackerndem Geflügel. Sie war sich in gewisser Hinsicht befriedigt bewusst, dass Hühner überall in der Welt fast genauso aussahen. So sehr sie fremde Sitten schätzte, zog sie doch dort einen Strich, wo fremdartige Tiere sich auf sie stürzen könnten.

Sie blieb stehen, schlug nach den unvermeidlichen Fliegen und wandte sich zu Habeeb. „Mein Mann und ich möchten je einen Satz Kleider wie die Einheimischen haben. Können Sie uns diese besorgen?" Sie hatte ihren Mann nicht über ihren Plan unterrichtet, aber da sie seine Erfahrungen mit geheimen Ermittlungen kannte, wusste sie, dass er eine solche Verkleidung vielleicht brauchen würde. Sie wusste auch, dass er ihre Bitte nicht vor den anderen ablehnen würde. Obwohl sie sich darauf gefasst machen musste, dass er sie unter vier Augen sanft tadeln würde.

Der Dolmetscher nickte.

„Und", fügte Daphne hinzu, „denken Sie daran, dass sowohl mein Mann wie auch ich erheblich größer sind als die meisten Araber."

„Ja, *Sitti el-Kebir*."

Jack hatte ihr gesagt, dass die Worte, mit denen Habeeb sie ansprach, *große Dame* bedeuteten.

„Ich denke auch, dass man sich in der Kleidung der Einheimischen heute wohler fühlen würde", sagte Mr. Maxwell.

Einen Moment später hielt er an einer Stelle an, wo mehrere Ladengässchen aufeinandertrafen. Er wandte sich nach links. „Wenn mein Gedächtnis mich nicht täuscht", sagte Mr. Maxwell, „bewegen wir uns auf die gemauerten Teile des Basars zu, wo die sogenannten Antiquitäten angeboten werden."

„Was meinen Sie mit sogenannten?", fragte Jack.

„Die Ladeninhaber werden Ihnen sagen, es wären echte Parpyrii, echte Skarabäen, Amulette, aber meistens handelt es sich um Fälschungen."

Rosemary drehte sich rasch zu ihm um. „Oh, Mr. Maxwell, können Sie den Unterschied feststellen?"

„Das ist keine besondere Kunst, vor allem nicht für jemanden, der sein Leben lang alte Schriftrollen untersucht hat."

„Dann können Sie das alte Ägyptisch lesen?", fragte Rosemary mit vor Bewunderung blitzenden Augen.

Er schüttelte den Kopf. „Kein lebender Mensch kann das derzeit lesen, aber ich habe mit einem Franzosen zusammen an der Entzifferung der Aufschriften eines Steins gearbeitet, der vor einem Jahrzehnt im Nildelta gefunden wurde. Wir glauben, dass er uns den Schlüssel zu der alten ägyptischen Bilderschrift geben wird."

„Wie spannend", sagte Rosemary.

„Ich hätte nicht gedacht, dass jemand anders als ich eine so langweilige Aufgabe für spannend halten würde", sagte er. Wie immer sprach der Gelehrte sehr bescheiden. Seine Stimme war ebenso unprätentiös wie er selbst. Hätte er sich statt in Kairo auf einer englischen Straße befunden, wäre seine schlichte Erscheinung von niemandem eines zweiten Blickes gewürdigt worden.

Nicht wie ihr Jack. Sie war froh, dass er nicht seine Uniform trug. Darin sah er viel zu gut aus. Nicht, dass er nicht auch so, wie er heute aussah, unglaublich gut ausgesehen hätte, mit seiner stattlichen Größe und der dunklen Erscheinung, in braune Wolle und kamelfarbene Stiefel aus feinem Leder gekleidet.

Als sie die hoch aufragenden Backsteinbauten erreichten, die den Beginn des Goldmarktes bezeichneten, wusste sie, dass sie sich den

Antiquitäten näherten. Obwohl Daphne sich nicht für Schmuck interessierte, konnte sie doch nicht anders, als von den atemberaubenden goldenen Halsketten, Armreifen und Ringen jeder Art geblendet zu sein, einige so filigran, wie sie es noch nie gesehen hatte. Schön gearbeiteter Goldschmuck wurde ihnen von schnell arabisch sprechenden Händlern förmlich aufgedrängt und Rosemary fand es schwierig, nicht stehenzubleiben. „Ich muss hierher zurückkommen, wenn ihr eure wichtigen Angelegenheiten erledigt habt."

Minuten später fanden sie die „Straße", wo die Antiquitäten feilgehalten wurden. Die Händler hier erkannten sie als Briten und waren die ersten, die so etwas wie Englisch zu sprechen schienen. „Papyrus, viel tausend Jahre alt, sehr billig", sagte einer.

Der Laden direkt daneben bot Sarkophage an. „Hareem muss feinen Sarkophag mit nach England nehmen."

Daphne warf Jack einen Blick zu. „Hareem?"

„Die Dame."

Als ob er dazu angewiesen worden wäre, erkundigte sich Habeeb, wo sie Ahmed Hassein finden könnten. Das Geschäft dieses sehr angesehenen Antiquitätenhändlers lag am Ende genau dieser Straße. Es wäre einfach zu finden, sagte man ihnen, weil an der Tür vergoldete Säulen stünden - und zwei sehr große Wachmänner.

Am Ende der Gasse standen zwei sehr große Männer an einem blendenden Eingang, als ob sie Wachposten wären - was sie in der Tat ja auch waren. Sie waren nicht auf ägyptische Manier gekleidet, sondern sahen aus wie die türkischen

Soldaten, die immer noch in diesem entfernten Außenposten des Osmanischen Reiches präsent waren. Anstatt Turbanen trugen diese Männer einen Fez mit einer Quaste. Sie waren mit Musketen bewaffnet.

Wie die eleganten Leibgardisten des Regenten zuckten diese Wachen nicht einmal mit der Wimper, als die fünf in den Laden marschierten. Die Soldaten, die ihnen ständig folgten, blieben draußen vor dem Laden, behielten die fünf aber stets genau im Auge. Ahmed Hasseins Geschäft unterschied sich von seinen Nachbarn ebenso wie Habeeb von dem gelehrten Mr. Maxwell. Es war, als ob der erste große Raum von hellem Tageslicht erfüllt wäre. Sie schaute auf und fand heraus, dass das Dach von Ahmed Hasseins Laden eine Glaskuppel war.

Durch das hereinflutende Licht waren seine funkelnden, juwelengeschmückten Waren gut zu sehen. Hier stand nur ein Sarkophag, und sie hätte wetten mögen (wenn Jack ihr so etwas erlauben würde), dass er echt war. Es gab keinen wirklichen Ersatz für echtes Gold, und sie war sicher, dass er mit diesem wertvollsten aller Metalle geschmückt war.

Ein Mann, der größer war als die durchschnittlichen Ägypter, teilte die seidenen Vorhänge und betrat den Raum, in dem sie alle standen. Er trug den Turban, den sie bei den Ägyptern zu erwarten gelernt hatte, und seine makellosen Gewänder wirkten, als trüge er sie zum allerersten Mal. (Daphne konnte nie ihre Beobachtung aussprechen, dass die meisten Ägypter gar nicht sauber aussahen. In der Tat war der Geruch der Menschen, der sich durch die engen Straßen des Basars drängte, nicht angenehm gewesen.)

Sie musterte den Ägypter. Er schien Anfang vierzig zu sein und hatte ein aristokratisches Gesicht mit hohen Wangenknochen und einer geraden Nase.

„Wir suchen Ahmed Hassein", sagte Jack zu ihm.

Der Mann - dem das Englische offensichtlich fremd war - zuckte mit den Schultern.

Jack versuchte es auf Französisch.

Der Mann lächelte, nickte und antwortete auf Französisch, dass er Ahmed Hassein wäre.

„Meine Frau und ich würden uns gerne privat mit Ihnen unterhalten", sagte Jack in Französisch.

Er zuckte wieder mit den Schultern. „Mein Französisch ist nicht gut."

Jacks Blick begegnete Mr. Maxwells und er sprach weiter auf Englisch. „Ich möchte Sie bitten, mir bei dem Ägypter als Dolmetscher zu helfen." Jack sah dann zu seiner Schwägerin hinüber. „Wenn du dich mit Habeeb solange hier im Raum alleine unterhalten kannst, bis unsere Besprechung zu Ende ist, werde ich Mr. Maxwell Zeit geben, dich durch den ganzen Basar zu führen. Ich bin sicher, dass du die Seidenstoffe finden können wirst, die du suchst, und auch noch einmal in den Goldbasar gehen kannst."

Sie nickte ernst.

Mr. Maxwell trat vor und sprach Ahmed Hassein auf Arabisch an. Der Antiquitätenhändler nickte und bedeutete dann den drei Besuchern mit einer schwungvollen Handbewegung, in das Zimmer hinter den seidenen Gardinen einzutreten.

Dieses Zimmer wurde nur von zwei massiv

silbernen Kerzenhalten erleuchtet. (Sie war sicher, dass es sich um echte Antiquitäten handelte.) Er deutete auf eine Reihe verstreuter Polster am Boden, auf die sie sich setzten sollten. Die drei gehorchten. Neben Ahmed Hassein war eine hohe Wasserpfeife aufgebaut. Er begann zu rauchen, nachdem er Platz genommen hatte. Dann reichte er sie an Jack weiter.

Jack nickte, schloss die Lippen um das Mundstück, sog den scharfen Tabakrauch ein und reichte es an Daphne weiter, der er zuflüsterte: „Es wird erwartet, dass du es probierst."

Das war unglaublich aufregend für sie. In England würde man sie als unanständige Frau gebrandmarkt haben, wenn sie so etwas getan hätte. Es schien seltsam, dass in einem Land, wo Frauen unterdrückt und unterwürfig waren und ihre Ehemänner ihnen nicht einmal treu sein mussten, es ihnen erlaubt sein sollte, sich einer so deutlich männlichen Beschäftigung hinzugeben. Sie schloss glücklich ihre Lippen um das Mundstück.

„Und jetzt musst du den Tabakrauch einatmen", wies Jack sie an.

Das tat sie.

Es hatte keine angenehme Wirkung auf sie. Sie erlitt einen Hustenanfall und fürchtete ehrlich, dass sie sich direkt auf den schönen Orientteppich ihres Gastgebers würde übergeben müssen. Seit ihrer elenden Hochzeitsnacht hatte sie sich nicht so gedemütigt gefühlt. Wie ärgerlich! Und sie hatte den Geruch dieses Wasserpfeifendings wirklich gemocht. Offenkundig gab es einen deutlichen Unterschied zwischen ihrem Kopf und ihrem Magen.

Sie versuchte, so zu tun, als ob der

Pfeifenrauch keine so widerwärtige Wirkung auf
sie gehabt hätte. Sie reichte die Pfeife gelassen an
Mr. Maxwell weiter - wenn man etwas gelassen
tun konnte, während man sich die Lunge
heraushustete und zum Allmächtigen betete, dass
einem die Demütigung, den Teppich des
Gastgebers zu beschmutzen, erspart bleiben
möge. So, wie sie seinen Ruf kannte, war dieser
Teppich vermutlich hunderte von Jahren alt. Sie
war so sehr in Nöten, dass sie nicht in der Lage
war, dem inzwischen Gesprochenen zu folgen.

Sie entwickelte einen Notfallplan. Wenn ihr
Magen wirklich drohte, sich umzudrehen, musste
sie in den Rock ihres Kleides spucken. Sie
begann, den dünnen Musselinstoff um sich herum
auszubreiten. Dann beschloss sie, dass das gar
keine gute Idee wäre. Besser, der Teppich des
Mannes als das Kleid, das sie den ganzen Weg bis
zurück zu ihrem Hotel zu tragen gezwungen sein
würde.

Wie sollte sie sich jetzt an dem Sprechenden
interessiert zeigen, ohne sich umzudrehen? Eine
solche Bewegung könnte das mühsam
aufrechterhaltende Gleichgewicht stören, das den
Inhalt ihres Magens noch drinnen hielt. Selbst,
wenn sie es fertigbrächte, Interesse an dem
Sprechenden vorzutäuschen, der Mann wusste
doch sicher, dass sie nichts von dem verstand,
was er sagte, da sie Arabisch nicht beherrschte.

Schließlich erlangte sie ihre Fassung so weit
wieder, dass sie beobachten konnte, wie Jack Mr.
Maxwell erklärte, was er Ahmed Hassein fragen
wollte. „Fragen Sie den Gentleman, ob er den
Fürsten Edward Duleep Singh kennt. Und wenn
er das bejaht, fragen Sie ihn, ob er ihn im letzten
Jahr gesehen hat."

Trotz ihrer Demütigung und ihrer Übelkeit (sie hatte noch immer das Gefühl, dass eine schädliche Substanz ihren Körper beschmutzt hätte - was in der Tat ja auch so war), war sie überaus beeindruckt davon, wie fließend Mr. Maxwell Arabisch sprach. Ihr ungeübtes Ohr konnte keinen Unterschied zwischen der Art, wie die beiden Männer die arabische Sprache benutzten, erkennen.

Nach dem arabischen Wortwechsel wandte Mr. Maxwell sich an Jack. „Er sagt, er hätte den Fürsten seit Jahren als freundschaftlichen Konkurrenten gekannt, aber hätte ihn seit letztem Sommer nicht mehr gesehen."

„Fragen Sie ihn, ob er je von der Totenmaske des Amon-Ra gehört hat", wies sie an.

Die beiden Männer wechselten wieder etliche Sätze in Arabisch, dann wandte sich Mr. Maxwell Jack zu. (Sie würde Mr. Maxwell erklären müssen, dass sie bei allen Dingen Jacks vollwertige Partnerin war und erwartete, bei jeder Unterhaltung über die gemeinsamen Ermittlungen ganz einbezogen zu werden.) „Er sagte, er habe sie tatsächlich vor einem Jahr gesehen. Er wollte sie unbedingt haben, aber der indische Fürst zahlte weit mehr dafür, als sie wert war."

„Fragen Sie, ob sie wieder auf dem Markt aufgetaucht ist, nachdem Fürst Singh sie erworben hat", sagte sie mit einer durchdringenden Stimme, die ihr elendes Innenleben Lügen strafte.

Sie beobachtete Mr. Maxwell, als er sprach. Und Hassein schüttelte den Kopf.

„Wenn Sie so freundlich sein würden, Mr. Maxwell", sagte sie, „fragen Sie ihn, ob er weiß, ob die Diener des Fürsten Singh hier in seiner Villa geblieben sind."

Wieder ging die Unterhaltung zwischen den Männern einen Moment hin und her. Dann drehte Mr. Maxwell sich ihr zu. „Es war immer die Gewohnheit des Fürsten, Personal zur Betreuung des Hauses zurückzulassen, während er zwischen hier und seinem Heimatland hin und her reiste, aber Hassein kann nicht bestätigen, dass das noch so ist."

Daphne nickte und wandte sich an ihren Mann. „Fällt dir noch etwas ein?"

Jack schüttelte den Kopf. „Dann danken Sie ihm bitte, dass er bereit war, mit uns zu sprechen."

* * *

Während Mr. Maxwell Rosemary durch jede krumme Gasse des riesigen Basars geleitete - mit bewaffneten Soldaten dabei, die sie dabei beschützten - schlenderten Jack und Daphne, ebenso mit ihren treuen Wachhunden und Habeeb, zu der Gegend in der Nähe von Bulak, wo sie den Palast des Paschas gesehen hatten.

Inzwischen stand die Sonne hoch am Himmel und es gab keine Möglichkeit, der glühenden Hitze zu entgehen. Sie bedauerte Jack schrecklich, dessen dicke, schwere Wollkleidung für die Wüste untauglich war. Um ihr Unbehagen noch zu verschlimmern, zogen sie Schwärme von Fliegen an, als ob sie mit Honig überzogen wären.

Nach dem, was Mr. Briggs ihnen erzählt hatte, wussten sie, dass die Villa des Fürsten Singh in der Nähe sein musste. Es ging nur darum, dass Habeeb sich erkundigen musste, welches der Häuser dem Fürsten gehörte.

Als Habeeb seine Fragen gestellt hatte, führte

er sie zu einer Villa, die im Vergleich zu der des Paschas eher klein erschien, aber doch ein beeindruckendes Gebäude war. Hohe Palmen umstanden das steinerne Gebäude, das größtenteils um einen Garten herum gebaut war. Wie unpassend es schien, solches Grün her inmitten der Mischung aus hellem Schmutz und Sand zu finden, auf der Kairo erbaut war.

Jack läutete die Glocke und ein Diener kam zum Haupteingang geeilt. „Sprechen Sie Englisch?", fragte Jack.

Der dünne, junge Diener schüttelte sofort seinen Kopf und wirbelte davon, ließ aber die Tür offen, während er den Korridor hinabeilte. Einen Augenblick später kam er mit einem älteren Mann zurück. Dieser würdig aussehende Inder trug einen Turban, war aber seltsamer Weise auf europäische Art in Hosen gekleidet. Nachdem Daphne so viele Gesichter gesehen hatte, die von ungepflegten Bärten verdeckt wurden, war sie eher erfreut, einen braunhäutigen Mann zu erblicken, dessen Gesicht glattrasiert war. „Mohammed sagt mir, wir hätten englischsprechende Besucher." Er verbeugte sich. „Möchten Sie nicht bitte hereinkommen?"

Die Soldaten hatten sich bereits um die Villa herum aufgestellt. Jack und Daphne traten ein, dann drehte er sich zu Habeeb um. „Du kannst dich hinsetzen, während meine Frau und ich uns allein mit diesem Mann unterhalten."

Das Innere dieses Hauses war im Stil des Palastes eines Rajas ausgestattet. Nicht, dass sie je in einem gewesen wäre, aber sie hatte Illustrationen davon gesehen. Hier lagen nur wenige Orientteppiche, als ob die mosaikartig gekachelten Böden, die in sich selbst Kunstwerke waren, besser zur Geltung kommen sollten. Es war ein Jammer, sie mit Teppichen zu verdecken, aber einige persische Teppiche lagen dennoch auf dem Boden verstreut.

Das Holz der meisten Möbel war in filigranen Mustern geschnitzt. Es gab keine Polster auf dem Boden. Sie war sehr froh, Stühle zu sehen. Nach ihrem ungemein heißen und unangenehmen Spaziergang war sie dankbar, in einem schattigen Zimmer sitzen zu dürfen. Es war hier viel kühler als draußen, aber doch immer noch verflixt heiß.

„Ich bin des Fürsten ... nun, im Englischen würde meine Stellung wohl einem Butler entsprechen, vermute ich. Sie wissen, dass der Fürst nicht hier ist?"

Sie nickten beide ernst. „Aus diesem Grund sind wir hier", sagte Jack mit ernster Stimme. „Der britische Prinzregent ist wegen des Verschwindens des Fürsten besorgt."

Der Inder, der stehengeblieben war, sagte in düsterem Ton: „So wie auch ich."

„Ist ihnen bekannt, welches Stück Ihr Herr für den Regenten erwerben sollte?"

„Die Maske des Amon-Ra?"

„Ja", sagte Jack. „Es scheint, Sie sind ein geschätzter Diener, der das Vertrauen seines Herrn erworben hatte."

„Ich bin praktisch während unseres gesamten Lebens beim Fürsten gewesen." Er schüttelte mit einem sorgenvollen Ausdruck auf dem Gesicht den Kopf. „Ich fürchte, dass er tot ist."

„Man sagte uns, dass der Fürst immer vorsichtig war, dass er immer von Wachmännern umgeben war."

Der andere Mann nickte. „Es ist seine Gewohnheit, seine Wachen mitzunehmen, wann immer er große Geldsummen bei sich trägt - oder eine seiner kostbaren Antiquitäten."

„Hatte der Fürst die Maske in der Tat schon in seinem Besitz?", fragte Jack.

„Ja."

„Er ließ sie gut bewachen?", fragte Daphne.

„Alle seine Residenzen haben unzugängliche Räume, wo die wertvollsten Waren aufbewahrt werden, bis sie ihren Käufern übergeben werden. Nur er und ich haben die Schlüssel dazu." Seine Schultern sackten herab. „Die Maske ist nicht mehr dort."

„Haben Sie gesehen, dass Ihr Herr sie forttrug?", fragte Jack.

„Nein."

„Fehlt sonst noch etwas?", fragte Daphne.

„Nur ein Teppich. Er war nicht von großem Wert."

„Können Sie uns alles erzählen, woran sie sich von ihrer letzten Begegnung mit dem Fürsten erinnern?", fragte Jack.

Der Mann holte tief Luft. „Ich wurde weggeschickt, angeblich, um einen seiner Freunde aus Indien abzuholen, der an jenem Abend anlegen sollte." Er zuckte die Schultern. „Niemand kam. Ich weiß jetzt, dass das ein Vorwand war, um mich aus dem Weg zu räumen, während er sich mit dem Mann traf, der für sein … Verschwinden verantwortlich ist."

„Woher wissen Sie, dass er diese Person in seinem Haus getroffen hat?"

„Weil er in der Nacht das Haus nie ohne die bewaffneten Männer verlassen hätte, die geschworen hatten, ihn zu beschützen."

„Hat irgendeiner der anderen Diener diesen mysteriösen Fremden gesehen?", fragte sie.

Er schüttelte feierlich den Kopf. „Man hat ihnen allen die Nacht über freigegeben."

„Ich möchte nichts Schlechtes über Ihren Herrn sagen, aber es hört sich so an, als hätte er nichts Gutes im Sinn gehabt", sagte Daphne.

Der Diener zuckte die Schultern. „Sein Verhalten war die ganze Woche über ungewöhnlich gewesen."

„War ..." Daphne berichtigte sich schnell selbst. „Ist Fürst Singh verheiratet?"

„Ja. Die Fürstin lebt in Indien."

„Dann nehme ich nicht an, dass sie helfen könnte", murmelte Daphne.

„Wann haben Sie erfahren, dass die Maske fehlte?", fragte Jack.

„Nach einigen Tagen. Am ersten Abend, als er nicht hier war, dachte ich, er wäre nur zu ..." Er hielt inne. „In die Stadt gegangen."

Daphne fragte sich, ob der Mann die Tatsache verschleiern wollte, dass Fürst Singh vielleicht eine Geliebte hatte, bei der er regelmäßig übernachtete.

„Nach dem zweiten Tag", fuhr er fort, „wusste ich, dass etwas nicht in Ordnung war. Da ging ich in den verschlossenen Raum und entdeckte, dass die Maske fort war."

„Wäre es möglich, dass der Fürst gezwungen war, eine Reise zu unternehmen? Fehlte etwas von seinen Kleidern?"

Der andere Mann schüttelte den Kopf. „Er wäre ohne seine Wachen nirgendwohin gegangen - und nichts fehlte. Außer der Maske und dem einen Teppich. Wie ich mir wünsche, dass der Fürst nie diese Besessenheit entwickelt hätte, mit Antiquitäten zu handeln!"

Daphnes grünäugiger Blick traf seinen

dunklen. „Können Sie uns sagen, wo wir die Mätresse des Fürsten Singh finden?"

Jacks Kopf fuhr mit einem Ruck zu ihr herum. „Daphne!"

Ihr lieber Mann war ein solcher Puritaner!

Der Inder nickte. „Sie lebt in der Altstadt. Ihr Name ist Amal. Ich weiß nicht genau, wo sie wohnt, aber man sagte mir, sie gelte als die schönste Frau von ganz Kairo.

Jack stand auf. „Das sollte helfen."

Daphne trat auf den Diener zu und legte sanft ihre Hand auf seinen Arm. „Wir werden alles tun, was wir können, um Ihren Herrn zu finden."

* * *

Sie hatten keine Schwierigkeiten, die Wohnung der schönsten Frau Kairos zu finden. Leider reagierte niemand, als sie die Glocke läuteten. Daphne stieß an die Tür, die sich öffnete. Sie tapste ins erste Zimmer.

Und schrie auf.

Kapitel 5

Selbst im Tod war die Geliebte Singhs noch schön. Ihr lebloser Körper lag auf den kalten Fliesen des Bodens ausgestreckt, die bunte Seide ihrer Gewänder lag elegant um ihren schlanken Körper drapiert. Lange, schwarze Wimpern beschatteten ein makelloses Gesicht und dicke, dunkle Haarsträhnen waren unter ihrem Schleier hervorgedrungen, der noch immer ihren Kopf krönte.

Jemand hatte sie erwürgt.

Jack hatte Daphne eilig vom Tatort entfernt. Dies war eine Gelegenheit, wo er dankbar dafür war, dass jeder ihrer Schritte in Kairo von den Soldaten verfolgt wurde. Britischen Soldaten, Gott sei Dank. Er übergab ihnen seine hysterische Frau und ging selbst mit vier von ihnen zurück in das durchwühlte Haus der Kurtisane. Während die Soldaten in jedem Zimmer des dreistöckigen Hauses nach dem Mörder suchten, untersuchte Jack den Körper. Er hatte genug vom Tod gesehen, um zu erkennen, dass diese Frau noch nicht lange tot war.

Sie hätten beinahe Zeugen des Mordes werden können. Den herumliegenden Möbeln nach zu urteilen, schien es, dass die Frau zäh um ihr Leben gekämpft hatte. Er schaute auf der Suche nach einem Hinweis unter ihre Fingernägel. Ein Stück Stoff, irgendetwas.

Aber er fand nichts.

Als er schon aufstehen wollte, sah er es. Ein

einzelnes Haar auf den Falten ihres Kleides.

Und es war nicht schwarz.

Sein erster Instinkt sagte ihm, es müsse vom Mörder stammen, aber dann wurde ihm klar, dass die Frau, wenn sie eine gewöhnliche Kurtisane war, mit vielen Männern zusammen gewesen sein mochte. Er hob das bräunlich-blonde Haar auf. Auf jeden Fall von einem Europäer. Seine Gedanken flogen zu Gareth Williams. Das Haar hatte die gleiche Farbe wie das dieses bösen Menschen. Zufall? Vielleicht. Aber Williams hatte in ihm nie etwas anderes als Misstrauen hervorgerufen.

Jack stand auf und suchte im Zimmer nach weiteren Hinweisen. Wo zum Teufel waren die Diener der Frau? Dem Anschein der reichen Seidenkleider und ihres eleganten Steinhauses nach war sie vermögend genug, um sich viele Diener zu leisten. Vielleicht hatte sie sie, weil sie eine Verabredung mit einem Liebhaber hatte, fortgeschickt. Es bestand auch die Möglichkeit, dass die Diener den Kampf mit dem Mörder gehört hatten und geflohen waren, insbesondere, wenn es sich um hilflose Frauen handelte.

Die Soldaten, die das Haus durchkämmt hatten, kamen mit leeren Händen zurück. „Die Hälfte von euch bleibt hier, bis jemand von den Behörden kommt", sagte Jack zu ihnen. „Ich lasse meinen Dolmetscher hier, um übersetzen zu können. Wenn einer der Dienstboten der Frau wieder auftaucht, soll er sie ausfragen. Ich will alles wissen, was er oder sie gehört hat. Jetzt gehe ich auf einen Sprung ins Konsulat hinüber, damit der Mord gemeldet werden kann. Dann bringe ich meine Frau ins Hotel zurück."

Im Konsulat suchten sie Arbuthnot auf und

erzählten ihm von dem Mord. Sein Mund blieb offen stehen. „Wie abscheulich!" Seine Stimme wurde sanfter, als er sich zu Daphne wandte. „Meine arme Lady. Ich bin entsetzt, dass sie die Zeugin eines so grässlichen Anblicks wurden."

„Wir hofften, Sie würden wissen, wem das zu melden ist", sagte Jack.

Arbuthnot nickte. „Sie müssen die liebe Lady Daphne ins Hotel zurückbringen. Ich laufe los und berichte es den türkischen Beamten."

„Also das erklärt die Anwesenheit all dieser türkischen Soldaten, die durch die Stadt stolzieren und ihre Musketen so deutlich vorzeigen", sagte Jack. „Sie sollen Gesetz und Ordnung aufrechterhalten."

„Genauso ist es."

Als Jack und Daphne in ihr Hotel zurückkehrten, waren sie beide düsterer Stimmung. Es war ein scheußlicher Tag gewesen. Die Hitze erwies sich als fast unerträglich. Die verdammten Fliegen, die ständig um ihre Gesichter summten, waren die lästigsten Insekten, die sie je erlebt hatten. Und das schlimmste war, dass eine schöne Kurtisane ermordet worden war.

Ihr kühles Schlafzimmer lockte. Mehr denn je verstand er jetzt die Gewohnheit der Nachmittagsruhe, die in Ländern mit starkem Sonnenschein üblich war. In Spanien nannte man es Siesta. Er fragte sich, was wohl das arabische Wort dafür war. Er würde Maxwell fragen müssen.

Sobald sie den Schutz ihres eigenen Schlafzimmers erreicht hatten, schloss er die Läden vor der Fensteröffnung und machte sich dann daran, sich aus der verschwitzen Kleidung zu schälen.

Daphne tat dasselbe. „Weißt du, Liebster, wenn ich mich so kleiden würde wie die einheimischen Frauen - außer, dass ich mich weigern würde, mein Gesicht zu bedecken - denke ich, ich müsste dieses abscheuliche Korsett nicht tragen. Fass es an. Siehst du, wie nass es geworden ist?" Sie kam zu Jack herüber.

Er grinste, hielt aber eine Hand hoch, um sie aufzuhalten. „Das glaube ich dir aufs Wort. Sobald ich aus meinen eigenen durchgeschwitzten Sachen heraus bin, helfe ich dir, dieses verdammte Ding loszuwerden."

Sein Kopf war so mit dem Mord an der lieblichen Amal beschäftigt, dass er zum ersten Mal, seit er Daphne geheiratet hatte, ihr Korsett aufschnürte, ohne seine Hände über ihre Brüste zu legen.

Obwohl ihr Schlafzimmer heiß war, schätzte er doch, dass es zwanzig Grad kühler hier als draußen in der Sonne war. Er brach auf ihrem Bett zusammen. Bevor Daphne sich hinlegte, zog sie das Moskitonetz um das Bett und schlüpfte dann hinein. Zum Glück hielt es auch die verdammten Fliegen ab. Es war zu heiß, um sich wie ein Löffelchen an Jack zu schmiegen, wie sie es normalerweise tat. Zwischen ihren beiden ausgestreckten Körpern war ein beträchtlicher - und unüblicher - Abstand.

Es dauerte einige Zeit, bis sie zu sprechen begannen. Er wusste, dass sie ebenso wie er selbst, den Mord an der schönen Ägypterin analysierte.

„Glaubst du, Ahmed Hassein hat sie umbringen lassen?", fragte Daphne schließlich.

„Wie kommst du darauf?"

„Mr. Arbuthnot hatte ziemlich deutlich

gemacht, dass der Mann ein Mörder wäre. Oder jemand, der einen Mord bestellt.“

„Was hätte er durch ihren Tod zu gewinnen haben?“

„Vielleicht gewährte sie auch Ahmed Hassein ihre Gunst. Vielleicht benutzte er sie, um von Fürst Singh zu bekommen, was er wollte. Und jetzt, wo wir hier Fragen stellen, musste er sie zum Schweigen bringen.“

„Dein Verdacht hat etwas für sich. Es ist klar, dass ihr Leben nicht in Gefahr war, bis wir in Kairo auftauchten. Singhs Butler wusste ebenfalls, dass wir versuchen würden, Amal zu finden. Vielleicht ist er der Mörder. Oder, wie meine Frau es ausdrückt, der, der den Mörder bestellte.“

Sie schüttelte nachdrücklich den Kopf. „Ich glaube, Singhs Diener ist ehrlich verzweifelt über das Verschwinden seines Herrn. Ich kann nicht glauben, dass er mit dem Tod dieser schönen Kurtisane etwas zu tun haben soll.“

„Ich neige dazu, dir zuzustimmen. Aus einem Grund - er hätte uns von Amals Existenz nichts erzählen müssen.“

„Was uns wieder zu Ahmed Hassein zurückbringt.“

„Nicht unbedingt. Der Konsul wusste von unserem Auftrag. Vielleicht hat er mit jemandem darüber gesprochen, der die Mätresse zum Schweigen zu bringen wünschte.“

„Oder sogar der allwissende Mr. Arbuthnot, obwohl ich ihm nicht Schlechtes zutrauen könnte“, sagte sie.

„Ich würde ihn als lästigen Speichellecker bezeichnen, aber nicht als bösartig.“

„Die arme Frau muss gewusst haben, mit wem

Fürst Singh sich an jenem letzten Abend treffen wollte", spekulierte Daphne.

„Vielleicht war sie sogar dort - und leider kostete sie das ihr Leben."

„Hast du noch irgendeinen Hinweis auf die Identität des Mörders gefunden?"

„Was lässt dich annehmen, dass ich danach gesucht habe?"

„Ich kenne dich zu gut."

„Tatsächlich ist es auch so. Ich fand ein Haar bei ihr, das nicht schwarz war."

„Sehr vielversprechend. Obwohl, wenn sie eine Kurtisane war ..."

„Sie könnte mit vielen Männern zusammen gewesen sein."

„Ich hasse den Gedanken, dass unsere Anwesenheit in Kairo für den Tod von jemandem verantwortlich sein soll."

„Genau wie ich", sagte er ernst. „Das macht mich noch entschlossener, den Schuldigen zu finden und ihn der Gerechtigkeit zuzuführen."

Ihr Gespräch verstummte. Von allen Minaretten der Stadt ertönte der Gebetsruf. Alle anderen Geräusche in der geschäftigen Metropole verstummten. Während er in diesem Land war, fühlte Jack sich halb verpflichtet, die örtlichen Sitten zu ehren, indem er aufhörte zu sprechen und zuhörte. Durch seine kurzen Studien mit Maxwell verstand er ein wenig.

Danach holte Daphne tief Luft. „Ich kann nicht aufhören, über dieses Haar nachzudenken. Darf ich es ansehen?"

Jack holte es ihr, dann kletterte er wieder ins Bett und befestigte das Moskitonetz.

„Es gibt nicht so viele Engländer in Kairo. Mit Sicherheit sieht es nicht aus wie Mr. Briggs' oder

Mr. Arbuthnots", sagte sie.

„Arbuthnot hat keine Haare. Oder jedenfalls keine so langen."

„Das stimmt. Es gibt jedoch noch immer ziemlich viele Franzosen in der Stadt. Dieses Haar muss einem Franzosen gehören."

Er hatte ihr diese Information lange genug vorenthalten. Er seufzte. „Ich habe dir nicht erzählt, dass ich beim Anlegen einen Mann erkannt habe. Einen vor Badajoz Desertierten. Einen absolut unehrlichen Mann namens Gareth Williams, der auch vieler Diebstähle verdächtigt wurde."

„Hat er dich gesehen?"

„Ja. Er wandte sich schnell ab und ich verlor ihn in der Menschenmenge am Kai aus den Augen."

„Und du meinst, dieses Haar sähe aus wie seine?"

Er nickte.

„Wenn er ein britischer Deserteur ist, ist es unwahrscheinlich, dass er etwas mit der kleinen englischen Gemeinde hier zu tun hat."

„Es würde mich nicht wundern, wenn er sich mit den verdammten Franzosen angefreundet hat."

„Er war in europäischem Stil gekleidet?"

„Ja."

„Wir werden den allwissenden Mr. Arbuthnot fragen müssen, ob er den Mann kennt."

„Ich bezweifele, dass er seinen echten Namen benutzt."

„Ist er Waliser?"

„Ich glaube schon."

„Dann fragen wir Mr. Arbuthnot, ob er in Kontakt mit einem in Kairo lebenden Waliser gekommen ist."

* * *

Später an diesem Abend kam Arbuthnot zu ihrem Hotel und gesellte sich im Speisesaal zu ihnen. „Ich hoffe, dass Lady Daphne sich von dem bestialischen Anblick, dessen Zeugin sie heute wurde, erholt hat."

„Es geht mir viel besser, vielen Dank. Wir haben eine Frage an Sie, Mr. Arbuthnot. Kennen Sie einen in Kairo lebenden Waliser?"

Seine buschigen Augenbrauen zogen sich zusammen. „Mir fällt keiner ein."

„Ich hoffe, Sie bringen uns vielversprechende Nachrichten", sagte Jack zu ihm.

„Ja, durchaus. Mr. Briggs ist es gelungen, ein Treffen für Sie mit dem Scheich Al-Mustafa zu vereinbaren. Der Pascha veranlasste es, als Gefallen für Mr. Briggs."

„Wann soll das Treffen stattfinden?"

„Ich werde Sie morgen aufsuchen und Sie in die Villa des Scheichs mitnehmen."

* * *

Jacks Gesicht wirkte grimmig, als er sich am nächsten Morgen Daphne zuwandte. „Habeeb ist gar nicht aus dem Haus der ermordeten Frau zurückgekommen."

„Das hatte ich befürchtet."

„Du hast angenommen, dass er uns sitzenlassen würde?"

„Nein, Dummchen. Ich dachte, die Dienerschaft würde zögern, in das Mordhaus zurückzukehren. Vor allem, wenn sie den Mörder identifizieren könnten. Ihr Leben könnte auch in Gefahr sein."

„Daran hatte ich nicht gedacht. Ich möchte in die Stadt zurückkehren, um mit Habeeb zu sprechen, aber Arbuthnot dürfte jeden Moment kommen, um uns abzuholen."

Sie stand am Fenster. „Während wir von ihm sprechen, kommt er gerade auf das Hotel zu. Gehen wir nach unten."

„Zuerst", sagte Jack, „habe ich beschlossen, dass wir Maxwell alles vollständig erklären müssen. Das kann ich leise tun, während du Arbuthnot ablenkst."

„Wie kann ich unseren allwissenden Mr. Arbuthnot ablenken?"

„Bitte ihn, dir etwas zu erklären."

Einen Moment später begrüßte Arbuthnot sie. „Ich hätte die Kutsche des Konsuls mitgebracht, aber da wir ständig von Ihren Soldaten begleitet werden müssen, würde das nicht helfen. Es ist nur ein Spaziergang von dreißig Minuten."

Sie begannen in Richtung Shubra zu wandern, dem Bezirk, wo der Palast des Paschas und die anderen großen Häuser zu finden waren. Maxwell begann, Arbuthnot wegen eines Ausflugs nach Gizeh Fragen zu stellen, was für Daphne hochinteressant war. Jacks Gedanken waren anderswo. Er wünschte nur zu sehr, dass er Rosemary nicht erlaubt hätte, mit ihnen nach Ägypten zu kommen. Sie konnte bei ihren vertraulichen Gesprächen nicht dabei sein, und er konnte ihr auch den Wunsch nicht erfüllen, nach Gizeh zu fahren, um die Pyramiden zu sehen. Er konnte nicht auf Maxwell verzichten, den er zum Übersetzen brauchte, und er würde es nicht in Betracht ziehen, ihr zu erlauben, den Ausflug ohne ihn selbst oder den arabischen Gelehrten zu machen.

Er tröstete sich etwas damit, dass sie das Einkaufen im Basar am Vortag ungemein genossen hatte und er hatte Interesse vorgetäuscht, als sie daran ging, ihm meterweise bunte Seidenstoffe und goldenen Schmuck zu zeigen, als sie darüber plapperte, wie billig doch alles wäre.

Nachdem er und Daphne diesen Auftrag erfolgreich ausgeführt haben würden, musste er dafür sorgen, dass sie alle die Pyramiden zu sehen bekämen. Aber jetzt ging es darum, einen Mörder zu fassen.

Er hasste es auch, dass er die Schwester seiner Frau über den Mord informieren musste, aber sie musste sich über die Gefahren im Klaren sein, die in dieser exotischen Stadt lauern konnten.

„Maxwell, kann ich kurz mit Ihnen sprechen", sagte Jack.

Maxwell ließ sich ein paar Schritte zurückfallen und begann, neben Jack herzugehen.

„Mr. Arbuthnot", sagte Daphne, „ich hoffte, Sie könnten mir einiges über Pascha Mohamed Ali erzählen. Hatten Sie schon die Ehre, ihn persönlich kennenzulernen?"

Arbuthnot vertiefte sich bereitwillig in eine Beschreibung des Paschas und eine lange Aufzählung all der Gelegenheiten, an denen der Pascha geruht hatte, ihn zu bemerken.

Während dieser Zeit erklärte Jack Maxwell, warum sie nach Ägypten gekommen waren und welche möglichen Verdächtigen es im Fall des Verschwindens des Fürsten Singh gab und endete damit, ihm von dem Mord an Singhs Mätresse zu erzählen. „Also, sehen Sie, alter Junge, das hier ist gefährlich und ich könnte es verstehen, wenn Sie nach England zurückkehren wollten."

„Das fällt mir überhaupt nicht ein."

Noch etwas anderes quälte Jack, Wie würde er es anstellen, um sich und Daphne von Arbuthnot loszumachen, nachdem sie an der Villa des Scheichs angekommen wären? Jack war nicht sicher, wozu er die Begleitung des Mannes überhaupt brauchte, wo doch die Villa des Scheichs Al-Mustafa direkt neben dem Palast des Paschas lag. Wäre diese Beschreibung nicht ausreichend für ihn gewesen, dass er sie hätte finden können?

Und so drehte sich Jack, als sie an die opulente Villa des Scheichs kamen, die mit kunstvollen Grüppchen von hohen Dattelpalmen umringt war, zu ihrem Begleiter um. „Ich danke Ihnen sehr, guter Mann. Lady Daphne und ich werden jetzt bei Mr. Maxwell, der für uns übersetzen wird, in guten Händen sein, und wir dürften kein Problem haben, den Weg in unser Hotel zurück zu finden."

Als Arbuthnot fortging, öffnete der Diener des Scheichs die aus hohen Holztafeln bestehende Tür, kam in den mit einem Springbrunnen versehenen Hof und verbeugte sich zu ihrer Begrüßung, wobei er Arabisch sprach.

Maxwell antwortete. Jack hatte ihn angewiesen, die Information zu übermitteln, dass der englische Herrscher, der sie schickte, auf der Anwesenheit seiner Soldaten bestünde, aber zu erklären, dass die Soldaten außerhalb des Anwesens bleiben würden. Jack kam sich vor wie ein verdammtes Muttersöhnchen, aber er wusste, dass ihre Anwesenheit die Damen vor Schaden bewahren würde.

Er hatte ein schlechtes Gefühl dabei, dass Rosemary im Hotel hatte bleiben müssen - mit zwei Soldaten, die Aus- und Eingänge zu ihrem Schutz überwachten.

Bevor sie das Haus betraten, wandte Jack sich an Petworth, den einzigen unter den

Leibgardisten, den Jack schon von früher kannte.
Er drückte dem Soldaten sein Mitgefühl aus. „Zu
schlimm, alter Junge, dass Sie hier in der Hitze
bleiben müssen."

Der Rotschopf, der vielleicht in den Dreißigern
sein musste und sehr sportlich schien, lächelte.
„Es ist gut, dass wir früh gekommen sind. Ich
hoffe, meinen Männern die größte Tageshitze zu
ersparen."

„Das hoffe ich auch."

„Aber Sir, Sie und ich haben doch in Spanien
gedient. Wir sollten an die Hitze gewöhnt sein."

Jack schüttelte den Kopf. „Es war heiß in
Spanien, aber nicht so verdammt heiß."

Petworth nickte grinsend.

Der barfüßige Diener des Scheichs führte sie
durch einen in sehr maurischem Stil gebauten
Flur, wo eine quadratische Arkade zu einem
anderen Hof inmitten des Hauses führte, dessen
Boden grasbewachsen war.

Wie auf den Böden beim Fürsten Singh lagen
auch hier überall Fliesen in einem anderen
maurischen Muster. Die Gruppe erreichte einen
Raum, in dem bunte Polster auf dem Boden lagen,
auf denen sie sitzen sollten. Bevor sie sich
hinsetzten, stand ein Mann auf und begrüßte sie
auf Arabisch. Er war ungefähr von derselben
Größe wie Daphne, schlank und vermutlich in
den Dreißigern. Ein schwarzer Vollbart verdeckte
einen großen Teil seines Gesichts und er trug ein
schwarzes Gewand und eine ebensolche
Kopfbedeckung. „Ich bin Scheich Al-Mustafa."
Seine schwarzen Augen bohrten sich in Daphnes,
auf seinem Gesicht lag ein finsterer Ausdruck. Er
hatte wahrscheinlich nicht viel für Frauen übrig,
vor allem für Frauen, die ihre Haare nicht

bedeckten.

Obwohl es zuvorkommend von ihm gewesen war, ihrem Besuch zuzustimmen, wirkte nichts an seiner Erscheinung besonders einladend.

Maxwell sprach mit ihm und dann winkte der Mann im schwarzen Gewand, dass sie sich setzen sollten.

Nachdem sie alle saßen, sagte er auf Französisch: „Mein Französisch ist sehr gut. Können wir uns in dieser Sprache unterhalten?"

Jack und Daphne nickten beide. „Ich bin Hauptmann Jack Dryden. Dies ist meine Frau, Lady Daphne, und in unserer Begleitung befindet sich Mr. Stanton Maxwell, der, wie Sie gehört haben, Arabisch spricht."

Maxwell kam in den Genuss eines schwachen Lächelns. Dann sah der Scheich Jack an, auf seinem Gesicht lag ein Ausdruck von Verachtung. „Sie sind im Auftrag des englischen Herrschers hier, ja?"

„Das ist richtig", antwortete Jack auf Französisch.

Während sie sprachen, standen zwei spärlich bekleidete schwarze Jungen, die Federn hielten, die dreimal so lang wie sie selbst groß waren, auf beiden Seiten des Scheichs und fuhren fort, ihm und seinen Gästen Luft zuzufächeln. Dieser Dienst führte dazu, dass der abgedunkelte Raum mit seinen kalten, glasierten Fliesenböden fast kühl wirkte.

„Ich habe die Soldaten gesehen, die Sie mitgebracht haben." Der Mund des Scheichs war zu einer grimmigen Linie verzogen.

„Das kann ich erklären", sagte Daphne und fuhr auf Französisch fort. „Unser Herrscher hat meinem Vater versprochen, dass er dafür sorgen würde, mich in diesem fremden Land gut beschützen zu lassen."

„Die einzige Aufgabe der Soldaten hier ist, englische Untertanen vor möglichen Gefahren zu schützen", sagte Jack.

„Ich verstehe nicht, warum Sie mich zu sprechen wünschen. Ich hatte nie etwas mit den Briten zu tun, insbesondere nicht mit Ihrem König."

„In der Tat ist unser König zu krank, um zu regieren. An seiner Stelle tut das sein ältester Sohn, der Prinzregent. Er ist derjenige, der uns geschickt hat", erklärte Daphne.

„Er hat Sie nach Ägypten geschickt, um mit mir zu sprechen?" Der Scheich schaute ungläubig drein.

Jack schüttelte den Kopf. „Nein. Er möchte, dass wir zunächst den Fürsten Edward Duleep Singh finden, und dann möchte er, dass eine wertvolle Totenmaske wiedergefunden wird."

Der Scheich nickte. „Dann haben Sie um dieses Treffen gebeten, weil ich den Fürsten Singh kannte?"

Kannte? Nicht kenne? „Es ist uns bekannt, dass Sie am Ankauf von Antiquitäten interessiert sind", sagte Jack.

„Das ist richtig."

Jack musterte den Scheich. „Haben Sie je etwas von Fürst Singh gekauft?"

„Bei vielen Gelegenheiten."

„Wussten Sie von der Maske des Amon-Ra?"

„Nein. Fürst Singh weiß, dass ich nicht an kleinen Antiquitäten interessiert bin. Was ich derzeit suche, ist der Sarkophag eines Pharaos. Das ist das Kleinste, woran ich interessiert bin."

Diesmal benutzte er das Wort *weiß*. Jack fragte

sich, ob die Zeitform des Verbs bedeutsam war, da er und Daphne ebenfalls zwischen Gegenwart und Vergangenheit schwankten, wenn sie von dem vermissten Inder sprachen. Und wenn der Scheich mit Singh bekannt war, wusste er, dass der Mann auf mysteriöse Weise verschwunden war.

„Können Sie sich daran erinnern, wann Sie Fürst Singh zuletzt gesehen haben?", fragte Daphne.

Er hob die Schultern. „Das kann gut zwei Jahre her sein. Im letzten Jahr war ich nicht in Ägypten, und ich bin ziemlich sicher, dass ich Singh in diesem Jahr nicht gesehen habe."

„Seit wann sind Sie derzeit in Kairo?", fragte Daphne.

„Ich kam nach der Pilgerfahrt nach Mekka hierher."

„Diese Pilgerfahrt dürfte im Dezember gewesen sein", erklärte Maxwell ihnen auf Englisch.

Wenn der Mann die Wahrheit sagte, würde ihn das mit Sicherheit von Verdacht in ihren Ermittlungen befreien. Aber wie sollte man nachweisen, dass er im letzten Jahr tatsächlich nicht nach Ägypten gekommen war?

„Sie haben gehört, dass Fürst Singh verschwunden ist?"

Er nickte. „Mein Freund, der Pascha, erzählte es mir vor einiger Zeit."

„Der Pascha war mit dem Fürsten Singh bekannt?"

„Der Pascha ist ein großer Herrscher. Er heißt wichtige Männer in diesem Land willkommen, gleich, ob sie unserem Glauben angehören oder nicht. Er möchte das Beste für Ägypten."

Es sah aus, als würden sie sich mit dem Pascha unterhalten müssen. Noch etwas, womit sie Briggs beauftragen mussten.

* * *

Als er und Daphne zu ihrem Hotel zurückschlenderten, sagte Jack: „Wie zum Teufel können wir überprüfen, ob der Scheich uns die Wahrheit darüber sagt, dass er im letzten Jahr nicht hier war?"

Sie runzelte die Stirn. „Wenn er die Wahrheit sagt, können wir ihn von der Liste der Verdächtigen streichen."

Jack sah Maxwell an. „Tut mir leid, alter Junge, dass wir Sie hierher gezerrt haben. Ich hatte angenommen, dass wir Sie zum Übersetzen brauchen würden."

„Mein einziges Anliegen ist es, Ihnen bei diesen Ermittlungen nützlich zu sein."

„Sie hätten in der relativen Kühle des Hotels bleiben können."

„Ich wünschte, ich hätte einen dieser kleinen, schwarzen Jungen, der über meinem Bett fächelt", sagte Daphne sehnsüchtig. „Nur nehme ich an, dass ich ein kleines Mädchen würde haben müssen, denn es würde sich nicht gehören, dass ein Junge mich im Nachthemd sieht. Aber dann würde es sich für ein kleines Mädchen auch nicht gehören, dass sie dich in deinem ... liebe Güte."

Jack strahlte seine Frau vergnügt an. „Wir werden eben ohne persönlichen Fächerschwinger leiden müssen."

„Sagen Sie mir, Mr. Maxwell, als Sie durch die Levante gereist sind, sind Ihnen da diese gemeinen Fliegen auch überall hin gefolgt?" Sie schlug sie von ihrem Gesicht fort, während sie sprach.

„Ja. Ich glaube, sie sind schlimmer als die große Hitze." Maxwell wedelte eine Ansammlung von Fliegen aus seinem Gesicht, aber eine besonders hartnäckige saß auf seinem Augenlid, ohne sich zu rühren. Er schnippte sie fort.

Jack bewunderte ihn dafür, dass er nicht fluchte, denn er selbst schaffte es bisher nicht, sich zurückzuhalten.

„Ich hab's!", rief Daphne aus.

„Was hast du?", fragte Jack.

„Wie wir die Wahrheit der Behauptung des Scheichs, dass er letztes Jahr nicht hierhergekommen sei, nachweisen können."

„Und wie schlägst du vor, das zu tun, meine Liebe?"

„Ich nicht. Habeeb wird das tun."

„Ich verstehe", sagte Jack und nickte. „Unser Dolmetscher kann die Diener des Scheichs ausfragen."

Ein Pfau hätte nicht stolzer aussehen können als Daphne, die nickte, während ein Lächeln sich auf ihrem Gesicht ausbreitete.

„Ich glaube nicht, dass jemand einfach hergehen und völlig Fremden eine solche Frage stellen kann", warf Maxwell ein.

Daphnes Lächeln verblasste. „Das ist wohl wahr."

Maxwell wandte sich an sie beide. „Nachdem Sie ihn nicht zum Übersetzen brauchen, können Sie vielleicht ein paar Tage ohne seine Dienste auskommen, und ihn vortäuschen lassen, dass er im Haus des Scheichs um Arbeit bitten möchte. Oder im Stall."

„Das Problem ist, dass Habeeb gestern Abend nicht zurückgekommen ist. Wir haben ihm aufgetragen, die Diener der toten Frau zu befragen."

Habeeb ließ sich immer auf einer Bank vor dem

Hotel nieder, wenn die Drydens keine Aufgaben für ihn hatten.

Als sie jetzt auf das Hotel zugingen, sagte Jack: „Er ist noch immer nicht zurückgekommen."

Kapitel 6

Unzählige Dinge gingen Daphne in schneller Folge durch den Kopf, die sich geschworen zu haben schienen, sie am Schlafen zu hindern. Ständig stieg wieder das Bild der schönen, toten Kurtisane Amal auf. Daphne hatte Angst um Rosemary. Sie hätte ihre Schwester nie mitgenommen, wenn sie wirklich geglaubt hätte, dass sie es mit einem abscheulich bösen, hassenswerten Verbrecher zu tun bekämen, der einer hilflosen Frau das Leben nehmen würde.

Es war schlimm genug, dass Daphne den leblosen Körper der schönen Frau gesehen hatte, nur Minuten, nachdem sie erwürgt worden war. Schlimmer noch war Daphnes Bedauern, dass sie ein paar Minuten zu spät angekommen waren. Die Frau hätte noch am Leben sein können. Wenn sie nicht nach Kairo gekommen wären, würde die schöne Mätresse des Fürsten Singh wahrscheinlich noch leben. Daphne hatte keinen Zweifel daran, dass ihre Ankunft die Schlangen, die für das Verschwinden des Fürsten Singh verantwortlich waren, aufgescheucht hatte. Der Tod der Frau musste mit allem in Verbindung stehen.

Jemand wollte offensichtlich Amal davon abhalten, mit ihr und Jack zu reden.

War es möglich, dass, was immer Amal gewusst haben mochte, auch ihren Dienern bekannt war? Alles, was Jack und Daphne herauszufinden suchten, war die Identität des letzten Menschen, der mit Fürst Singh gesehen worden war. Es war wichtiger denn je, dass sie mit Amals Dienstboten sprachen.

Daphne hoffte, dass sie Habeebs wegen recht hatte. Ihr Gefühl sagte ihr, dass er Jack und ihr treu ergeben war. Der Grund, warum er seit mehr als vierundzwanzig Stunden fort war, musste sein, dass er noch immer versuchte, Amals Diener zu finden.

Sobald die Dämmerung sich in das dunkle Schlafzimmer schlich, sprang sie aus ihrem Bett und eilte zum Fenster, um nach Habeeb Ausschau zu halten. Ein Lächeln legte sich über ihr Gesicht, als sie seinen von einem Turban gekrönten Kopf erblickte. Er saß auf der Bank vor ihrem Hotel.

Sie beeilte sich mit dem Ankleiden, wobei ihre Bewegungen Jack aufweckten. „Was zur Hölle machst du so früh schon auf den Beinen?"

„Ich habe heute viel zu tun und es ist am besten, früh anzufangen, um die größte Tageshitze zu meiden." Sie setzte sich auf den einzigen Stuhl des Zimmers, um ihre Strümpfe anzuziehen. „Habeeb ist da."

„Das ist eine willkommene Neuigkeit." Mit einem tiefen Seufzer warf er das Moskitonetz zurück, kletterte aus dem Bett und fing an, sich anzuziehen. „Erkläre mir doch, Madam, was alles du heute planst."

„Ich will mich Habeebs Hilfe versichern. Er kann eine unschätzbare Hilfe für uns sein."

„Um die Diener von Scheich Al-Mustafa auszufragen?"

„Das kommt später. Es ist aber unbedingt notwendig, dass ich erfahre, ob er mit jemandem von Amals Dienerschaft sprechen konnte."

„Ja, darüber habe ich auch nachgedacht."

Sie wandte ihm ein lächelndes Gesicht zu. „Nun, wer würde meinen, dass du Zeit zum Denken hattest, obwohl du in der ersten Minute, nachdem wir unsere Kerze gelöscht hatten, eingeschlafen und erst in dieser Minute aufgewacht bist?"

Er schob einen Fuß in seinen Stiefel, dann schaute er grinsend zu ihr auf. „Du bist eifersüchtig. Ich bin in der Lage zu schlafen, und du hast offensichtlich den größten Teil der Nacht wachgelegen, weil die Räder in deinem geschäftigen Gehirn sich fortwährend drehten."

„Du kennst mich zu gut."

Sobald sie mit dem Ankleiden fertig waren, gingen sie zu Habeeb. Er stand auf und grüßte sie, als sie auf ihn zukamen.

Daphne konnte aus seinem breiten Lächeln lesen, dass er Erfolg gehabt hatte und musste sich zur Zurückhaltung zwingen, um sich nicht aus Dankbarkeit zu einer beglückwünschenden Umarmung in die Arme des jungen Dolmetschers zu werfen. „Sind die Diener der toten Frau zurückgekommen?"

Er nickte. „Sie hatte zwei Dienerinnen. Eine war zum Fischmarkt gegangen, als der Mörder kam. Die andere öffnete die Tür für einen Engländer, der ihre Herrin zu sehen verlangte. Er sprach Arabisch. Sie führte ihn in den … ich glaube, in England würde man es einen Salon nennen, und dann ging sie. Einen Augenblick später hörte sie einen Kampf zwischen diesem Mann und ihrer Herrin. Da sie dachte, er müsste ein Verrückter sein, floh sie durch die Hintertür."

„Sie hatte diesen Mann nie zuvor gesehen?", fragte Jack.

„Niemals."

„Bitte Habeeb, bring mich zu ihr und hilf mir, mit ihr zu sprechen", sagte Daphne.

Er hob die Schultern. „Ich weiß nicht, wo sie sich befindet."

Jack zog die Brauen zusammen. „Sie ist nicht im Haus ihrer Herrin geblieben?"

Daphne schaute ihren Mann böse an. „Keine Frau - schon gar nicht eine Frau, die den Mörder identifizieren könnte - würde nach einem so schrecklichen Verbrechen in diesem Haus schlafen wollen."

„Damit hast du natürlich recht", gab Jack zu.

„Beide Dienerinnen waren sehr, sehr traurig und weinten bitterlich. Sie warteten bis zum Tag nach dem Mord, um zu kommen und ihre Sachen zu holen. Eine von ihnen brachte ihren Vater zum Schutz mit."

„Wie sollen wir sie je finden?", fragte Daphne sich selbst.

„Eine Viertelmillion Leute tummeln sich in dieser Stadt", sagte Jack.

„Sie wollen, dass ich versuche, sie zu finden?", fragte Habeeb. „Ich kenne die Stadt gut. Ich weiß, in welche Stadtteile sie gegangen sein könnten."

„Ja, bitte", sagte Daphne. „Und, Habeeb?"

Seine großen, braunen Augen schauten sie an.

„Ich möchte gerne, dass du heute Nachmittag einen anderen Auftrag für uns erledigst. Natürlich musst du es uns sofort wissen lassen, wenn du die Dienerinnen der toten Frau ausfindig machst."

„Ja, *Sitti-el-Kebir*."

„Bevor die Sonne untergeht, möchte ich, dass du zum Haus des Scheichs Al-Mustafa gehst, das nahe beim Palast des Paschas steht. Lass niemanden wissen, dass du Dolmetscher des

ausländischen Ehepaars bist. Geh nicht zur
Vordertür. Geh nach hinten und stelle Fragen, als
ob du gerne selbst in diesem Haus in Dienst
treten würdest."

„Was für Fragen?"

„Ich möchte, dass du irgendwie herausfindest,
ob der Scheich im letzten Jahr nicht in Kairo war.
Es ist für mich wichtig zu wissen, wann er fort
war."

„Es ist auch wichtig", sagte Jack mit strenger
Stimme, „dass niemand weiß, dass wir dich dazu
veranlasst haben, diese Tatsache zu erfragen.

„Sie sind meine Herren. Ich gehorche keinem
anderen."

Gerade da bemerkte sie, dass ein Sack auf dem
Boden lag.

Habeeb bückte sich und reichte ihn ihr. „Ich
habe die Kostüme, *Sitti el-Kebir*, die Sie mich zu
besorgen baten. Ich gehe davon aus, dass sie für
Sie und den Hauptmann lang genug sein werden."

„Ich bin sehr dankbar. Ich muss Ihnen die
Ausgaben erstatten. Wie viel haben Sie gekostet?"

„Nur vier Para."

Jack gab ihm das Geld.

* * *

Wegen ihres frühen Aufstehens waren sie die
einzigen, die im Frühstücksraum saßen. Die
ägyptischen Diener, die schon zuvor das Essen
auf einer roh behauenen Anrichte zurechtgestellt
hatten, legten ein frisches Tuch auf den Tisch. Sie
und Jack bedienten sich mit dem starken
türkischen Kaffee, Wassermelonen, Toast und
frischer Butter.

„Ich fühle mich so verdammt machtlos", sagte
Jack, als sie sich setzten. „Das ist unser vierter
Tag in Kairo und wir haben nichts erfahren, was

wir nicht schon wussten, als wir London verließen."

Sie zog eine Grimasse, als sie den dicken Kaffee hinunterschluckte. „Wir haben erfahren, dass Fürst Singh eine Mätresse hatte."

„Für deren Tod wir wahrscheinlich verantwortlich sind."

„Das ist wohl wahr. Da ist auch die Tatsache, dass wir vermutlich einen Verdächtigen werden ausschließen können - wenn die Abwesenheit des Scheichs bestätigt wird."

„Das bringt uns zu dem zwielichtigen Antiquitätenhändler Ahmed Hassein zurück."

„Vergessen wir Lord Beddington nicht, obwohl es unwahrscheinlich ist, dass ein Mann, der so reich ist wie er, sich zu einem Mord hinreißen lassen würde, um zu bekommen, was er will."

„Ich würde dem Mann gerne einige Fragen stellen, aber ich weiß, dass die Fahrt den Nil hinauf nach Theben fast vier Wochen dauern kann, nur eine Strecke."

Sie schüttelte den Kopf. „Eine so geringe Möglichkeit ist es sicher nicht wert, zwei Monate unserer Zeit darauf zu verwenden."

„Genau, was ich auch dachte."

„Ich muss zugeben, dass wir keinen weiteren Anhaltspunkt haben. Wir müssen deinen Gareth Williams finden."

„Ich habe das fast sichere Gefühl, dass er derjenige ist, der die Frau getötet hat."

„Aber was wir wirklich wissen müssen, ist, von wem seine Befehle kommen."

„Genau. Ich fürchte, der Waliser wird so einfach nicht zu finden sein, obwohl es wenige Briten in dieser Stadt gibt."

Sie nickte. „Du hattest gedacht, dass Arbuthnot

wissen würde, dass ein Waliser hier lebt, selbst wenn er einen anderen Namen angenommen hat. Gehört das nicht zu seinen dienstlichen Aufgaben - alle britischen Untertanen zu kennen?"

„Es sei denn, dass dieser britische Untertan nicht möchte, dass seine Landsleute von seiner Anwesenheit erfahren. Auf Verrat steht die Todesstrafe."

„Das ist wahr." Dann hellte ihr Gesicht sich auf. „Ich weiß etwas!"

Er hörte auf, seinen Toast mit Butter zu bestreichen und warf ihr einen verschmitzten Blick zu. „Was weiß meine Lady?"

„Der andere Soldat - der mit dir und dem Waliser auf der Halbinsel gekämpft hat ..."

„Harry Petworth?"

Jack sprang auf und beugte sich dann vor, um ihre Wange zu küssen. „Noch ein ausgezeichneter Vorschlag." Er rannte aus dem Raum, zur Vordertür hinaus.

Mr. Maxwell kam in den Speisesaal geschlendert. Sie hatte auf eine Gelegenheit gewartet, vertraulich mit ihm sprechen zu können.

„Setzten Sie sich doch bitte zu mir", sagte sie.

Er gehorchte.

Sie senkte ihre Stimme. „Ich möchte Ihnen eine lebenswichtige Warnung weitergeben."

Zwischen seinen Brauen entstand eine Falte. „Über die Verdächtigen?"

„Oh nein. Wegen etwas völlig anderem." Sie holte tief Luft. „Da Sie ein Mann sind und vielleicht ein weibliches Wesen für bestimmte Aktivitäten suchen, wie Männer es so tun, sollte ich Ihnen raten, nur zu den Tanzmädchen zu gehen."

„Aber Mylady, Aktivitäten wie Tanzen reizen mich überhaupt nicht, da ich nie gelernt habe zu tanzen."

In diesem Moment betrat Rosemary den Raum und Daphne war klar, dass diese Unterhaltung beendet werden musste.

„Warum redet ihr über Tanzmädchen?", fragte Rosemary.

Die Falte zwischen Mr. Maxwells Brauen vertiefte sich. „Ich glaube, Ihre Schwester hatte den falschen Eindruck, dass ich gerne tanzen würde."

Rosemary riss die Augen auf. „Sie tanzen nicht gerne?"

Er hob die Schultern. „Es ist eine Fähigkeit, die ich nie erworben habe."

Rosemary durchbohrte Daphne mit einem feindseligen Blick. „Ich weiß nicht, warum du versuchen wolltest, ihn zum Tanzen zu zwingen. Es ist ja nicht so, als hätte er nicht genug Beschäftigung."

Jack kam mit dem Soldaten zurück.

„Habe ich Sie je ordentlich meiner Frau vorgestellt, Petworth?"

„Nein, Sir."

Jack wandte sich an Daphne. „Lady Daphne, darf ich dir Harry Petworth von der Leibgarde seiner Majestät vorstellen?"

„Sehr erfreut."

Petworth verbeugte sich. „Es ist mir ein Vergnügen, die Frau des berühmten Hauptmanns Dryden beschützen zu dürfen - ebenso, wie unserem Regenten zu dienen."

Jack stellte ihn dann Rosemary und Mr. Maxwell vor.

„Bitte", sagte Jack, „nehmen Sie sich etwas

zum Frühstück und kommen Sie her und setzten Sie sich zu uns. Wir haben einen neuen Auftrag für Sie."

Der Soldat häufte seinen Teller voll, goss sich Kaffee ein und kam, um sich neben Jack zu setzen.

„Als wir auf der Halbinsel waren, haben Sie da Gareth Williams kennengelernt?", fragte Jack ihn.

Die Augen des anderen Mannes wurden schmal. „Dieser dreckige, nichtsnutzige ..." Er schielte zu Daphne hinüber. „Nur die Anwesenheit von Mylady hält mich davon ab, ausgiebig zu fluchen. Ich habe nie mit einem verabscheuungswürdigeren Mann als Gareth Williams gedient."

„Er ist in Kairo", sagte Jack.

Petworth fuhr zu Jack herum. „Sie haben mit dem Feigling gesprochen?"

Jack schüttelte den Kopf. „Nein. Ich sah ihn an dem Tag, als wir uns in Bulak ausschifften."

„Weiß er, dass Sie ihn gesehen haben?"

„Ja. Er wirbelte herum und verschwand in der Menge der Araber, seither habe ich ihn nicht gesehen."

Petworth, der normalerweise ein freundliches Gesicht hatte, verzog es höhnisch. „Ich würde ihn gerne in die Hände bekommen."

„Es gibt noch eine Missetat, von der wir glauben, dass er sie begangen haben könnte", sagte Daphne.

Jacks Stimme klang sehr ernst. „Ich habe Grund zu dem Verdacht, dass er derjenige ist, der gestern die Ägypterin getötet hat."

Petworth zuckte zusammen. „Dann hoffe ich zu Gott, dass ich ihn in meine Hände bekommen werde. Wie kann ein Mann nur etwas so

Widerwärtiges tun? Sie war ... noch im Tod, das Schönste, was ich je gesehen habe. Wie kann ein Mann so tief sinken, dass er ein so abscheuliches Verbrechen begeht?"

„Die meisten Verbrechen dieser Art werden aus zwei Gründen begangen: Wut oder finanzielle Vorteile", sagte Daphne. „Wir glauben, dass letzteres der Grund war."

Petworth stellte seine Kaffeetasse ab und ließ seinen Blick von Daphne zu Jack gleiten. „Was kann ich tun, um diesen Finsterling der Gerechtigkeit zuzuführen?"

„Wir brauchen Sie, um ihn zu finden", sagte Jack. „Er hat anscheinend keine Verbindung zu den englischen Behörden hier, und sehr wahrscheinlich benutzt er einen anderen Namen."

Petworths Augen wurden zu Schlitzen. „Vermutlich ist er zu den Franzosen übergelaufen. Dreckiger Verräter."

„Ich bin nicht sicher, dass er ihre Sprache spricht", sagte.

„Aber wir glauben, dass er gelernt hat, Arabisch zu sprechen", sagte Daphne. „Jedenfalls war der Mörder, der zum Haus der toten Frau kam, ein europäischer Mann, der Arabisch sprach", sagte Daphne.

„Er musste nach Marokko fliehen - wo er gezwungen gewesen sein muss, Arabisch zu lernen, um überleben zu können", sagte Jack.

„Was ist mit den Dienstboten der toten Frau?", fragte Petworth. „Sind sie zurückgekommen? Als wir den Ort bei Einbruch der Nacht verließen, waren sie noch immer nicht zurück. Ich nehme an, Ihr treuer Dolmetscher hat gewartet, bis sie endlich auftauchten?"

„Ja, Habeeb hat das sehr gut gemacht", sagte

Daphne. „Leider haben die Dienerinnen nur ihre Sachen gepackt und sind wieder verschwunden."

Petworth nickte. „Ich kann verstehen, dass sie nicht dort schlafen wollten."

So vertrauenswürdig Petworth ihres Wissens auch war, es gab eine Grenze für die Menge an Informationen, die sie mit ihm zu teilen bereit war. Je weniger Menschen etwas über das Haar wussten, desto besser.

„Köstliches Zeug", sagte Petworth, als er seine Wassermelone aufgegessen hatte. „Ich nehme an, dass Sie möchten, dass ich Zivilkleidung trage, wenn ich den Frauenmörder suchen gehe?"

„Ja. Haben Sie andere Kleidung mitgebracht?"

Er schüttelte den Kopf.

„Sie haben ungefähr meine Größe. Ich gebe Ihnen etwas von mir", sagte Jack.

„Jack hat sogar einheimische Kleidung, wenn Ihnen das lieber wäre."

„Mit meinen roten Haaren?" Er brach in schallendes Gelächter aus. „Außerdem ziehe ich bei der Aussicht, solche Gewänder zu tragen, die Grenze. Das sieht zu sehr nach Frauenkleidern aus."

Es kam Daphne in den Sinn, dass Harry Petworths rotes Haar hier in Kairo noch viel auffälliger sein musste als ihr widerspenstiger goldener Schopf.

„Sie mögen der Meinung sein, dass die Kleidung eines Beduinen nicht männlich sei, aber die Beduinen sind für ihre Tapferkeit bekannt", sagte sie.

„Das mag sein, aber Sie werden Harry Petworth nicht dabei erwischen, wie er sich wie ein Weibsbild anzieht."

„Selbst, wenn es einfach ist, Europäer zu

erkennen, es wird doch schwierig sein, dieses Schwein Williams zu finden, da es hier in Kairo eine Viertelmillion Menschen gibt".

Petworth pfiff leise.

„Sie müssen den Dolmetscher mitnehmen, damit er für Sie übersetzt. Hoffentlich werden Sie Leute finden, die den Aufenthaltsort des britischen Mannes kennen", sagte Jack.

Petworth schob seinen leeren Teller zur Seite und stand auf. „Ich werde den betrügerischen, diebischen, mörderischen Feigling finden. Sie können sich darauf verlassen."

* * *

Während sie auf Nachricht von Mr. Briggs über ein mögliches Treffen mit dem Pascha warteten, schlenderten Jack und Daphne zusammen mit Rosemary und Mr. Maxwell zu den Toren der Altstadt, wo eine große Karawane in Kairo einzog.

Daphne war vor allem von den Packkünsten dieser Leute beeindruckt. Jedes der Kamele - die im wahren Leben noch größer waren, als sie erwartet hatte - schleppte riesige Bündel, in denen Zelte, Kochgeräte, Lebensmittelvorräte ebenso wie die Waren, die sie zum Markt brachten, verpackt waren.

„Mr. Maxwell", sagte Daphne, „Sie sind genau der richtige Mann, der uns erklären kann, warum diese Kamele nur einen Höcker haben."

„Das Dromedar, das auf der arabischen Halbinsel und den benachbarten Ländern, wie in der Sahara Afrikas, heimisch ist, hat immer nur einen Höcker", erklärte Mr. Maxwell. „Die indischen Kamele andererseits haben zwei Höcker."

Rosemary richtete bewundernd ihre Augen auf ihn. „Das wusste ich nicht. Wie klug Sie sind!"

Daphne hätte gewettet, dass Rosemarys angebeteter, eingebildeter Hauptmann nicht halb so klug war wie Mr. Maxwell.

Der Mund des armen Mannes klappte zu. Rosemarys Lob brachte ihn so in Verlegenheit, dass er nicht mehr in der Lage war, mehr zu sagen.

„Wussten Sie, Mr. Maxwell", sagte Daphne, um das Thema auf etwas zu bringen, das dem bebrillten Mann angenehmer sein würde, „dass Jack und ich arabische Kleider beschafft haben?"

Er lächelte sie an. „Fantastisch! Ich habe meine ebenso mitgebracht. Jetzt brauchen wir nur noch eins für Lady Rosemary, um unsere eigenen Karawane zu vervollständigen."

Rosemary runzelte die Stirn. „Ich wünschte wirklich, Daf, du hättest mir gesagt, dass du dir ein Kostüm besorgst. Du weißt, wie ich so etwas liebe."

„Oh, wirklich? Du bist doch so eigen bei deinen Kleidern. Ich hatte keine Ahnung, dass du dich gerne wie eine Einheimische anziehen würdest. Wir werden Habeeb etwas für dich anfertigen lassen. Deine Größe ist der der meisten einheimischen Frauen ähnlich, die wir hier gesehen haben."

„Wo ist Habeeb?", fragte sie.

„Er erledigt einen Auftrag für uns", sagte Jack.

„Sobald Rosemary ihr Kostüm hat, müssen wir eine Karawane bilden." Daphne sah mit lächelndem Gesicht zu ihrem Mann. „Ich würde gerne nach Gizeh reisen, um eine Nacht in einem Zelt zu verbringen und mir vorzustellen, dass wir Wüstennomaden sind. Würde das nicht Spaß machen, Liebster?"

Ihr Mann schaute böse. „Wir sind nicht

hierhergekommen, um Spaß zu haben."

„Sei kein solcher Griesgram. Eine Nacht in der Wüste. Zwei Tage. Was würde das schaden?"

„Im Falle du es vergessen haben solltest, da draußen läuft ein Mörder herum."

„Ich wage zu behaupten, dass er nicht in Gizeh ist", sagte Daphne.

„Oh, bitte, Hauptmann", bettelte Rosemary, „bitte überlegen Sie es sich."

Er brauchte einen Moment, um eine Antwort zu geben. „Ich denke darüber nach."

Während sie dort standen, von der langen Beduinenkarawane fasziniert, näherte Arbuthnot sich ihnen. „Ich habe noch mehr gute Nachrichten. Mr. Briggs wird Sie heute Nachmittag mitnehmen, um Sie dem Pascha vorzustellen."

Kapitel 7

„Weißt du, Liebster, nachdem Rosemary jetzt von Amals Tod weiß", sagte Daphne, „denke ich, wir sollten sie ins Vertrauen ziehen."

„Ich habe selbst daran gedacht. Maxwell weiß ja auch bereits alles. Und ich denke, es dient ihrem eigenen Schutz, wenn sie einen vollständigen Bericht über unseren Auftrag erhält."

„Ich gehe und spreche mit ihr. Wenn dann Mr. Briggs uns mit seiner Kutsche abholt, kann sie mitkommen. Sie würde so gerne das Innere des Palasts eines Paschas sehen."

„Ich glaube nicht, dass wir alle in die Kutsche passen. Ich wollte auch Maxwell mitnehmen."

„Wenn Rosemary und ich uns auf dieselbe Bank setzen wie der schlanke Mr. Maxwell, denke ich, dass wir alle recht bequem hineinpassen werden."

Weniger als eine Stunde später hatte Daphne Rosemary über ihre Ermittlungen aufgeklärt und sie waren alle in der Kutsche des Konsuls auf dem Weg zum Palast. Selbst mit offenem Fenster war die Hitze erstickend, aber der Schatten sehr willkommen.

Die Fliegen waren es nicht.

„Der Pascha war ein äußerst fähiger albanischer Soldat", erzählte Mr. Briggs ihnen. „Seine Muttersprache ist Türkisch, aber er kann sich auf Französisch verständigen."

„Sprechen Sie Türkisch, Mr. Maxwell?", fragte

Daphne.

„Genug, um zurechtzukommen", antwortete er.

„Was ich Sie fragen wollte", sagte Mr. Briggs mit einem Blick zu dem Gelehrten, „sind Sie der Stanton Maxwell, der *Reisen durch die Levante* geschrieben hat?"

„Ja."

„Mr. Maxwell ist schrecklich klug", sagte Rosemary. „Er spricht mindestens zehn Sprachen."

„Ich habe Ihre *Reisen* sehr genossen", sagte Mr. Briggs und musterte den Autor. „Sind Sie zufällig mit Osborn Maxwell aus Cambridge verwandt?"

„Er ist mein Vater."

„Das ist ein wirklich kluger Mann. Er ist einer der wenigen Engländer, deren Bücher ich gelesen habe, der die Araber versteht."

„Sie müssen mir die Bücher Ihres Vaters empfehlen", sagte Rosemary zu Mr. Maxwell. „Sie wissen, wie sehr ich mich für alles interessiere, was mit dem Orient zu tun hat."

„Ich dürfte etwas bei mir haben, was ich Ihnen borgen kann", sagte er und drehte seinen Kopf zu der schlanken Dame neben sich.

Die Kutsche hielt vor einem Eingang zum Palast des Paschas. Sie stiegen aus. Stufen führten zu dem mächtigen Portal zwischen breiten Flächen üppigen grünen Grases, die mit Gruppen hoch aufragender Palmen geschmückt waren.

Aus dieser Nähe war der Palast noch größer, als er aus der Ferne ausgesehen hatte. Sie versuchte festzustellen, wie er im Vergleich zum Carlton House des Regenten wirkte, und kam zu der Überzeugung, dass, obwohl dieses stuckverzierte Gebäude verschiedene Niveaus und Anbauten besaß, die beiden königlichen

Residenzen sich in der Größe doch ähnelten.

Als sie einem der Diener des Paschas durch einen mit Arkaden überbauten Flur im Inneren folgten, bemerkte Mr. Maxwell: „Sie werden sehen, dass der Pascha und seine Leute sich farbenfroher, weniger nüchtern als andere Muslime kleiden. Die Türken sind nicht so fanatisch religiös wie viele andere Muslime. Meinen Beobachtungen nach sind sie religiöser, je näher an Mekka sie leben."

„Eine erstaunlich scharfsinnige Feststellung", sagte Mr. Briggs. „Sie leuchtet mir völlig ein."

Die Kleidung des Dieners war völlig anders, als das, woran Daphne sich in Kairo gewöhnt hatte. Der Diener, dem sie folgten, trug ein mit einem Gürtel zusammengefasstes Kleid, das etwa knielang war, an seinen Füßen hatte er fuchsiafarbene Satinpantoffeln, deren Spitzen sich nach oben bogen. Sein Kopf war mit einem elfenbeinfarbenen Turban umwickelt und sein Gesicht fast völlig von einem buschigen, schwarzen Bart bedeckt.

Sie betraten einen großen, relativ kühlen Raum. Die Fliesen, mit denen die Böden hier belegt waren, bestanden aus glasiertem Terrakotta. Die Wände waren mehr als einen Fuß dick und weiß verputzt. Die Decke war mindestens zwanzig Fuß über ihnen - vielleicht mehr.

Das Zimmer wurde von etwas beherrscht, das ein riesiges Bett zu sein schien. Es war aber kein gewöhnliches Bett. Der große, viereckige Himmel war mit Seide in einem komplizierten Muster aus Gold und Grün mit karmesinroten Rändern bedeckt. Dicke, goldene Seidenquasten hingen davon herab und mehr dieser üppigen goldenen

Bordüren und Quasten schmückten die Kissen, die um den Pascha herum aufgetürmt waren. Jedes Kissen trug eine andere Farbe. Es gab Magentarot, Smaragdgrün, Königsblau, Purpur, Orange, Rot und viel Gold.

Der Pascha selbst saß auf dem Bett und betrachtete sie. Er war ein Mann mittleren Alters mit einem Bart, der ein paar Jahre zuvor völlig schwarz gewesen sein musste, jetzt aber vorwiegend grau war. Auf seinem Kopf saß ein seidener Turban in Aquamarinblau, und sein oranges Gewand war ebenfalls aus Seide. Wie sein Diener trug er Schuhe mit hochgerollten Spitzen.

Mr. Briggs hatte gesagt, der Pascha wäre ein ausgezeichneter Soldat gewesen. Sie konnte sich um ihr Leben nicht vorstellen, wie dieser Mann so gekleidet in eine Schlacht ziehen sollte. Dann, in einem plötzlichen Gedankenblitz, dachte sie an Jack, wenn er sich so kleiden würde, und wäre fast in schallendes Gelächter ausgebrochen.

Es tat ihr sofort leid. Daphne war immer stolz auf ihre Fähigkeit gewesen, sich auf andere Kulturen einstellen zu können und sich nie über sie lustig zu machen.

Pascha Mohamed Ali betrachtete sie mit seinen schwarzen Augen, ein Lächeln umspielte seine Lippen, als Mr. Briggs die Vorstellung in Französisch vornahm.

Er bat sie, sich auf die seidenen Polster zu setzen, die vor ihm auf dem Boden verstreut lagen.

Nachdem sie sich alle niedergelassen hatten, begann der Diener des Paschas, die Wasserpfeife herumzureichen, angefangen bei seinem Herrn.

„Oh, oh", dachte Daphne.

Als die Pfeife bei ihr ankam, hielt Jack eine

Hand hoch. „Ich bin sicher, Eure Exzellenz werden verstehen, dass es Damen in unserem Land nicht erlaubt ist zu rauchen."

Der Pascha nickte. Daphne war sehr froh, dass sie ihrem Mann erzählt hatte, wie furchtbar übel ihr von der Pfeife geworden war. Sie war Jack so dankbar, dass er sie aus dieser unangenehmen Lage befreite.

Jack begann, auf Französisch mit dem Pascha zu sprechen. „Wie Mr. Briggs Ihnen vielleicht erklärt hat, sind wir im Auftrag unseres Herrschers, des Prinzregenten, aus England gekommen. Er war ein Freund von Fürst Edward Duleep Singh. Kennen Sie den Fürsten Singh?"

Der Pascha nickte. „Ich kenne ihn seit vielen Jahren."

„Haben Sie je von der Totenmaske des Amon-Ra gehört, die Fürst Singh gekauft hat?"

Er nickte. „Einige Zeit, bevor Fürst Singh sie erwarb, hörte ich, dass ein Franzose die Ägypter, in deren Besitz sie sich befunden hatte, ermordet hätte. Ich glaube, Fürst Singh kaufte sie von diesem üblen Franzosen. Ich wollte den Franken vor Gericht bringen, aber es sollte nicht sein. Er kehrte als sehr reicher Mann nach Frankreich zurück."

„Hat Fürst Singh Ihnen je gesagt, was er mit der Maske des Amon-Ra zu tun plante?"

„Ich war mit dem Fürsten bekannt, aber denke nicht, dass er mich ins Vertrauen zog."

Daphne holte Atem. Es war möglicherweise unpassend, wenn sie sprach - wohl wissend, dass die Stellung der Frau in der arabischen Welt in keiner Weise der der Männer gleich war, und dass sie, wäre sie Araberin, hier nicht einmal Zutritt gefunden hätte - aber sie war unfähig zu schweigen, wenn Jack einfach nicht die intuitiven Fragen stellte, die ihr einfielen. „Euer Exzellenz, haben Sie je von jemandem gehört, der die Maske hatte erwerben wollen? Jemand, der mit Ihnen darüber sprach, nachdem sie in den Besitz des Fürsten Singh gekommen war?"

Er dachte einen Moment nach, bevor er antwortete. „Ich habe viele Ohren im ganzen Land. Ich höre viele Dinge. Einige sind zuverlässig; einige nicht. Ich hörte, dass ein Engländer sie in Händen gehabt hätte, nachdem Fürst Singh verschwand, aber ich weiß nicht, ob das wahr ist. Ich habe gehört, dass sie später in Konstantinopel zu einem hohen Preis verkauft wurde, und dass der Verkäufer ein Engländer war."

Ihr erster Gedanke ging zu Gareth Williams. Nachdem sie jetzt die Aufmerksamkeit des Paschas auf sich gezogen, aber ihn nicht zornig gemacht hatte, fragt sie weiter. „Was haben Sie über das Verschwinden des Fürsten Singh gehört?"

Er hob die Schultern. „Der Prinz war schon seit einiger Zeit verschwunden, bevor man mir davon berichtete. Anscheinend fingen seine Diener an, sich Sorgen zu machen, als zwei Tage vergingen und er nicht in seine Villa zurückkehrte." Unbewusst drehte der Pascha seinen Kopf in die Richtung von Fürst Singhs nahegelegener Villa. „Sie sagten, nichts von seiner Kleidung fehlte. Nur die Maske des Amon-Ra."

Es überraschte sie, dass man ihm erzählt hatte, dass das Fehlen der Ammon-Ra-Maske nach dem Verschwinden des Fürsten bemerkt worden war, denn der Diener des Fürsten Singh machte nicht den Eindruck von jemandem, der Informationen über den Inhalt des verschlossenen

Raums seines Herren zufällig weitergeben würde.

„Hat Eure Exzellenz eine Ahnung, wer für das Verschwinden des Fürsten Singh verantwortlich sein könnte?", fragte Jack.

„Es muss ein Engländer sein."

Glaubte er das wirklich, oder könnte er seinen Freund, Ahmed Hassein, schützen wollen? Oder vielleicht sogar den Scheich Al-Mustafa? „Kennen Eure Exzellenz Ahmed Hassein?"

Sein Kopf senkte sich zustimmend. „Er besitzt auch eine Villa in der Nähe und ist oft mein Gast."

„Es überrascht mich", sagte Jack, „dass Hassein die Amon-Ra-Maske nicht für sich wollte, wenn man seine Liebe zu sehr teuren Antiquitäten bedenkt."

„Ich war überrascht, als ich erfuhr, dass er dem Fürsten Singh erlaubt hatte, etwas, das so genau die Art von Gegenstand war, auf die er spezialisiert ist, in seinen Besitz zu bringen", sagte der Pascha.

Daphne konnte gut verstehen, warum Hassein nicht tausende von Guineen ausgeben wollte, wenn er warten und es vom Fürsten Singh stehlen konnte. Sie hatte stark den Eindruck, dass Hassein, nicht irgendein mysteriöser Engländer, der Schuldige war.

Es sei denn, der Engländer war in Wirklichkeit ein Waliser.

„Haben Sie überlegt, wie man es anstellen könnte, den vermissten indischen Fürsten zu finden?", fragte Jack.

Ein schmerzlicher Ausdruck huschte über das mollige Gesicht des Paschas. „Ich fürchte, er ist tot. Sie wissen, dass es arabische Sitte ist, ihre Toten im Wüstensand zu begraben. Unsere Wüsten sind von sonnengebleichten Knochen übersät."

Daphne hoffte inständig, dass sie nie verwesende menschliche Körper würde sehen müssen, wenn sie in die Wüste hinausginge.

Der Pascha wechselte das Thema, indem er sie nach ihrer Meinung über Ägypten fragte und ihnen riet, nach Theben zu fahren, um viel mehr Antiquitäten aus dem antiken Ägypten zu sehen.

Daphne fragte sich, ob er unterschwellig auf Lord Beddington anspielte, von dem bekannt war, dass er nach Theben gereist war. Wollte er Verdacht auf diesen Engländer lenken?

„Aber Exzellenz, es würde uns zwei Monate kosten, eine solche Reise zu unternehmen, und wir haben nicht so viel Zeit", sagte Jack.

„Dann müssen Sie wenigstens Gizeh besichtigen."

* * *

Es war Zeit für das Abendessen, als Mr. Briggs' Kutsche sie vor dem Hotel absetzte. Jack war erfreut zu sehen, dass Habeeb direkt davor auf sie wartete.

„Du hast die Dienerinnen der toten Frau gefunden?", fragte er.

Habeeb ließ den Kopf hängen. „Ich habe sie noch nicht gefunden, aber ich werde nicht aufhören zu suchen, bevor ich sie finde. Vor allem die Frau, die den Mörder gesehen hat."

„Gut", sagte Daphne.

Jack konnte an dem zufriedenen Gesichtsausdruck Habeebs erkennen, dass er etwas Gutes zu berichten hatte.

„Ich bin zum Haus des Scheichs Al-Mustafa gegangen und konnte herausfinden, dass er - und die meisten seiner Diener - am Ende Ihres letzten Jahres die lange Reise nach Mekka angetreten haben."

„Ihr Dolmetscher bezieht sich darauf, dass unser Kalender sich vom Mondkalender der Muslime unterscheidet", erklärte Maxwell hilfreich. „Das würde bedeuten, dass der Scheich vom Herbst bis über den Winter von Kairo abwesend war."

Jack schaute den Gelehrten an. „Wie lange würde es dauern, von Kairo nach Mekka und zurück zu reisen?"

Maxwell zuckte mit den Schultern. „Es gibt eine Reihe von Bedingungen zu berücksichtigen, aber ich würde sagen, es könnte bis zu neun Monaten dauern."

„Dann würde das den Scheich vom Verdacht befreien, denke ich", sagte Daphne.

Jack richtete seine Aufmerksamkeit wieder auf Habeeb. „Wirst du morgen wieder nach den Frauen suchen?"

„Ich werde auch heute Abend weitersuchen." Ich werde so lange in der Stadt suchen, bis ich sie gefunden habe. Das schwöre ich Ihnen." Er verbeugte sich und wandte sich wieder zur Altstadt.

Als sie in ihrem Schlafzimmer waren, sagte Daphne: „Das war unser erster produktiver Tag." Sie ging, um sich ans offene Fenster zu stellen und die Sonne über den Pyramiden von Gizeh untergehen zu sehen.

Er kam und stellte sich neben sie. „Deine Definition von produktiv und meine unterscheiden sich deutlich."

Sie sah ihn lächelnd an. „Zunächst haben wir den Scheich ausgeschlossen. Das ist ein Fortschritt."

„Das muss ich zugeben."

„Und wir haben erfahren, dass die Möglichkeit besteht, dass ein Engländer für die Entführung und den möglichen Mord an Fürst Singh verantwortlich sein könnte."

„Oder ein Waliser."

„Das ist auch möglich. Aber ich frage mich, ob der Pascha uns zu sagen versuchte, dass wir uns Lord Beddington genauer ansehen sollten."

Jack erstarrte, seine Gedanken eilten zu den Bemerkungen des Paschas zurück. „Ich habe zugelassen, dass mein Hass auf Williams meinen Verstand vor anderen Verdächtigen verschließt. Du hast recht. Der Pascha könnte Andeutungen über Beddington gemacht haben. Vielleicht sollten wir mehr über ihn herausfinden. Wann war er zuletzt in Kairo? Wusste er von der Amon-Ra-Maske? Hat er eine Vergangenheit mit rücksichtslosem Verhalten?"

„Ausgezeichnete Fragen, mein brillanter Ehemann!"

„Daphne?"

„Ja, Liebster?"

„Was habe ich dir gesagt betreffend die Verwendung des Wortes brillant in Verbindung mit mir?"

„Du hast es mir verboten. Dieses Wort, und gutaussehend. Und tapfer. Und all die anderen Dinge, die du bist, aber ich habe es ja nicht vor anderen gesagt. Hier sind nur du und ich. Sei nicht so hart zu mir."

Er legte seine Arme um sie. „Nun gut, Liebes." Und er knabberte mit weichen Lippen an ihrem Hals.

* * *

Für den nächsten Morgen hatten sie Mr. Arbuthnot zum Frühstück eingeladen. „Also,

Arbuthnot", begann Jack. „Was für eine Art Mensch ist Lord Beddington?"

„Seine Lordschaft ist alles, was man sich wünschen kann, um Britannien auf einem wichtigen Posten wie dem des Botschafters beim Osmanischen Reich zu vertreten. Er kleidet sich außergewöhnlich gut und ist, wie Ihnen bekannt, unglaublich reich. Er ist sehr sprachbegabt und lernte, wie man sich auf Türkisch unterhält. Er hat großen Respekt vor anderen Kulturen und die Fähigkeit, sich ihnen anzupassen." Arbuthnot stellte das Weinglas hin, das er in den Händen herumgedreht hatte. „Er war so gütig, mich einmal einzuladen, den Konsul zu begleiten, als dieser in der Villa seiner Lordschaft speiste. Auch, wenn sie nicht so groß ist wie die des Paschas, denke ich, dass ich nicht die Unwahrheit sagen würde, wenn ich meine, dass sie zweifellos die schönste Residenz in ganz Ägypten ist."

Der ältere Attaché legte viel Wert auf den äußeren Schein und alle Fallen des Reichtums. Jack war kein Dandy, aber er wusste genug, um zu erkennen, dass die Kleidung des Attachés von höchster Qualität war. Erstklassiger Schnitt, teure Wollstoffe, feinste Lederstiefel. Er fragte sich, ob Arbuthnot je in Betracht gezogen hatte, sich wie die Einheimischen zu kleiden. Er hatte erfahren, dass Lord Beddington das oft tat.

„Ich meine, Sie sagten uns, dass seine Lordschaft vor zwei Jahren nach Ägypten gekommen wäre?" Daphne musterte ihn mit fragend gehobener Braue?

Er nickte. „Das stimmt. Mit seinen unglaublich tiefen Taschen konnte er seine Villa in nur drei Monaten erbauen lassen. Es war Sommer und die Tage länger hell. Er vertiefte sich in die einheimische Kultur, studierte die Sprache und machte viele Ausflüge nach Gizeh. Nachdem er Gizeh gründlich erkundet hatte, sagte er, er wäre bereit für Theben und das Tal der Könige."

„Können Sie sich erinnern, wann er Kairo verließ?"

„Ja. Mr. Briggs gab eine kombinierte Weihnachts- und Abschiedsgesellschaft für unseren Landsmann höchsten Ranges."

„Letzte Weihnachten?", fragte Daphne.

Der füllige Mann nickte.

Verdammt, dachte Jack, der frühere osmanische Botschafter war in Kairo gewesen, als Singh verschwand.

Daphne reichte ihm eine Schale Oliven, dann einen Teller mit frisch gefangenem Fisch. „Leben Sie auch in einem Hotel, Mr. Arbuthnot?"

„Nein. Ich war so glücklich, ein eigenes Haus im europäischen Viertel erwerben zu können. Ich werde nicht jünger, und es schien eine gute Zeit, um mit dem Erwerb von Eigentum zu beginnen. Ich habe viele Jahre in diesem Hotel gewohnt. Ich vermisse die abwechslungsreiche Küche. Ich habe jetzt einen einheimischen Koch, der nur ägyptisch kochen kann."

„Dann freuen wir uns sehr, wenn Sie kommen und mit uns essen."

Unbewusst war er wieder zur arabischen Sitte zurückgekehrt mit den Händen zu essen, er nahm die Oliven in die bloße Hand. „Es ist besonders schön, die Gelegenheit zu haben, mit anderen Menschen aus dem guten, alten England zu sprechen, vor allem mit so feiner Gesellschaft wie Lord Sidworths Töchtern." Er nickte Rosemary zu, griff dann zum Teller und drehte den Fischkopf mit bloßen Händen ab. „Schätze, das hässliche

Ding brauchen wir nicht."

Für Jack war es eine große Enttäuschung zu erfahren, dass Lord Beddington zum Zeitpunkt des Verschwindens von Fürst Singh in Kairo gewesen war. So unwahrscheinlich es war, dass der englische Lord und frühere Diplomat sich dazu herablassen würde, zu morden und zu stehlen, konnte der Mann nicht ausgeschlossen werden. Vor allem nicht nach den Andeutungen des Paschas über Theben.

Wie zum Teufel konnten sie Schuld oder Unschuld des Mannes feststellen, wenn er eine fast vierwöchige Reise entfernt lebte?

Es blieb auch die Tatsache, dass er den Tod der Kurtisane nicht aus so großer Entfernung angeordnet haben konnte.

Es war ihr fünfter Tag in Kairo und er war der Aufklärung des Verschwindens des Fürsten Singh nicht nähergekommen. Von dem abwesenden Lord Beddington abgesehen, waren Daf und ihm die zu befragenden Leute ausgegangen. Ein ganzer Tag lag vor ihnen, und ihm fiel gar nichts ein, was er tun konnte, um ihre Ermittlungen voranzutreiben.

Viel hing von der Fähigkeit Habeebs ab, die gesuchte Frau zu finden, und von Petworths, diesen schurkischen Gareth Williams aufzutreiben.

„Ich hätte gerne Ihre Hilfe dabei, Arbuthnot, einen Ausflug für unsere Gesellschaft nach Gizeh zu planen", sagte Jack. „Meine Frau würde gerne in einem Zelt schlafen."

„Ich wäre gerne bereit, ihnen in jeder Weise, die mir möglich ist, zu helfen, aber Ihr Dolmetscher ist in solchen Dingen weit fähiger als ich."

Daphnes Gesicht wurde lang. „Unser armer

Dolmetscher wurde heute abberufen. Eine seiner Frauen schickte nach ihm, weil es einen Notfall in der Familie gäbe. Haben Sie einen Dolmetscher, den Sie uns zur Verfügung stellen könnten?"

„Was ist mit dem Dolmetscher der Soldaten?", fragte Arbuthnot.

Jacks Stimme klang sehr ernst. „Ich habe einen unserer Soldaten und ihren Dolmetscher zu einer Erkundung ausgeschickt und erwarte nicht, dass sie heute wiederkommen."

Arbuthnot nickte gebieterisch. „Ich werde in Kürze einen meiner Diener vorbeischicken. Wann möchten Sie losfahren?"

„So bald wie möglich."

„Wenn Sie so früh am Tag anfangen", sagte Arbuthnot, „sollten Sie am Ende des Tages alles zusammen haben, was Sie für einen Ausflug von kurzer Dauer brauchen. Dann könnten Sie am nächsten Morgen losziehen."

Die Tür des Hotels öffnete sich und Petworth kam herein. „Wenn Sie warten können, bis Mr. Arbuthnot fertig ist, kann ich mit Ihnen sprechen", sagte Jack zu ihm.

„Oh, ich bin fertig." Arbuthnot stand auf. „Ich schicke Ihnen meinen Diener zu Hilfe." Er verließ den Raum.

Rosemary lächelte Jack an. „Oh, Hauptmann, Sie machen mich zum glücklichsten aller Menschen."

„Mich auch, mein Liebster." Daphne sprang auf und küsste ihn auf die Wange. „Wir müssen das Kleid einer Einheimischen für meine Schwester besorgen. Wie lustig es sein wird, wenn wir uns für den Ausflug alle auf einheimische Art kleiden."

„Lustig und notwendig", sagte Maxwell. „Da ich einige Erfahrung mit Wüstenexpeditionen habe, werde ich eine Liste der notwendigen Dinge und Vorräte aufstellen."

„Dann überlasse ich das völlig Ihnen", sagte Jack.

Nachdem Rosemary und Maxwell gegangen waren, wandte Jack sich an Petworth. „Bitte, wollen Sie sich nicht einen Teller nehmen und ein wenig frühstücken?"

„Ich habe schon gegessen."

Er kam und setzte sich neben Jack.

„Ich hoffe, Sie haben gute Nachrichten für mich", sagte Jack.

Petworth nickte ernst. „Ich weiß noch immer nicht, wo der Mann wohnt. Wir haben mit vielen Leuten gesprochen, die behaupten, ihn in der Altstadt gesehen zu haben. Jemand sagte, dass man ihm erzählt hätte, der englische Fremde würde mit einer arabischen Frau leben, aber niemand scheint zu wissen, wo. Man schickte uns an einen Ort, wo er und eine einheimische Frau tatsächlich gelebt hatten, aber sie sind vor Monaten dort weggezogen. Sie waren nicht lange dort und es hieß, sie wären sehr für sich geblieben."

„Ich habe den Eindruck, dass Williams die Gewohnheit hat, oft umzuziehen", sagte Daphne. „Ich schätze, er möchte den Henker meiden."

Jack erzählte Petworth von dem bevorstehenden Ausflug nach Gizeh. „Aber ich fürchte, alter Junge, ich werde Sie hier in Kairo brauchen, um Ihre Suche noch intensiver weiterzuverfolgen. Wir müssen Williams unbedingt finden."

„Ich beklage mich gar nicht. Ich ziehe die schattigen Straßen von Kairo jeden Tag der Wüste vor, wo die Sonne unbarmherzig vom Himmel brennt."

Nachdem er fort war, wandte Jack sich an Daphne. „Woher wusstest du, dass Habeeb mehrere Frauen hat?"

„Oh, das wusste ich nicht, Dummchen. Du weißt doch, dass ich mir schnell etwas einfallen lasse, wenn wir bei einer unseren Ermittlungen sind."

„Das macht mich unglaublich nervös. Arbuthnot hat den Mann für uns eingestellt. Er könnte persönliche Dinge über Habeeb wissen."

„Ich denke, er hätte etwas gesagt, wenn dem so wäre."

Einen Moment später stand Arbuthnots Diener schüchtern in der Tür und stellte sich vor.

„Großartig!", rief Daphne aus. „Das erste, was Sie für mich tun müssten, ist, ein einheimisches Gewand für meine Schwester zu besorgen. Ich laufe und hole sie, damit Sie ihre Größe sehen können."

Jack saß im Speisesaal und versank in Selbstzweifeln. Er hasste es, dass seine Ermittlungen gegenwärtig stockten, aber er musste zugeben, dass er ebenso begierig auf ihren kleinen Ausflug war wie die anderen.

Kapitel 8

Dank Mr. Maxwells Tüchtigkeit war die Handvoll Diener, die der Dolmetscher Arbuthnots beschaffte, nicht nur in der Lage, alles, was sie für den Ausflug brauchten, in nur einem Tag zu beschaffen, sondern auch zu verpacken. Vier Dromedare wurden besorgt, ebenso wie Pferde für die Soldaten und die anderen Bediensteten.

Die vier Engländer, alle in einheimische Gewänder gehüllt, bestiegen die Dromedare, die mit Bündeln beladen waren, in denen einige ihrer Zelte und Vorräte verpackt waren.

Gerade, als sie bei Sonnenaufgang aufbrechen wollten, kam Arbuthnot auf einem Pferd angaloppiert und sagte atemlos zu ihnen: „Mr. Briggs hat mich gebeten, Sie auf Ihrer Reise nach Gizeh zu begleiten." Er trug Reitkleidung im englischen Stil. „Sicher kann ich das Zelt mit Maxwell teilen?" Er musterte den Gelehrten.

„Ich werde mich über die Gesellschaft freuen", sagte Mr. Maxwell.

Tiefe Enttäuschung wallte in Daphne auf. Zum ersten Mal war sie sprachlos. Sie hatte diesmal nur ihre kleine Gruppe um sich haben wollen, ohne Außenseiter außer den angestellten Helfern und den Soldaten. Sie konnte sich gut vorstellen, wie der unerträgliche Mann das Offensichtliche feststellte, wie: „Eine Pyramide hat, wie Sie wissen, eine große Grundfläche und läuft oben spitz zu."

Sogar Jack begrüßte ihn nicht mit Wärme. Sein

undurchschaubarer Blick huschte zu ihr herüber.

Es entstand ein peinlicher Moment, bevor Mr. Arbuthnot sein Pferd neben Jacks Kamel lenkte.

„Mr. Maxwell hat die gesamte Expedition mit viel Hilfe Ihres Dieners in nur einem Tag organisiert. Er ist unglaublich fähig", sagte Daphne zu dem allwissenden Mr. Arbuthnot.

„Ich freue mich auf diese Erfahrung", sagte Mr. Arbuthnot. „Ich war zwar bereits mehrmals in Gizeh, dank der Nähe zu Kairo, aber ich bin tatsächlich noch nie im Stil einer Karawane durch die Wüste gereist, wie wir es heute tun. Die meisten meiner Reisen durch Ägypten haben sich darauf beschränkt, auf dem Nil transportiert zu werden, und meine Ausflüge nach Gizeh immer auf dem Rücken eines Pferdes."

Daphne seufzte. „Wie schade, dass Theben so weit Nilaufwärts liegt."

„Ja", sagte Jack. „Es wäre schön, wenn wir Oberägypten besuchen könnten, während wir in Ägypten sind."

„Mein Liebling", sagte Daphne scherzhaft, „während ich im Kartenlesen vielleicht nicht so gut bin wie du, kann ich dir doch sagen, dass du in Oberägypten warst. In Alexandria."

Alle Männer begannen zu lachen. Daphne konnte nicht verstehen, warum das, was sie gesagt hatte, so komisch sein sollte.

„Meine liebste Frau, dies ist ein Punkt, wo die Karte täuscht. Ja, wenn man eine Landkarte von Ägypten betrachtet, liegt Alexandria am nördlichen Ende. Trotzdem ist diese Gegend als Unterägypten bekannt. Theben liegt in Oberägypten."

Ihr blieb der Mund offen stehen. „Wie kann das sein?"

„Ich denke, es hat etwas mit dem Verlauf des Nils zu tun", riet Mr. Maxwell.

„Verzeihen Sie, dass ich über Sie gelacht habe, Lady Daphne", sagte Mr. Arbuthnot. „Ich habe noch nie gehört, dass Alexandria als Oberägypten bezeichnet wurde - obwohl ich zugeben muss, dass es sehr klug von Ihnen war."

Vielleicht war Mr. Arbuthnot schließlich doch nicht so unwillkommen.

Als Kairo und seine hunderten von Kaminen, die beim Brotbacken für den Tag rauchten, hinter ihnen lagen, war sie glücklich, die saubere Wüstenluft unter der aufsteigenden Sonne zu atmen. Sie gewöhnte sich erst jetzt daran, auf einem Kamel zu reiten. Zuerst war es sehr furchterregend gewesen, weil bis zum Boden ein so hoher Abstand war. Und das dumme Ding gab empörende Geräusche von sich, die ihr zuerst Angst gemacht hatten.

Schon bevor sie eine halbe Stunde lang geritten waren, prallte die Sonne voll auf sie herab. Sie war äußerst dankbar, dass sie sich wie eine Araberin gekleidet hatte. Vor allem war sie überglücklich, dass sie ihr Korsett hatte weglassen können. Warum Frauen in diese elenden Brustquetschen geschnürt werden mussten, überstieg ihr Verständnis völlig. Wie das meiste an der Mode.

„Wie gefällt es dir, die einheimische Kleidung zu tragen?", fragte sie ihre Schwester.

„Es ist wundervoll."

„Selbst, wenn ich es bin, die es sagt: ich glaube, mein Mann würde einen unglaublich gutaussehenden Araber abgeben. Ich habe heute Morgen versucht, ihn dazu zu überreden, sich nicht zu rasieren. Ein paar Tage den Bart wachsen lassen, und er könnte als Einheimischer durchgehen."

„Daphne ..." Jack verwendete schon wieder seinen tadelnden Tonfall.

Er hasste es so, wenn sie mit ihm prahlte. „Es tut mir leid, Liebster, ich wollte dich nicht in Verlegenheit bringen, indem ich laut dein gutes Aussehen lobte."

Sie konnte ihn fast mit den Zähnen knirschen hören.

Rosemary warf einen Blick auf Mr. Maxwell. „Ich glaube, Mr. Maxwell hat heute Morgen auf die Rasur verzichtet."

„Ich bin geschmeichelt, dass es Mylady auffällt. Wann immer ich mich als Einheimischer kleide, ziehe ich es vor, meinen Bart wachsen zu lassen."

„Ich verspreche, mir mein Urteil vorzubehalten, bis er ein wenig mehr gewachsen ist", sagte Rosemary ausgelassen.

„Ich kann mich nicht erinnern, schon einmal so viel Spaß gehabt zu haben", sagte Daphne. „Mich stört nicht einmal die Hitze."

„Sie werden feststellen", begann Mr. Arbuthnot in seiner belehrenden Art, „dass, obwohl wir nahe bei Kairo sind, die Wüstenhitze viel intensiver ist. Zum einen liegt Kairo dicht am Fluss, und dort weht oft eine Brise über das Wasser. Daher, so heiß es in Kairo auch war, verglichen mit dem, was Sie heute erleben werden, ist es fast kühl. Zum anderen reflektiert all dieser Sand mit seinem hohen Gehalt an Quarz die Sonne fast wie ein Brennglas, ganz so, als würde man ein Stück Glas in starker Sonne über ein Stück Papier halten. Dabei können Flammen entstehen."

„Ich hoffe, keiner von uns wird sich in einen Feuerball verwandeln", sagte Daphne mit einem leisen Lachen. „Man kann sehen, wie die Hitze flimmernd aus dem Sand aufsteigt. Es ist ein recht schöner Anblick von hier oben auf dem Kamel."

Mr. Maxwells Dromedar blieb stehen. „Ich möchte Ihre Aufmerksamkeit auf diese beiden Steine lenken, die dort mit einem Abstand von fünf Fuß aufgestellt sind."

Sie hielten alle an. Die Steine waren kleiner als ein Frauenkopf.

„Oh, erlauben Sie mir zu raten!", sagte Rosemary.

„Bitte, Mylady", antwortete Mr. Maxwell.

„Die Steine markieren das flache Grab eines Wüstennomaden."

Mr. Maxwell nickte. „Sehr gut."

„Ich nehme nicht an, dass sie Särge verwenden?", erkundigte sich Daphne.

„Nein", sagte Mr. Maxwell. „Der muslimische Glaube bestimmt, dass sie noch am Todestag begraben werden müssen. Der Kopf des Toten muss nach Mekka schauen."

„Man möchte meinen, dass die Hyänen den Körper holen", sagte Jack.

„Wenn bekannt ist, dass es in der Gegend welche gibt", sagte Mr. Maxwell, „werden Steine über die ganze Grabstelle gelegt."

„Keine Grabsteine?", fragte Daphne.

Rosemary und der Gelehrte schüttelten beide den Kopf. „Es ist sehr wahrscheinlich, dass die geliebten Angehörigen das Grab nie wieder besuchen werden", sagte Mr. Maxwell. „Es ist recht seltsam, ein einzelnes Grab wie dieses so nahe bei einer großen Stadt zu finden." Er trieb sein Dromedar zum Weitergehen an.

„Ja, das verstehe ich", sagte Daphne. „Am

Rande des Todes würde man nicht auf einem Kamel in der Wüste herumreiten, es sei denn, dass hundert Meilen im Umkreis keine Zivilisation zu finden ist."

Maxwell nickte.

„Wie lange braucht es, um zu den Pyramiden zu gelangen, Arbuthnot?", fragte Jack.

„Wir sollten in einer Stunde ankommen. Ich stehe Ihnen gerne als Führer zur Verfügung."

„In der Tat hat Maxwell sich schon angeboten", sagte Jack. „Er war schon früher hier und er hat die Sieben Weltwunder der Antike ausgiebig studiert."

„Dann werde ich mich freuen zu hören, was er zu sagen hat." Die Stimme des allwissenden Mr. Arbuthnot konnte seine Enttäuschung nicht verbergen.

„Werden wir die Reichtümer in den Gräbern sehen können?", fragte Daphne.

„Die Gräber wurden alle schon vor langer Zeit geplündert", antwortete Rosemary. „Wie schade. Trotzdem, ich könnte mich nicht mehr freuen. Ich habe meinen Skizzenblock mitgebracht und beabsichtige, ihn mit Zeichnungen aus Gizeh zu füllen."

Mr. Maxwell betrachtete die junge Dame bewundernd. „Ich wusste nicht, dass Sie Künstlerin sind, Mylady."

Sie zuckte die Schultern. „Ich versuche es."

„Dann wünschte ich, Sie wären auch auf meinen anderen Reisen dabei gewesen. Wie ich mich danach sehnte, ein Bild der Dinge einfangen zu können, die ich sah - vor allem in Petra. Ich verfluche die Tatsache, dass ich in dieser Richtung völlig unbegabt bin."

„Ich werde meine Zeichnungen gerne mit Ihnen

teilen, Sir. Ich bin schon sehr eifersüchtig, dass Sie tatsächlich Petra besuchen konnten."

„Sie denken aber nicht daran, in die Große Pyramide hineinzugehen, oder, Lady Rosemary?", fragte Mr. Maxwell.

„Nichts könnte mich davon abhalten."

Der Gelehrte schwieg einen Moment lang. Daphne wusste, dass sein Schweigen die Reaktion auf den Wunsch ihrer Schwester, in die Pyramiden hinein zu gehen, war. Nach einer kleinen Weile räusperte er sich. „Ich muss Ihnen davon abraten."

Rosemary fuhr zu ihm herum. „Warum das, bitte?"

„Ich habe noch nie davon gehört, dass eine Frau in eine Pyramide hineingegangen wäre. Sehen Sie, selbst im Winter muss man sich des größten Teils seiner Kleidung entledigen, wenn man in der erdrückenden Hitze der Gänge herumkriechen will."

„Davon habe ich gehört", gab sie zu, „daher habe ich für mich und meine Schwester auch die Art von Gewand beschafft, wie die Dolmetscher es tragen. Es ist unseren schottischen Kilts nicht unähnlich."

Daphne war schockiert. „Du meinst, wir werden zulassen, dass die Gentlemen unsere bloßen Unterschenkel sehen können?"

„Darüber habe ich nachgedacht", antwortete Rosemary. „Bevor du und ich in der Kleidung junger Männer aus unseren Zelten herauskommen, werden wir alle Ägypter und alle unsere Soldaten bitten, ihre Gesichter abzuwenden, während wir uns zum Eingang der Großen Pyramide begeben."

„Was ist mit Mr. Maxwell?", fragte Daphne.

Rosemary drehte sich um und sah ihn an. Das Gesicht des armen Kerls war hochrot, und Daphne war sicher, dass das nicht an der Sonne lag. „Sie haben einen so edlen Charakter und kenne sich so großartig mit fremden Kulturen aus, dass ich sicher bin, dass sie mein Verhalten nicht verurteilen würden, und ein Gentleman wie Sie würde auch nie versuchen, sich Freiheiten herauszunehmen", sagte Rosemary.

Er hüstelte. Es dauerte einen Moment, bis er seinen Gedanken Ausdruck verleihen konnte. Daphne hätte wetten können, dass Rosemary die erste ledige, hübsche Frau war, mit der dieser Mann je ein Gespräch geführt hatte. Schließlich sprach er. „Mylady kann mir ihr Leben ebenso wie ihre Tugend anvertrauen, und ich schwöre, ich würde es mir nie erlauben, ein Urteil über Sie zu fällen."

„Dann ist das abgemacht", sagte Rosemary. „Meine Schwester und ich werden die große Pyramide erforschen."

„Sie wissen, dass es einige Gänge gibt, in denen Sie durch den Schmutz werden kriechen müssen?", sagte Mr. Maxwell zu ihr.

„Ja, darüber habe ich gelesen."

„Es könnte auch Fledermäuse geben", fuhr er fort.

„Ich habe gelesen, dass es die elenden Geschöpfe vertreibt, wenn man eine Pistole abfeuert."

„Das ist richtig."

„Haben Sie eine Pistole, Mr. Maxwell?", fragte Rosemary.

„Wenn ich im Orient auf Reisen bin, immer."

„Dann ernenne ich Sie zu meinem Beschützer."

Daphne ertappte sich bei dem Wunsch, dass

Mr. Maxwell ein wenig stattlicher wäre. Dann hätte Rosemary vielleicht die Zuneigung, die sie für den grässlichen, egoistischen, herzensbrechenden, sündhaft gutaussehenden Hauptmann Cooper empfand, auf ihn übertragen können. Der liebe Mr. Maxwell war so viel wertvoller.

Wie es schien, nahm Rosemary Mr. Maxwell als Mann überhaupt nicht wahr. Oder als möglichen Verehrer.

Wenn man die Tochter eines Earls war, schreckte dieser Umstand Verehrer, die selbst nicht dem Hochadel entstammten, eher ab. Wenn Mr. Maxwell gut aussähe und er sich blind in Rosemary verliebte, würde er wegen ihrer ungleichen gesellschaftlichen Stellung trotzdem nichts unternehmen.

Jack war einmal in dieser Lage gewesen. Nicht einmal Papa, der Daphne mehr liebte als all seine Töchter, hatte aber jemals in Frage gestellt, dass Jack für sein Lieblingskind gut genug wäre. Wenn überhaupt, hatte Papa Jack so lieben gelernt, als wäre er sein eigener Sohn.

„Ich schätze, alle Männer werden auf die Spitze der Großen Pyramide steigen wollen", sagte Mr. Arbuthnot.

„Das ist vielleicht die beeindruckendste Erfahrung meines Lebens", sagte Mr. Maxwell. „Ich werde Reithosen anziehen, weil ich dann besser die Steine der Großen Pyramide hinaufsteigen kann."

„Dann ist es gut, dass ich meine mitgebracht habe", sagte Jack.

„Was ist mit uns Frauen?", fragte Daphne. „Können wir nicht hinaufklettern?"

„Das wäre äußerst schwierig", sagte Mr.

Maxwell. „Zunächst braucht man uneingeschränkte Bewegungsfreiheit der Beine, und dann ist da die Tatsache, dass das Hinaufsteigen große Kraft braucht. Jeder Stein ist mindestens hüfthoch. Ich glaube nicht, dass der Arm einer Frau dafür stark genug wäre."

Jack lenkte sein Kamel neben Daphnes. „Komm nicht auf Ideen, Liebes. Du weißt, dass du überhaupt keine Kraft hast."

„Aber mein liebster Mann, ich habe doch dich, um mir zu helfen."

„Das stimmt natürlich", sagte er stirnrunzelnd. Dann senkte er seine Stimme und sprach so, dass nur seine Frau ihn hören konnte. „Mir wäre es nicht lieb, wenn andere Männer die Unterhosen meiner Frau sehen könnten."

Daphnes Wangen röteten sich. „Statt einheimische Kleider zu beschaffen hätte ich um Männerhosen bitten sollen."

„Wie ich wünschte, dass ich Hosen hätte", sagte Rosemary. „Ich würde nichts lieber tun, als auf die Spitze der Pyramide zu klettern."

Mr. Maxwell drehte sich zu Rosemary. „Ich kann Ihre große Enttäuschung verstehen, aber wirklich, Mylady, Sie wären nie körperlich stark genug, um sich fast fünfhundert Fuß diese hohen Steine hochzuziehen."

„Ich schätze, ich werde mich damit zufriedengeben müssen, in das Innere der Pyramide zu gehen - und damit, Sie zu zeichnen, wenn sie die Pyramide ersteigen."

„Ich hoffe, Sie haben keine Angst vor engen, dunklen Orten", sagte Mr. Maxwell.

Rosemary zuckte die Achseln. „Ich glaube nicht, dass ich mich fürchte, aber ich bin noch nie auf die Probe gestellt worden."

„Mr. Maxwell?", fragte Daphne.

„Ja?"

„Gibt es Ratten in der Pyramide?"

„Ich habe noch keine dort gesehen. Es gibt dort für sie nichts mehr zu fressen."

„Ich würde vor Angst sterben, wenn in der Große Pyramide Ratten wären, wenn ich dort hindurchkrieche", sagte Rosemary.

„Mr. Maxwell?", fragte Daphne erneut.

„Ja?"

„Gibt es dort Schlangen?"

Er zögerte einen Moment, bevor er antwortete, seinen Blick nicht von der jungen Dame neben ihm wendend. „Die Wüste ist voller Schlangen. Es ist möglich, dass sie manchmal auch in den Pyramiden sind."

„Ich wünschte, du hättest das nicht erwähnt, Daf!", schalt Rosemary. „Jetzt werde ich nicht in der Lage sein, in das Innere der Pyramide zu kriechen. Die Vorstellung von Schlangen ist entsetzlich für mich."

„Es ist nicht meine Schuld, dass in den Pyramiden Schlangen herumkriechen", protestierte Daphne.

Mr. Maxwell räusperte sich. „Ich sagte nicht, dass sie in den Pyramiden herumkriechen würden, Lady Daphne."

„Aber Sie sagten, es wäre möglich", verteidigte sich Daphne.

„Nicht jeder möchte in die Pyramiden gehen", sagte Mr. Arbuthnot. „Und es gibt auch viele Leute, die fröhlich in die Pyramide hineinlaufen, nur, um Augenblicke später wieder herauszukommen, weil sie das Gefühl hatten, zu ersticken."

Mr. Arbuthnot war eine fröhliche Quelle der

Negativität.

„Die Hitze und Dumpfheit können fast unerträglich sein", gab Mr. Maxwell zu.

Mr. Arbuthnot nickte. „Und einige Menschen stellen fest, dass sie nicht in der Lage sind, die Enge auszuhalten. Unter diesen Bedingungen erleiden sie fast einen Herzanfall."

Sie waren alle so in ihr Gespräch vertieft gewesen, dass sie nicht darauf geachtet hatten, wie nahe sie der Sphinx schon gekommen waren. Daphne war die erste, deren Blick darauf fiel. „Allah sei gelobt! Schaut euch die Sphinx an!"

Dort vor ihnen, in einigen hundert Fuß Entfernung, stieg der berühmte Löwenkörper der Sphinx aus dem flimmernden Sand hervor, der fast denselben tristen, fast farblosen Ton aufwies. Aus dieser Entfernung schien sie nicht größer zu sein als ihr Dromedar. Aber nach ein paar Minuten kamen sie ihr näher.

Der aus Granit gehauene, menschliche Kopf der riesigen Sphinx türmte sich hoch über ihrem Kamel auf. Vom Fuß bis ganz nach oben war die Sphinx so hoch wie das Haus ihrer Eltern in London. Vier Stockwerke. Sie zügelten ihre Pferde und Kamele und begannen abzusteigen. Daphne fand sich gezwungen zu warten, bis ein Diener ihre eine Leiter brachte, über die sie absteigen konnte.

„Bitte", sagte Rosemary, „können wir unsere Zelte nicht hier aufbauen? Ich muss unbedingt an meinen Skizzenblock kommen, damit ich die Sphinx zeichnen kann."

Daphne sah zu Jack.

„Gut, ja. Maxwell, würden Sie die Diener anweisen, mit dem Entladen der Kamele zu beginnen?"

Während die achtköpfige Gruppe der ägyptischen Diener begann, Zelte auszupacken und aufzustellen, schlenderte Jack zu der Sphinx hinüber. „Was würden Sie sagen, wann sie erbaut wurde, Maxwell?"

„Vor mehr als viertausend Jahren."

Jack pfiff durch die Zähne, sein Blick schweifte zu der Großen Pyramide, die nicht weit entfernt war. „Wurde die Pyramide zur selben Zeit erbaut?"

„Ja, die Große Pyramide wurde für den Pharao Cheops gebaut und es heißt, der menschliche Kopf auf dem Löwen - den wir als Sphinx kennen - sei der Kopf des Cheops."

Jacks Aufmerksamkeit verlagerte sich auf die Große Pyramide. „Was für ein unglaubliches Wunderwerk der Ingenieurskunst."

„Es ist noch eindrucksvoller", sagte Mr. Maxwell, „wenn man bedenkt, dass sie vor der Erfindung des Rads gebaut wurde."

„Sie wollen sagen, dass diese riesenhaften Felsbrocken nur mit menschlicher Kraft bewegt wurden?", fragte eine ungläubige Daphne.

„Bemerkenswert, nicht wahr?" Maxwell begann, an der Sphinx hinaufzuklettern. „Bis Lady Rosemary ihren Skizzenblock gefunden hat, hoffe ich, bereits oben auf der Sphinx zu sein."

„Meine Schwester wird ein Bild von ihnen zeichnen." Es kostete Daphne viel Selbstbeherrschung, nicht hinter ihm her auf die Sphinx zu eilen. Es sah aus, als würde es viel Spaß machen. Aber sie erinnerte sich an die Ermahnung ihres Mannes, den Männern nicht ihre Unterhosen zu zeigen.

Jack folgte Mr. Maxwell schnell.

Daphne wandte sich an Mr. Arbuthnot. „Wollen Sie nicht auf die Sphinx klettern, Sir?"

„Da ich das früher schon oft getan habe, werde ich heute lieber meinen Reitanzug schonen. Es ist recht schwierig, englische Kleidung zu ersetzen, wenn man im Orient lebt."

Daphne war sich wohl bewusst, wie viel Wert der Attaché auf die Qualität seiner Kleidung legte. Wie schade, dass er eher korpulent und fast kahlköpfig war. Es spielte keine Rolle, was der Mann trug. Trotzdem erkannte sie seine tiefsitzende Liebe für feine Dinge.

Die nächsten Minuten beobachtete sie, wie die Soldaten ihre Zelte aufstellten und die Ägypter drei niedrige Zelte in der Art derer, wie sie von Beduinen benutzt werden, aufbauten. Eines davon war für Rosemary gedacht, ein weiteres für die beiden Junggesellen und das dritte für Daphne und Jack. Man hatte ihr gesagt, dass die ägyptischen Diener nicht in Zelten schlafen würden, sondern dass sie sich zum Schlafen in den Sand eingrüben.

Der bloße Gedanke an Schlangen machte diese Idee entsetzlich. Aber dann, diese Zelte im orientalischen Stil würde Schlangen nicht so gut fernhalten, wie die Zelte der englischen Soldaten es vermochten. Sie würde darum bitten müssen, dass die Soldaten mit ihr und Jack tauschten. Obwohl Daphne von Natur aus eher ein Wildfang war, wurde sie doch zur echten Frau, wenn es um kriechende, krabbelnde Geschöpfe ging. Zu der Art Frau, die deshalb in Ohnmacht fiel.

Rosemary hatte auch den Arbeitern zugeschaut, und sobald sie ihre kleine Tasche erblickte, schnappte sie sich diese und griff zu ihrem Skizzenblock. Sie ließ sich direkt auf den welligen Sandboden fallen und begann, die Sphinx zu zeichnen, während ihr Schwager und Mr.

Maxwell wie winzige Anhängsel an der massiven Steinfigur erschienen.

„Sei vorsichtig, mein Liebling", rief Daphne, als Jack fast die Spitze erreicht hatte. „Ich will nicht, dass du herunterfällst."

„Wie konnte ich je die Pyrenäen ersteigen, ohne dass du für meine Sicherheit gesorgt hättest, meine Liebste?" Jack warf ihr einen spöttischen Blick zu.

„Ich versichere dir, Sir", antwortete sie, „ich werde keinen ruhigen Moment haben, bis du wieder auf ebener Erde bei mir zurück bist." Daphne ging, um sich neben Rosemary zu setzen, obwohl der Sand sich wie heißer Stahl anfühlte. Sie schaute über die Schulter ihrer Schwester auf die Zeichnung, gerade, als Rosemary die ganze Sphinx eingefangen hatte.

Die Männer hatten den obersten Punkt erreicht und wollten sich wieder auf den Weg nach unten machen.

„Nein", rief Rosemary und hob zum Zeichen des Anhaltens ihre Hand. „Bitte bleibt dort, bis ich euch darauf gezeichnet habe."

„Ich würde liebend gerne eine Kopie davon haben, Lady Rosemary", rief Mr. Maxwell, der auf dem Kopf der Sphinx saß und die Künstlerin angrinste, während sich die Sonne in seinen Brillengläsern spiegelte.

„Sehr gerne, Sir."

Nachdem die beiden heruntergeklettert waren, fragte Daphne: „Sollten wir uns während des heißesten Teils des Tages in unseren Zelten ausruhen und später in die Pyramiden gehen?"

„Ich glaube nicht, dass die Innentemperatur der Pyramiden sich zwischen Mittag und Abend wesentlich ändert", sagte Mr. Maxwell. „Es liegt ganz bei Ihnen."

Sie sah Jack an. „Was meinst du?"

„Alle sind ganz wild darauf, loszugehen. Also auf."

Alles, woran Daphne denken konnte, waren die Schlangen.

Ihre Gruppe machte auf dem Weg zu den Pyramiden eine erstaunliche Entdeckung. Auf der ihren Zelten entgegengesetzten Seite der Großen Pyramide befand sich ein viel größeres Lager. Und diese Zelte waren genau von der Art, wie britische Soldaten sie zu benutzen pflegten.

„Gehen wir und stellen uns vor", sagte Mr. Arbuthnot.

Als sie näherkamen, rief er aus: „Lord Beddington ist aus Theben zurückgekehrt! Er ist der einzige Europäer, der fast wie ein König reist."

Das hätte man eine Untertreibung nennen können. Daphne zählte nicht weniger als vierundzwanzig Zelte. „Ich weiß, dass der größte Teil der Familie seiner Lordschaft es vorzieht, in England zu leben. Reist er mit einer großen Gruppe von Freunden?"

Der Attaché schüttelte den Kopf. „Diese Zelte sind alle für seine Diener. Und Assistenten. Er hat zwei Sekretäre, einen französischen Orientologen, einen französischen Koch und einen Türken, der seine rechte Hand und sein Vertrauter ist. Ich freue mich so, dass ich Sie ihm vorstellen kann."

Sie spazierten in das Lager und Arbuthnot sprach den ersten Europäer, den er sah, an, um zu fragen, wo Lord Beddington sich befände.

„Erlauben Sie mir, Sie anzukündigen", sagte der Angestellte. „Er ist gerade aus einer der Mastabas gekommen und wechselt die Kleider. Er wird hocherfreut sein, Landsleute zu sehen."

Daphne stellte sich die erdfarbenen, rechteckigen Strukturen mit ihren flachen Dächern vor. Die ersten Mastabas, die sie gesehen hatte, waren in der Nähe der Sphinx, aber sie war von der Sphinx so fasziniert gewesen, dass sie den unzähligen Reihen dieser fensterlosen Bauwerke wenig Aufmerksamkeit geschenkt hatte. Es gab so viele davon, es war unmöglich gewesen, sie zu zählen.

„Sie möchten ihm sicher mitteilen, dass sich die Ladys Daphne und Rosemary Chalmers, die Töchter des Earls von Sidworth, in unserer Gruppe befinden", sagte Mr. Arbuthnot. „Ich glaube, er ist ein alter Freund ihres Vaters." Mr. Arbuthnot hätte nicht selbstgefälliger aussehen können, wenn der Earl von Sidworth sein eigener Vater gewesen wäre.

Der Angestellte kam einen Augenblick später zurück. „Seine Lordschaft bittet Sie, in sein Zelt zu kommen."

Sie alle fünf? Sein Zelt musste erheblich größer sein als ihre. Sie sah bald, dass dem so war. Es brachte ihr sofort Dinge in Erinnerung, die sie über Napoleons riesiges Zelt gelesen hatte, in dem er eine Sammlung tragbarer Möbel benutzte. Nur, dass Lord Beddingtons zweiräumiges Zelt - ein Raum war das Schlafzimmer, im anderen konnte er Gäste empfangen - mehr vom Orient als von Frankreich beeinflusst war. Seidene Polster lagen auf dem Boden verstreut und auf einem davon saß der Engländer.

Der bärtige Mann stand auf, um die Damen zu begrüßen. Er kleidete sich weder im türkischen noch im ägyptischen Stil, sondern trug das Gewand der Wüstenscheichs, sein Kopfschmuck wurde durch ein rundes Seil festgehalten. Zuerst schaute er Daphne an. „Sie müssen Lady Daphne sein. Ich habe mich immer an ihre schönen, dichten Locken erinnert - daran, und wie ihr Vater von einem sehr kleinen, sehr charmanten Mädchen völlig gefesselt war. Da ich nur Söhne hatte, fand ich das verwirrend."

„Ihr Gedächtnis ist erstaunlich, wenn man bedenkt, dass es fast zwanzig Jahre her ist, seit sie zuletzt in England waren", sagte sie.

Als er zu Rosemary schaute, machte Daphne die Vorstellung einfacher. „Lord Beddington, dies ist meine jüngste Schwester, Lady Rosemary."

Er küsste ihr galant die Hand. „Noch eine Chalmers-Schönheit. Ich glaube, Sie sehen Ihrer schönen Mutter ähnlich."

Daphne beendete dann die Vorstellungen, und er bat sie, sich auf den seidenen Polstern niederzulassen.

„Ich bin überrascht, Sie hier zu finden, Mylord", sagte Mr. Arbuthnot. „Ich dachte, Sie hätten Gizeh im letzten Herbst ausgiebig erforscht."

„Das dachte ich auch. Bis ich nach Theben kam. Mailet und ich wollten Steinmetzarbeiten der verschiedenen Perioden vergleichen. Wir waren die ganze Woche hier und werden morgen nach Kairo zurückkehren."

„So wie wir", sagte Jack.

„Heißt das, dass Sie auch Zelte mitgebracht haben?", fragte Lord Beddington.

Jack runzelte die Stirn. „Ja, die Ladys wollten gerne eine Nacht in der Wüste verbringen."

Lord Beddington setzte ein enttäuschtes Gesicht auf. „Wie schade, dass ich Sie nicht bitten kann, heute Abend bei uns zu speisen. Wir sind knapp an Nahrungsvorräten. Das ist ein weiterer Grund, aus dem wir morgen nach Kairo zurückreiten. Das, und die Tatsache, dass ich mich nach meiner kühlen Villa sehne, nachdem ich das Leben eines Wüstennomaden geführt habe."

„Ich würde Sie bitten, mit uns zu speisen", sagte Mr. Arbuthnot, „nur, dass unsere Mahlzeit aus ganz einfachem, ägyptischen Essen bestehen wird, und ich weiß, dass, so sehr Eure Lordschaft sich der orientalischen Kultur angepasst haben, Sie doch Ihren französischen Koch sehr schätzen."

Lord Beddington lächelte.

„Wir würden uns sehr geehrt fühlen, wenn Sie nach dem Essen zu einem Glas Portwein in unser Lager kämen", sagte Mr. Arbuthnot. „Der Konsul war so freundlich, unsere kleine Gruppe mit einigen Flaschen seines eigenen Vorrats zu versorgen, die er aus Madeira mitgebracht hat."

„Das werde ich tun." Lord Beddington sah zu Jack. „Also sind Sie gekommen, um sich Gizeh anzusehen? Werden Sie in die Große Pyramide hineingehen?"

„Ja", sagte Jack. „Wir waren in der Tat auf dem Weg dorthin, als wir Ihr Lager bemerkten."

„Möchten Eure Lordschaft sich vielleicht unserer Gruppe anschließen?", fragte Mr. Arbuthnot.

Er schüttelte den Kopf. „Ich war gestern drinnen. Hatte verdammte Schwierigkeiten beim Atmen."

„Haben Sie je Schlangen in den Pyramiden angetroffen?", fragte Daphne.

Der frühere Botschafter lachte leise. „Das habe ich nicht, aber Ihre Furcht vor Reptilien erinnert mich daran, warum ich es vorziehe, meine Frau in England zu lassen."

„Wünschte, das hätte ich auch tun können",

murmelte Jack.

„Was bringt Sie nach Ägypten, Hauptmann?"

„Wir interessieren uns alle sehr für Orientalistik."

Lord Beddington musterte Mr. Maxwell. „Wie gut, dass Sie dann einen so renommierten Orientalisten als Führer haben. Sind Sie nicht der Stanton Maxwell, der *Reisen durch die Levante* geschrieben hat?"

„Das bin ich in der Tat. Ich hörte Sie Mailet erwähnen. Ich habe alle seine Werke gelesen und freue mich darauf, ihn kennenzulernen."

„Ebenso wie ich", sagte Rosemary. „Ich habe seine Werke auch gelesen."

„Er ist heute Nachmittag noch immer in einer Mastaba, aber ich werde ihn mit in Ihr Lager bringen, wenn wir uns Ihnen beim Portwein anschließen." Er seufzte. „Als ich noch jünger war, konnte ich den ganzen Tag archäologisch arbeiten, aber das geht nicht mehr. Ich habe die Gewohnheit angenommen, ein Nachmittagsschläfchen zu machen."

Daphne fasste dies als Verabschiedung auf. Sie erhob sich. „Wir sollten gehen, um die Große Pyramide zu erforschen, Mylord. Wir sind nur für einen Tag hier und wollen so viel sehen wie nur möglich."

„Auf heute Abend, dann", antwortete er.

Kapitel 9

Als sie glücklich durch die Wüste geritten waren, hatte Jack zeitweilig vergessen, dass ein Mörder wahrscheinlich jeden ihrer Schritte verfolgte. Er hatte sich sorglos gefühlt. Lag das an der leichten, ägyptischen Kleidung? Es hatte ihn nicht einmal so gestört, dass die Sonne so heftig auf sie herabbrannte, während sein Kamel durch den tiefen Wüstensand stapfte.

Aber jetzt, als sie gerade in die Tiefen einer dunklen Pyramide steigen wollten, fühlte er sich von Unbehagen darüber erfasst, dass sie überhaupt hergekommen waren. Vor allem mit den Damen. Sein Bauch sagte ihm, dass etwas nicht stimmte. In den vielen Jahren seiner geheimen Aktivitäten, in denen es auch zu lebensgefährlichen Situationen gekommen war, hatte sein Bauchgefühl ihn niemals getäuscht.

Die fünf Europäer standen neben der massiven Pyramide und schauten an ihr hinauf. Sie hatten ihre fließenden Gewänder durch Kleidung ersetzt, die ihre Fähigkeit zu kriechen nicht behindern würde. Die Männer trugen ihre Hosen, hatten aber die zu warmen Röcke weggelassen. Die Kleidung der Ladys entsprach der ihrer jungen, ägyptischen Diener, die kurze, von einem Gürtel geraffte Kleider in der Länge eines schottischen Kilts trugen. Die Soldaten hatten ebenso wie die einheimischen Diener Befehl erhalten, beiseite zu schauen, damit sie die entblößten Unterschenkel der Damen nicht sahen.

„Es ist das höchste Bauwerk der Welt", sagte der allwissende Arbuthnot.

„Unglaublich faszinierend, dass sie vor viertausend Jahren gebaut worden sind", murmelte Rosemary und ihr Blick blieb an den nach oben abgeschrägten Steinen hängen.

„Ist das Kalkstein?", fragte Daphne.

„Ja", antwortete Maxwell. „Die ursprüngliche Oberfläche war glatt und glänzend poliert, wurde aber über die Jahrhunderte für andere Gebäude abgetragen."

Direkt, bevor sie die Pyramide betreten wollten, zog Jack Maxwell beiseite und sprach leise mit ihm. „Ich möchte, dass Sie sich die gesamte Zeit dicht bei Lady Rosemary halten."

„Ich hatte ziemlich genau dasselbe gedacht."

„Sie haben ihre Pistole?"

Maxwell nickte. „Haben Sie auch eine?"

„Ja. Was ist mit einem Messer? Haben Sie eins?"

„Immer ..."

„... wenn Sie im Orient sind."

Maxwell lachte leise.

„Sagen Sie mir, ist es da drin wirklich sicher?", fragte Jack und fasste an sein eigenes, in der Scheide steckendes Messer. „Die Decke wird nicht herunterkommen oder so etwas Ähnliches, nicht wahr?"

„Ich habe von keinen Unfällen gehört."

Jack musterte Arbuthnot, der zehn Fuß entfernt stand. „Wollen Sie diesen schönen Anzug der Gefahr aussetzen, in der Große Pyramide verschmutzt zu werden?"

Der Attaché schüttelte den Kopf. „Da ich schon viele Male zuvor dort drinnen war, werde ich es mir diesmal sparen. In der Tat wird es für mich eine gute Gelegenheit sein, im Schatten meines Zeltes einiges von meiner Korrespondenz abzuarbeiten." Er verbeugte sich. „Ich wünsche Ihnen allen einen unvergesslichen Spaziergang." Er ging in Richtung zu dem Zelt fort, das er mit Maxwell teilen sollte.

So blieben die beiden Paare zurück.

„Wo ist der Eingang?", fragte Rosemary.

„Im neunten Jahrhundert gruben der arabische Khalif Abdullah Al-Mumum und seine Mauerbrecher den Tunnel aus, der der derzeitige ebenerdige Eingang ist", sagte Maxwell. „Es wird angenommen, dass der versteckte Eingang in der Antike viel höher lag - etwa dem dritten oder vierten Stockwerk eines englischen Hauses entsprechend."

Er führte sie um den Fuß der gigantischen Pyramide herum, bis sie die unregelmäßig geformte Öffnung fanden. Die eigentliche, gewölbte Öffnung war ein paar Fuß innerhalb der riesigen Oberflächensteine eingelassen, die eher zufällig angeordnet waren. Maxwell übergab jedem eine angezündete Wachskerze.

„Zuerst werden wir gehen können." Er sah zu Rosemary. „In diesem Fall denke ich, werden wir uns nicht an *Ladies first* halten. Ich werde zuerst gehen, um irgendwelche abstoßenden Kreaturen zu verscheuchen." Er trat in den Tunnel, zog seine Pistole und feuerte einen Schuss ab.

Der Klang war fast ohrenbetäubend.

Er wurde gefolgt von irrem Schwirren von Flügeln und einer unscharfen, schwarzen Masse, die vorbeisauste. Fledermäuse. Hässliche, üble Geschöpfe.

Bald waren alle vier drinnen und kletterten nach oben. Der Durchgang war nicht breit genug, um zu zweit nebeneinander zu gehen.

„Mr. Maxwell?", fragte Daphne.

„Ja?"

„Hat sich hier drinnen schon einmal jemand verirrt?"

„Meines Wissens nicht."

Jack hielt sich für einen mutigen Mann. Er hatte sich Kanonenfeuer gestellt. Und Musketenkugeln. Mördern mit Messern. Zischenden Schlangen. Und dem Duc d'Arblier. Aber dieser verdammte dunkle Tunnel unter einem viertausend Jahre alten Gemäuer ließ ihn heftig ins Schwitzen geraten. Und nicht nur wegen der abscheulichen Hitze. Sein Puls benahm sich auch merkwürdig. Er würde verdammt froh sein, wenn sie aus diesem dunklen, erstickenden Gang wieder heraus wären. Und noch glücklicher, wenn sie aus der verflixten Pyramide herauskämen.

Er hatte das widerliche Gefühl, als könnte er kaum atmen. Und ihm war noch nie so heiß gewesen. Er schloss seine Augen gegen die Rinnsale von Schweiß, die sein Gesicht hinabströmten.

„Jetzt kommen wir an eine Wand, wo die enge Oberfläche einer Leiter ähnelt. Wir müssen hinaufsteigen", sagte Maxwell.

Keine einfache Aufgabe, wenn man eine Kerze hielt.

„Bist du in Ordnung?", fragte Jack Daphne mit zärtlicher Stimme.

„Ich glaube nicht, dass ich das ehrlich beantworten kann. Das hier ist überhaupt nicht so, wie ich es mir vorgestellt hatte. Ich dachte, wir würden einen breiten, von Laternen erleuchteten Flur hinunterschlendern und zur Grabkammer des Pharaos kommen, sie ansehen und wieder nach draußen wandern."

Maxwell lachte leise. „Sie müssen nicht weitergehen, wenn es für Sie zu beängstigend ist, meine Damen."

„Ich bleibe", sagte Rosemary fest. „Solange Sie schwören, dass Sie alle Schlangen töten werden, Mr. Maxwell."

„Das verspreche ich Ihnen."

„Sie haben keine Angst vor ihnen?", fragte Rosemary.

„Ich denke nicht."

„Sie sind schrecklich mutig", sagte sie.

Das musste Jack dem Mann lassen. Maxwell mochte von kleiner Statur sein und seine Sehkraft so schlecht, dass er - wie Daf - eine Brille tragen musste, aber er war ein außerordentlich mutiger Mann. Während der Überfahrt hatte Jack seine *Reisen* gelesen und darüber gestaunt, dass ein junger Mann, der gerade erst die Universität verlassen hatte, völlig allein in den Orient reisen und den mörderischen Zug über hunderte von Meilen verlassener Wüste auf sich nehmen würde, ohne einen einzigen Menschen aus seiner eigenen Heimat.

Was für ein Mut!

Je höher sie stiegen, desto heißer wurde es Jack. Wie konnten die Frauen in dieser erstickenden Atmosphäre mit ihnen mithalten? „Immer noch in Ordnung?", fragte er.

„Lass mich sagen, dass ich noch hier bin", sagte sie mit einem kurzen Auflachen. „Ich bin noch dabei, herauszufinden, ob alles in Ordnung ist."

„Was ist mit Ihnen, Lady Rosemary?", fragte Maxwell.

Sie seufzte. „Es geht. Wird es noch lange

dauern?"

„Nicht lange."

„Sind Sie sicher, dass es dort oben Luft zum Atmen für uns geben wird?", fragte Jack. Je höher sie kamen, desto größer wurde sein Bedürfnis, nach Luft zu schnappen. Luft, die es anscheinend nicht gab.

„Wie ich schon sagte, Hauptmann, ich habe noch von keinen Todesfällen gehört."

„Ich hoffe, dass wir bald da sind", sagte Daphne, „denn gerade jetzt muss ich sagen, dass das hier auf meiner Vergnügungsskala etwa auf gleicher Höhe mit meiner Hochzeitsreise steht."

Schweigen.

„Nur, damit alle das verstehen", stellte Daphne klar, „meine Hochzeitsreise war nicht das, was man sich vorstellen würde."

„Erlaubt mir, das auszuführen", erklärte Jack. „Meine Frau verbrachte unsere Hochzeitsreise auf einem Kriegsschiff, wo sich ihr ständig der Magen umstülpte. Mehrere Tage lang."

„Wenn du dich so fühlst", sagte Rosemary ohne einen Funken Mitgefühl, „dann bin ich sehr froh, dass du ganz unten an diesem leiterähnlichen Ding bist."

„Ich habe nicht gemeint, dass mir wirklich zum Erbrechen übel wäre. Ich sagte, dass das hier ebenso vergnüglich ist wie sich zu erbrechen."

„Wir haben das Ende dieses Stücks erreicht", sagte Maxwell ohne eine Andeutung von Erleichterung in seiner Stimme. „Jetzt kommen wir dahin, wo wir auf dem Bauch durch einen sehr schmalen Durchgang kriechen müssen."

Jack runzelte die Stirn. „Und ich vermute, er ist auch dunkel."

„Mein lieber Schwager", sagte Rosemary, „alles

in einer Pyramide ist dunkel."

„Jetzt klingst du wie der allwissende Mr. Arbuthnot", witzelte Jack.

Die anderen kicherten.

„Um von Mr. Arbuthnot zu sprechen", sagte Maxwell. „Ich will ja nicht unfreundlich sein, aber ich habe einige Zweifel daran, dass es ihm gelingen könnte, durch diesen engen Gang zu kommen."

„Wegen seiner Größe, meinen Sie?", fragte Jack, gerade, als er seine beträchtliche Masse durch den schmalen Durchgang gleiten ließ. Während Jack nicht behäbig wie Arbuthnot war, war er doch ein großer Mann, dessen überdurchschnittliche Größe mit entsprechend überdurchschnittlichen Muskelsträngen gepolstert war.

Und er konnte sich kaum durch den schmutzigen Tunnel zwängen. Es war verdammt schwierig, sich auf die Unterarme zu stützen, um sich vorwärts zu schieben, wenn er Platz kaum reichte, sich ein paar Zoll hochzudrücken. Er ging dazu über, sich von Seite zu Seite zu schieben, um voranzukommen. Wenigstens waren die Damen dünn genug, um sich leichter vorwärts bewegen zu können.

„Ich schwöre, ich würde wirklich sterben, wenn eine Schlange hier wäre", sagte Rosemary.

„Ich werde Sie beschützen, Mylady", schwor Maxwell.

„Das hier könnte noch unangenehmer sein als meine Hochzeitsreise", sagte Daphne; ihre Stimme klang durch die knappe Luft in dem überfüllten Tunnel dünn.

„Wir werden bald stehen können", sagte Maxwell. „Wir kommen in die obere Kammer. Ich denke, dort werden wir auch besser atmen können."

Die obere Kammer war weit erträglicher, entschied Jack, als er sich zu seiner beträchtlichen Größe aufrichtete und sich dann umdrehte, um Daphne beim Aufstehen zu helfen.

In dieser oberen Kammer hätte ein Riese stehen können.

„Als nächstes kommt oben die Kammer des Pharaos", sagte Maxwell."

Er hielt inne. „Ich bin verwirrt. Normalerweise brennt in der Kammer des Pharaos eine Laterne, aber ich sehe nichts. Sie sollte etwa hier sein."

Einen Moment später sagte Maxwell: „Hier ist die Tür."

„Gelobt sei Allah", sagte Daphne.

Dann hörten sie das Geräusch, wie Maxwell in den Raum trat. Danach war zu hören, wie er mit Rosemary sprach. „Hier, nehmen Sie meine Hand."

Das nächste, das sie hörten, war entsetzlich.

Eine Krachen, Steine, die auf einen Boden fielen. Rosemary schrie.

Jacks Herz mache einen Satz und schlug heftig, als er in die Kammer eilte, zu Rosemary. „Bleib hier, Daphne."

Kapitel 10

Jack warf sich auf die Trümmer in der Grabkammer. Staubteilchen von herabgefallenen Steinen ließen ihn wie durch Wolken sehen und erstickten ihn fast. „Rosemary, geht es dir gut?", rief er hektisch.

In dem Bruchteil einer Sekunde, bevor sie antwortete, sah er, dass sie in einer gegenüberliegenden Ecke stand, Maxwell vor ihr, sein Messer gezückt.

„Ich ... ich glaube schon", brachte sie mit zittriger Stimme heraus. Sie hatte es auch geschafft, ihr Kerze festzuhalten.

„Was zum Teufel ist hier passiert?" Hinter sich hörte er den leisen Schritt der Füße seiner Frau und fuhr zu ihr herum. „Habe ich dir nicht gesagt, du sollst da hinten bleiben?"

Jetzt konnte er Daphne richtig sehen. Der Anblick, den sie bot! Ihr weißes, von einem Gürtel gerafftes Kleid war mit so viel Schmutz verschmiert, dass die ursprüngliche Farbe nicht zu erkennen war. Alles an ihr - von ihrer Brille zu den Knien - war mit Schmutz bedeckt. Ihre Hand, in der sie die Kerze hielt, zitterte heftig. Sie blinzelte ihn böse an. „Ich habe dir gesagt, bevor du stirbst, gehe ich mit dir."

Er riss sie von der Stelle des Einsturzes fort. „Sei vorsichtig. Gerade, wo du stehst, ist dieser Haufen Steine heruntergepoltert." Er wandte sich wieder Maxwell zu. „Ich dachte, Sie hätten gesagt, es sei sicher hier."

„Ich habe noch nie gehört, dass sich Steine gelöst hätten. Und es ist ja nicht so, dass Lady Rosemary oder ich so schwer wären, dass unser Gewicht das Herabstürzen der Steine hätte verursachen können."

„Geh zu deiner Schwester hinüber", befahl Jack seiner Frau. Dann nahm er seine eigene Kerze auf, um die Ecke am Eingang zu untersuchen, wo Rosemary oder Maxwell ebenso gut hätten getötet werden können. Er hielt seine Kerze hoch in die tintenschwarze Tiefe der oberen Ecke.

Sein Blut gerann bei dem Anblick. „Jemand hat hier eine Falle für uns aufgestellt."

Maxwell rannte herüber, um sich die Ecke oben anzusehen. „Bei Gott, jemand hat einen verdammten Hebel aufgebaut, um die Steine herabstürzen zu lassen, wenn einer von uns diesen Raum betritt!"

Jacks Aufmerksamkeit wanderte zum Boden. Etwas hier musste den Hebel ausgelöst haben, der dann den Steinschlag entfesselte. Dann sah er es. Ein Stück Seil, das vom Boden bis ganz nach oben zu dem Hebel nahe der Decke reichte. Das Gewicht eines Fußes würde die Steine auf ihn hinabfallen lassen.

Er stand für einen Moment in schweigender Überlegung da. Wer hatte gewusst, dass sie heute hierherkommen würden? Briggs und Arbuthnot hatten natürlich Bescheid gewusst, und da es keinen Grund zur Geheimhaltung gab, konnte jeder der beiden es auch anderen erzählt haben. Dann waren da die acht neuen ägyptischen Diener. Jeder, der mit ihrem Hotel zu tun hatte, wusste es.

Jemand, der ihre Pläne kannte, war zuvor hierhergekommen - oder hatte einen bezahlten

Halsabschneider gedungen - um sie entweder zu töten oder sie von diesen Ermittlungen abzuschrecken. Eigentlich hatten sie noch nichts Wesentliches erfahren. Dennoch war jemand nervös geworden. Kamen sie der Lösung näher? Jack wollte verdammt sein, wenn er sich vorstellen konnte, wie.

„Hat einer von euch jemanden bemerkt, der nicht zu unserer Gruppe gehört?", fragte er.

Die drei anderen verneinten.

Jack trat vor und stellte sich in die Mitte der Kammer, holte tief Atem. „Ich möchte euch alle bitten, dies hier für euch zu behalten. Wenn der Schuldige uns beobachtet, um eine Reaktion zu sehen, soll er nichts bekommen. Lasst ihn denken, dass sein Plan fehlgeschlagen ist. Wenn er nicht glaubt, dass wir Verdacht geschöpft haben, wird er vielleicht unachtsam."

„Der Plan hat meinen Beifall, Liebster. Wenn wir zu den anderen zurückkehren, muss jeder von uns besonders wachsam sein und auf jede Kleinigkeit achten. Beobachtet alle Diener. Traut niemandem."

„Das ist ein Risiko, das man eingeht, wenn man Helfer einstellt, so wie wir gestern. Wir wissen tatsächlich überhaupt nichts über sie", sagte Maxwell. „Ich muss annehmen, dass mindestens einer von ihnen mit der Person, die für das Verschwinden des Fürsten Singh verantwortlich ist, im Bunde steht."

„Damit haben Sie vermutlich recht", sagte Jack. „Wenn einer von euch jetzt nach Kairo - oder auch nach England - zurückkehren möchte, könnte ich das völlig verstehen."

„Ich bleibe", sagte Rosemary fest.

„Und ich habe geschworen, Lady Rosemary zu

beschützen", antwortete Maxwell.

„Dann sieht es so aus, als ob ich in dem Zelt mit einem großen, arabisch aussehenden Mann schlafen werde", sagte Daphne.

Jack hasste es, sie noch mehr zu erschrecken, aber ihm gefiel die Vorstellung nicht, dass Rosemary allein in einem Zelt schlief. Er würde sicherstellen, dass der Soldat, der die Nachtwache hatte, besonders auf das Zelt der jungen Lady achtete.

Rosemary trat hinter Maxwells schützendem Rücken hervor. Das Zittern in ihrer Stimme hatte sich gelegt. „Also diese einfache Steinkiste ist das einzige, was in Cheops Grab übriggeblieben ist? Sie ist nicht einmal verziert!"

Nichts hätte unscheinbarer sein können. In diesem trüben Licht sah der rechteckige, graue Sarkophag aus, als wäre er aus Mörtel gemacht.

„Das ist wahr, Mylady", sagte Maxwell. „Der gesamte Inhalt wurde vermutlich schon in der Antike gestohlen - vor Tausenden von Jahren. Als der Kalif hier 870 n.Chr. ankam, fand er alles so vor. Selbst über das fehlende Stück Stein wurde berichtet - vor nahezu einem Jahrtausend."

„Könnte jemand einen schöner verzierten Sarkophag gegen dieses unscheinbare Ding ausgetauscht haben?", fragte Rosemary.

„Das glaube ich nicht", antwortete Maxwell. „Ich habe eine Theorie. Da Cheops' Leiche und seine gesamte Grabprozession von mehreren Booten zum Begräbnis eine große Entfernung auf dem Nil zurückzulegen hatte, ist es möglich, dass der ursprüngliche, reich verzierte Sarkophag versunken ist, und sie gezwungen waren, für die Grablegung in aller Eile einen neuen zu schaffen."

„Was bringt Sie zu einer solchen

Schlussfolgerung?", fragte Rosemary.

„Die Tatsache, dass ich noch nie zuvor einen so einfachen Sarkophag gesehen habe. Der Zustand des Steins sagt mir - auch wenn ich kein Experte bin - dass er aus derselben Zeit stammt, in der die Pyramide erbaut wurde. Außerdem ist da die Tatsache, dass die Große Pyramide und die sie umgebenden Satellitenpyramiden größer als alles andere sind, was es zuvor oder seither gab, und ich deshalb glaube, dass alles, was geschaffen wurde, um hier hinein gelegt zu werden, auch von größter Pracht sein müsste."

„Ich denke, Ihre Theorie ist brillant, Mr. Maxwell", sagte Rosemary. „Wie schade, dass die Mumie schon vor langer Zeit gestohlen wurde. Ich frage mich, was daraus geworden ist?"

„Vom Anfang der geschriebenen Geschichte an waren die Menschen fasziniert vom Tod. Mumien wurden in der antiken Welt hoch geschätzt und konnten - was auch heute noch der Fall ist - hohe Preise erzielen."

„So interessant Mumien auch sind", sagte Daphne, „ich bin froh, dass der Regent den Fürsten Singh nicht beauftragt hatte, eine Mumie für Carlton House mitzubringen. Ich weiß nicht, wie jemand im selben Haus schlafen kann wie eine Mumie."

„Ich kann verstehen, warum der Regent nicht in demselben Haus wie eine Mumie schlafen wollen würde", sagte Jack.

„Das verstehe ich nur zu gut", sagte Maxwell mit einem leisen Lachen. „Als ich ein kleiner Junge war, brachte mein Vater eine Mumie zu Studienzwecken mit nach Hause, und ich hatte teuflische Probleme beim Einschlafen. Ich war so verängstigt, dass meine Mutter darauf bestand, dass er das Ding aus unserem Haus wegschaffte."

Es erschien Jack seltsam, sich diesen begabten Gelehrten als verängstigten Jungen vorzustellen.

„Mumien sind faszinierend - auf eine makabre Art", sagte Rosemary. „Ich möchte in meinem Haus keine haben. Und ich würde auch nicht gerne eine Nacht in diesem Raum verbringen - so neugierig ich auch bin."

„Ich weiß nicht, wie es mit euch ist, aber ich wäre bereit, diesen Ort wieder zu verlassen", sagte Jack.

Zu seiner Überraschung neigte auch keiner der anderen dazu, länger an diesem bedrückenden Ort länger verweilen zu wollen. Er hatte gehofft, es würde schneller gehen, nach draußen zu gelangen, als hereinzukommen, aber das war nicht der Fall. Zumindest wussten sie diesmal, was sie zu erwarten hatten.

Als sie wieder unter der heißen Sonne standen, bemühten sich alle vier, so zu tun, als ob sie sich auf einem lustigen Ausflug befänden.

„Das erste, was man tut, wenn man aus einer Pyramide kommt", sagte Mr. Maxwell, „ist, einen großen Schluck starken Alkohols zu trinken. Es heißt, dass das eine Brustfellentzündung verhindert, die sich in der Lunge bilden kann, nachdem die Lungen so wenig Luft bekommen haben." Er zog einen Flakon aus seiner Hose und ließ ihn herumgehen. Jeder von ihnen nahm einen Zug.

„Ich schätze, die Herren möchten jetzt auf die Spitze der Pyramide klettern?" Rosemary musterte die Männer.

„Nichts könnte mich aufhalten", sagte Jack", aber ich erbitte mir einen Moment in meinem Zelt, um mich etwas zu säubern, bevor ich meine eigenen Hosen anziehe."

Rosemary konnte ihre Freude kaum verbergen. „Nachdem ich mich gesäubert habe, werde ich meinen Skizzenblock holen und kommen, um zu zeichnen, wie ihr Männer wie Affen klettert."

„Ich hoffe, du wirst ein schönes Bild von den Pyramiden malen", sagte Daphne.

„Oh, das werde ich."

„Rosemary!", rief Daphne aus.

„Was?"

„Darf ich dich bitten, ein Bild von mir auf meinem Kamel zu malen?"

„Was für eine gute Idee! Papa würde das sehr gerne haben."

„Ich möchte das nicht für unseren lieben Vater. Ich möchte es für mich."

* * *

An diesem Abend genossen sie ihre erste, völlig ägyptische Mahlzeit vor einem großen Lagerfeuer. Zwei der Diener hatten zwei Stunden damit zugebracht, das Abendessen zuzubereiten. Das frische Brot und die Früchte jeder nur möglichen Farbe wurden begierig gegessen, aber das Hauptgericht - gekochte Zwiebeln - nicht so sehr. Daphne bemerkte, dass Mr. Arbuthnot nach einer dicken Zwiebel griff und direkt hineinbiss. Sie versuchte, es genauso zu machen, aber es schmeckt ihr nicht. Sie nahm sich mehr Brot.

Dann sah sie, wie Mr. Arbuthnot sein Brot in den Saft der Zwiebeln tunkte. Sie versuchte, es ihm nachzutun, aber mochte es nicht mehr als sie die bloße Zwiebel gemocht hatte.

„Ist es nicht erstaunlich", sagte sie, „dass wir nicht von den Moskitos gefressen werden?"

„Woran liegt das, Mr. Arbuthnot?", fragte Rosemary.

„Es ist der Nil, der die Moskitos ausbrütet. In der Wüste finden sie ein paar, aber nicht wie in Kairo."

„Man möchte meinen, dass das Licht des Feuers sie anzieht", sagte Jack.

„Das würde es mit Sicherheit - wenn sie hier wären", sagte Mr. Arbuthnot.

„Ein Glück für uns, dass keiner von uns diese Plage mitgebracht hat", sagte Mr. Maxwell.

„Der Konsul hatte darum gebeten, dass ich sowohl für uns wie für die Soldaten Portwein mitbringen soll. Lauter gute, englische Soldaten."

Jack stand auf. „Ich helfe Ihnen dabei."

Während Jack und Mr. Arbuthnot einige Flaschen Portwein aus den Satteltaschen des letzteren holten, kamen Lord Beddington und sein französischer Archäologe in ihr Lager geschlendert und alle begrüßten sich.

„Wenn es Ihnen nichts ausmacht", sagte Arbuthnot zu Jack, „lasse ich Sie unsere kleine Gruppe bedienen, während ich den Soldaten einschenke."

Außer einem einsamen Soldaten, der immer Wache stand, Muskete in der Hand und den Säbel an der Seite, saßen die Soldaten um ein anderes Lagerfeuer, etwa dreißig Fuß von den britischen Untertanen entfernt, die zu schützen sie geschworen hatten. Sie freuten sich sehr über die beiden Flaschen Portwein, die Mr. Arbuthnot mitbrachte.

Nachdem Arbuthnot an ihr Lagerfeuer zurückgekommen war und sich gesetzt hatte, stellte Lord Beddington seinen Gelehrten auf Französisch allen vor, und Mr. Mailets Augen wurden groß, als er erfuhr, dass es Stanton Maxwell war, den er kennenlernte. „Sie sind so viel jünger, als ich gedacht hätte."

„Vielleicht haben Sie mich mit meinem Vater verwechselt."

Mr. Mailet schüttelte energisch den Kopf. „Nein, ich bin mit seinen Werken wohl vertraut, aber sein Sohn hat leicht die Errungenschaften seines Vaters übertroffen."

Mr. Maxwell sah nach unten. „Sie sind sehr freundlich. Aber ich würde Sie gerne nach Ihrer Arbeit in Pompeji fragen."

Rosemary stand auf und ging dorthin, wo Mr. Mailet saß und ließ sich zwischen den beiden Gelehrten auf den Boden fallen. „Ich will alles hören, was die beiden brillanten Männer zu sagen haben."

Die drei unterhielten sich weiter, ohne sich um die anderen zu kümmern.

Jack saß neben Daphne, sein eigenes Portweinglas in der Hand, und wandte sich an Mr. Arbuthnot, um ein Thema anzusprechen, das Daphne im Kopf herumging. Es war tatsächlich unheimlich, wie genau sie immer den Gedanken des anderen mitdachten. „Ich habe über die Abneigung von Frauen gegen Schlangen nachgedacht - sowie gegen alles andere, was im Sand krabbelt - und ich habe beschlossen, dass ich die Soldaten bitten werde, für diese Nacht die Zelte mit uns zu tauschen. Die Frauen werden sich in einem guten, alten englischen Zelt sicherer fühlen."

So sehr Daphne die Vorstellung von kriechenden Dingen auf dem Boden ihres Zelts missfiel, noch mehr missfiel ihr die Idee, wie ihre arme Schwester ganz allein in einem Zelt schlief, ohne Jack, der sie beschützte.

„Großartige Idee", sagte Arbuthnot.

„Danke, Hauptmann", sagte Rosemary. „Ich habe mich nicht darauf gefreut, eine Nacht in diesem Beduinenzelt zu verbringen."

„Wenn du wirklich Angst hast", bot Daphne an, „kannst du gerne in unser Zelt kommen." Obwohl Daphne davon geträumt hatte, eine romantische Nacht in einem Zelt mit ihrem Mann zu verbringen, würde sie gerne auf diese romantische Nacht verzichtet haben, um die Furcht ihrer Schwester zu lindern.

„Nein, ich werde mich alleine wohler fühlen."

„Dann werde ich mein Zelt direkt neben ihrem neu aufstellen lassen", versprach Mr. Maxwell.

Mr. Maxwells Sorge für Rosemary war so edel. Wie schade, dass er kein Adliger war.

„Und wir werden auf der anderen Seite sein", betonte Jack.

„Ich werde mich völlig sicher fühlen." Sie schenkte ihrem bebrillten Verehrer ein süßes Lächeln.

Lord Beddington wandte sich Daphne zu. „Hat Ihr Vater auch einen Sohn?"

„Nein, Mylord. Der arme Mann ist Vater von sechs Töchtern, aber er behandelt meinen Mann eher wie einen Sohn."

„Und ein anderer seiner Schwiegersöhne", betonte Mr. Arbuthnot höchst erfreut, „ist der Herzog von Lankersham. Sie werden sich erinnern, er ist ein Cousin des Regenten."

„Steht Ihr Vater dem Herzog nahe?"

Nicht einmal seine Frau stand dem kühlen Herzog nahe, dachte Daphne. „Sie kommen sehr gut miteinander aus."

„Wenn wir von dem Regenten sprechen", sagte Jack, „er sagte etwas davon, dass meine Frau und ich uns nach seinem alten Freund, Fürst Singh, umschauen sollten. Kennen Sie ihn?"

Lord Beddington antwortete einen Moment lang nicht. „Er ist ein großartiger Mann. Spricht perfekt Englisch - und er hat einen bemerkenswerten Blick für hochwertige Antiquitäten. Ich habe vieles von ihm gekauft."

Er sprach von Fürst Singh nicht in der Vergangenheitsform. Hieß das, dass der Mann dachte, er wäre noch am Leben?

„Hat er Ihnen je die Maske des Amon-Ra angeboten?", fragte Daphne.

„Ja. Zur gleichen Zeit hatte ich die Gelegenheit, einen schwer vergoldeten Sarkophag in fast perfektem Zustand zu erwerben. Beide waren äußerst kostspielig. Ich entschied mich für den Sarkophag. Und ich habe es nicht bedauert. Er ist das Juwel meiner Sammlung von Ausstattungsstücken."

„Die Sammlung seiner Lordschaft von Stücken für den Außenbereich ist eine erstaunliche Zusammenstellung von Antiquitäten für seine englischen Gärten", erklärte Mr. Arbuthnot.

„Irgendwann dieser Tage werde ich nach Hause kommen, um sie zu sehen. Ich habe einen etruskischen Garten, einen türkischen Garten und einen ägyptischen Garten um die Statuen, die ich auf meinen Reisen durch den Orient erworben habe, anlegen lassen."

Sie musste das Gespräch wieder auf den Fürsten Singh zurücklenken. „War Fürst Singh Ihnen bei diesen Käufen behilflich?"

Er nickte. „Bei einem Objekt für meinen ägyptischen Garten."

„Wissen Sie, dass wir Fürst Singh nicht ausfindig machen konnten? Seine Diener sagen, er sei im letzten Herbst verschwunden."

Zwischen seinen Brauen entstand eine Falte. „Er ist noch immer nicht zurück?"

Daphne schüttelte traurig ihren Kopf.

„Dann wussten sie, dass er vermisst wurde, bevor Sie nach Theben gingen?"

„Ich hatte es völlig vergessen, bis Sie es vor einem Moment erwähnten, aber ja, ich hatte gehört, dass er vermisst wurde. Irgendjemand wird sicher wissen, wohin er gereist ist."

Daphne schüttelte den Kopf. „Ich hatte gehofft, dass Sie ihn vielleicht in Theben gesehen hätten."

„Meine Sekretäre und ich waren die einzigen Ausländer in Theben."

Der Portwein war milde, ein passender Ausklang eines so exotischen Tages. Daphne kuschelte sich dichter an ihren Mann und erlaubte ihren Lidern, langsam zu sinken. Ihre Gedanken gingen zu den fallenden Steinen zurück, die ihre Schwester hätten töten können.

Obwohl sie Lord Beddington äußerst liebenswürdig fand, musste sie ihn als Verdächtigen betrachten. Könnte er Spione in Kairo haben, die wussten, dass sie heute hierherkommen würden? Könnte einer seiner Diener für den Aufbau der Todesfalle in der Großen Pyramide verantwortlich sein?

Wie sehr es sie danach verlangte, mit den anderen über diese Falle zu sprechen, aber sie hatten die Abmachung getroffen, niemand anderem davon zu erzählen. Nicht einmal dem freundlichen (wenn auch eingebildeten) allwissenden Mr. Arbuthnot.

Ein heulender Ton ließ sie alle zusammenzucken.

„Das war ein Schakal", teilte der Attaché ihnen mit.

„Sind sie gefährlich?", fragte Daphne.

„Sie werden aggressiv, wenn sie einem Einzelnen gegenüberstehen, aber normalerweise halten sie sich von Menschen fern."

„Ich hasse die Vorstellung, dass wir morgen nach Kairo zurück müssen", sagte Rosemary. „Hier in Gizeh gibt es noch so viel zu entdecken. Ich würde so gerne Gelegenheit haben, ein paar dieser Mastabas zu besichtigen."

„Wozu dienen diese Mastabas?", fragte Daphne.

„Sie sind auch Grabkammern, für Personen niederen Rangs. Wie viele, glauben Sie, gibt es hier?", fragte Rosemary Mr. Maxwell.

Er hob die Schultern. „Mehrere hundert."

„Sicher können wir uns eine ansehen, bevor wir am Morgen aufbrechen müssen", sagte Rosemary.

„Ich sehe nicht, warum das nicht möglich sein sollte", sagte Mr. Maxwell.

„Ich hatte immer angenommen, sie wären klein", sagte Rosemary.

„Weil sie so klein aussehen, wenn man sie mit den Pyramiden daneben vergleicht", sagte Mr. Maxwell.

Rosemary nickte. „Ich war überrascht, dass sie mindestens dreißig Fuß hoch sind."

„Das scheint recht hoch, wenn man bedenkt, dass die Grabkammern unterirdisch sind", sagte der Gelehrte. „Hineinzukommen ist nicht so einfach, wie man meinen möchte. Wie bei den Pyramiden wurden sie mit versteckten Türen gebaut, und selbst, wenn man die Türen findet, führen sie nicht in die Grabkammer."

„Das klingt seltsam", sagte Daphne.

„Das liegt daran, dass die richtigen Türen so angebracht waren, dass Priester und Familienmitglieder Gaben für die Seele des Toten bringen konnten", sagte Mr. Mailet. „Der Raum, in den sie gingen, führte nirgendwohin."

„Dass ich das richtig verstehe", sagte Daphne verwirrt. „Es gibt tatsächlich zwei Eingänge: einen für die Gaben und einen zur Grabkammer?"

„Nicht wirklich, Mylady", antwortete Mr. Maxwell. „Die Grabkammer war ursprünglich vom Mittelpunkt der Mastaba zu betreten und wurde dann versiegelt."

Daphne rümpfte die Nase. „Das klingt alles furchtbar schrecklich."

„Ich denke, das wäre es, würde man lebendig begraben", sagte Mr. Maxwell mit einem leisen Lachen.

„Jetzt werde ich nicht zufrieden sein, bevor ich nicht selbst eine gesehen habe", sagte Daphne.

„Dann werden wir den Damen am Morgen den Gefallen tun müssen", sagte Mr. Arbuthnot.

Lord Beddington leerte sein Portweinglas, stand auf und verabschiedete sich. „Wenn ich Sie am Morgen nicht sehe, werde ich darauf bestehen, dass Sie in meine Villa zu einer englischen Mahlzeit kommen. Bald."

„Das wäre äußerst angenehm", sagte Jack, stand auf und schüttelte dem Mann die Hand.

Nachdem er und sein Begleiter gegangen waren, sagte Mr. Arbuthnot: „Nun, Hauptmann, müssen Sie mir sagen, wie Ihre Ermittlungen laufen."

„Ich habe nichts zu erzählen."

„Sie denken doch sicher nicht, dass der Mord an dieser Kurtisane mit ihren Ermittlungen in Zusammenhang stehen könnte", sagte Mr. Arbuthnot.

„Ich habe den starken Verdacht, dass dem so ist", sagte Jack.

Sie war stolz auf die knappe Antwort ihres Mannes. Er sprach nie gerne mit irgendjemand anderen außer seiner Lebensgefährtin über seine Ermittlungen. Und jetzt mit Rosemary und Maxwell.

„Liebe Güte", sagte der Attaché. „Ein Jammer, dass Sie die Damen mitgebracht haben - wenn Sie tatsächlich mit der Art von Person zu tun haben, die eine Dame umbringen würde - nicht, dass man diese Frau eigentlich als Dame bezeichnen könnte."

„Ihr Leben war wertvoll", fauchte Daphne. „Niemand verdient es, auf diese Weise zu sterben - außer vielleicht dem Duc d'Arblier, der viele Male versucht hat, meinen Mann umzubringen, ebenso wie unseren Regenten."

Mr. Arbuthnot hob die Augenbrauen. „Ein Franzose?"

Jack zuckte mit den Schultern. „Das tut nichts zur Sache." Er stellte sein leeres Glas ab und stand auf. „Es wird Zeit, dass wir uns darum kümmern, die Zelte zu tauschen."

Die Soldaten waren gerne bereit, Jacks Wunsch zu erfüllen. Dann fragte er, wer in der Nacht Wache haben würde.

„Das bin ich, Sir."

Jack ließ seinen Blick über die langen, kräftigen Glieder des Mannes gleiten. Zum Glück war es der Soldat, der am kräftigsten aussah. Das zumindest flößte Vertrauen ein. „Ich möchte, dass sie diesem Zelt besonders ihre Aufmerksamkeit schenken." Jack zeigte auf das Zelt, wo Rosemary schlafen würde. „Lady Rosemary wird alleine sein. Sie haben sie zu beschützen."

„Sie können sich darauf verlassen, Sir."

* * *

Als Jack am nächsten Morgen aufwachte, war die Sonne noch nicht aufgegangen. Ihr Zelt lag noch in Dunkelheit, aber es war eine Dunkelheit, in die schon langsam die aufgehende Sonne drang. Wie er es aus vielen Jahren geheimer Aktivitäten gewohnt war, war er sofort hellwach. Er fuhr zu Daphne herum, um sich zu vergewissern, dass ihr nichts geschehen war. Er konnte ihre geliebten Gesichtszüge in der Dunkelheit kaum erkennen, aber ihr stetiges Atmen beruhigte ihn.

Sein Herz wurde weich, als er sich an die Zärtlichkeit ihres Liebesspiels in der Nacht zuvor erinnerte. Er hatte zuvor den Drang seiner Frau, sich in einem Zelt in der ägyptischen Wüste zu lieben, nicht verstanden. Bis er es doch tat.

Es war eine Nacht gewesen, die er nie vergessen würde. Selbst durch ihren Strohsack konnten sie die Bewegungen des kühlen Sands unter sich spüren. Es war ein so tröstliches Gefühl, im Schutz ihres bequemen britischen Zelts zu liegen, während der Wind über die Ebene der Wüste peitschte und ihr Zelt mit Sand überzog. Es hätte keine Mühe gekostet sich vorzustellen, dass er und Daphne die einzigen Wesen in diesem Land wären, so weit entfernt von allem, was sie je gekannt hatten. Der einzige Laut, der zu hören war, kam von einem Schakal in der Ferne.

Jetzt, obwohl die Sonne noch nicht aufgegangen war, hörte er die Diener erwachen und beginnen, ein Feuer zu entfachen, um die Morgenmahlzeit zuzubereiten. Der Lärm weckte seine Frau.

Sie zog ihr Laken hoch, um ihren Busen zu bedecken und lächelte ihn an. „Guten Morgen, mein Liebster."

Er beugte sich zu einem Kuss, zart wie ein Blütenblatt, über sie. „Wir sollten losgehen, bevor die Hitze zu groß wird."

Er half ihr ins Kleid - wieder in das einheimische Gewand fließender Stoffbahnen - und sie half ihm bei den Stiefeln. Er hatte es vorgezogen, seine eigene Kleidung zu tragen. Er hatte es nicht genossen, lange Gewänder zu tragen.

„Deine Schwester braucht vielleicht auch Hilfe", sagte er.

„Aber es ist noch dunkel. Vermutlich schläft sie noch."

„Wegen der Hitze sollten wir alle früh aufstehen. Vor allem, wenn sie die Mastabas noch sehen will."

Sie verließ das Zelt; einen Augenblick später hörte er den entsetzten Aufschrei seiner Frau.

Kapitel 11

Jack kam aus ihrem Zelt geschossen. „Was ist passiert?"

„Rosemary ist weg!" Daphne stand im Eingang des Zelts ihrer Schwester, ihre Hand hielt noch die Zeltklappe gehoben. „Jemand hat sie entführt!"

Ohne Hemd und barfuß kam Maxwell aus seinem Zelt auf der anderen Seite gerannt. „Das kann nicht sein! Ich habe absolut kein Wort gehört ... Ich hatte geschworen, sie zu beschützen", sagte er mit verlorener Stimme.

Die Rückseite von Rosemarys Zelt war aufgeschlitzt worden. Jack fuhr herum, um den Soldaten, dem er befohlen hatte, Rosemary zu bewachen, zur Rede zu stellen.

Der Kerl saß direkt vor Rosemarys Zelt im Sand, Kopf gebeugt, Kinn auf der Brust, Augen geschlossen, und er umarmte seine Muskete als wäre es eine geliebte Frau. Er schlief fest.

Jack murmelte einen Fluch, als er den Soldaten zu schütteln begann. Er ließ sich nicht leicht aufwecken. Dann roch Jack es. Laudanum. „Die Wache ist mit Laudanum betäubt worden!"

„Wir müssen feststellen, ob noch jemand fehlt", sagte Maxwell; in seiner Stimme lag ein befehlender Unterton.

Jacks Augen wurden schmal. „Es würde mich nicht überraschen zu entdecken, dass einer unserer erst kürzlich eingestellten Diener für Rosemarys Entführung verantwortlich ist." Sein

Blick ging wieder zu Rosemarys Zelt. „Daf, kannst du nachsehen, ob etwas von den Sachen deiner Schwester fehlt?"

Sie nickte ernst.

Unterdessen hatte Arbuthnot den Weg zu ihnen gefunden. Er war voll bekleidet, nur der Rock fehlte. „Wollen Sie sagen, dass Lady Rosemary vermisst wird? Sind Sie sicher, dass sie nicht nur auf Entdeckungstour gegangen ist? Hatte sie nicht gestern Abend ein starkes Interesse daran geäußert, die Mastabas zu sehen?"

Jack sah Arbuthnot ins Gesicht und sprach knurrend: „Irgendein Mistkerl hat die Rückseite ihres Zelts aufgeschlitzt und sie offensichtlich mitgenommen."

Arbuthnots Augen wurden schmal und er stieß einen Fluch aus.

Maxwell wirkte verzweifelt. „Und ich hatte ihr versprochen, sie zu beschützen."

Jack legte ihm eine Hand auf die Schulter. „Machen Sie sich keine Vorwürfe. Ich war ebenso nahe bei ihrem Zelt wie Sie und ich habe die gesamte Entführung verschlafen."

„Lieber Gott, ich hoffe, sie ist nicht als weiße Sklavin gedacht", sagte Arbuthnot.

Daphne steckte ihren Kopf aus dem Zelt und gab einen Räusperton von sich. „Dann würden sie sie sicher bald zurückbringen. Meine Schwester hat nur nicht nur überhaupt keine Ahnung, wie man Böden putzt und Möbel poliert, sondern sie hat in ihrem Leben auch noch nie einen Finger gerührt, um Ordnung zu machen."

Jack hüstelte und trotz des Ernstes der Lage funkelte Heiterkeit in seinen Augen. „Es scheint, dass meine Frau die Natur der weißen Sklaverei missversteht."

„Was kannst du damit meinen?", fragte Daphne und sah ihn verwirrt an.

Jack räusperte sich. „Du weißt, was ein Harem ist?"

„Natürlich." Ihr Gesicht verzog sich nachdenklich. „Willst du sagen ... irgendein Sultan könnte wünschen, sie ... ach, du liebe Güte. Wir müssen sie unbedingt finden. Schnell."

„Ich würde meinen, der beste Ort um mit der Suche anzufangen, ist es, ihren Fußspuren zu folgen." Maxwell begab sich auf die andere Seite von Rosemarys Zelt. Und stieß einen unverständlichen Fluch aus. „Es gibt keine Fußspuren!" Er sah zu Jack hinüber. „Diebe in der Wüste sind dafür bekannt, dass sie ihre Spur verwischen, indem sie die Fußabdrücke mit Palmwedeln verwischen."

„Arbuthnot!" Jack wandte sich zu dem Attaché. „Gehen Sie nachschauen, ob Pferde oder Kamele fehlen."

„Und ich zähle die Diener durch", sagte Maxwell.

Daphne kam aus dem Zelt und fiel in die Arme ihres Mannes. „Alles, was sie mitgebracht hatte, ist noch da. Jedes einzelne Kleidungsstück. Ich h-h-hätte sie nie mit herbringen dürfen."

„Jetzt ist es zu spät für solche Gedanken", sagte Jack zärtlich, als er sie an sich zog. Die ganze Zeit dachte er daran, welch hohe Preise im Handel mit weißen Sklaven für Jungfrauen gezahlt wurden - ein Gedankengang, den er schwor, nie mit Daphne zu teilen. „Und ich glaube nicht, dass sie entführt wurde, um Sklavin im Schlafzimmer irgendeines Sultans zu werden", flüsterte er. „Diese Entführung muss mit unseren Ermittlungen im Zusammenhang stehen. Jemand will uns entweder von der Spur abschrecken - oder sie fragen sie aus, um herauszufinden, was wir über Fürst Singhs Verschwinden erfahren haben."

Ihm gefiel die Richtung nicht, in die seine Gedanken gingen. Er konnte die Furcht nicht abschütteln, dass Williams Rosemary hatte, konnte die Erinnerung an den leblosen Körper von Singhs Mätresse nicht aus seinen Gedanken vertreiben. Er war sich fast sicher, dass Williams die Frau ermordet hatte.

Und Jack hatte Angst, dass Rosemary dasselbe Schicksal erleiden könnte.

Maxwell kam zuerst zurück, mit vor Zorn blitzenden Augen. „Einer der Ägypter ist weg!"

„Und ebenso ein Pferd", sagte Arbuthnot, der von seinem raschen Gang schnaufte. „Ich habe mir die Freiheit genommen, Lord Beddington über das vermisste Mädchen zu benachrichtigen. Er wird jeden Moment hier sein, um uns jede ihm mögliche Hilfe anzubieten."

Jack nickte. „Während mein erster Gedanke war, dass man sie in eine der Mastabas verschleppt haben könnte, deutet die Tatsache, dass ein Ägypter und sein Pferd fehlen, darauf hin, dass sie nach Kairo zurückgebracht worden sein könnte."

„Warum hat keiner von uns etwas gehört?", fragte Daphne.

„Ich vermute, dass sie auch betäubt worden ist. Mit Sicherheit hat er ihr, als er einmal in ihrem Zelt war, den Mund zugebunden", sagte Jack.

„Warum zum Teufel haben wir das Pferd nicht gehört?", fragte Maxwell.

„Das Pferd muss langsam von den anderen fortgeführt worden sein", sagte Jack. „Ich habe es in der Nähe feindlicher Lager oft selbst so gemacht." Er ging in die Richtung, wo die Pferde angebunden waren. „Schauen wir, ob wir Hufabdrücke finden."

Sie gingen alle um die Pferde herum, die Köpfe gebeugt, als sie den weichen Sand absuchten, aber sie fanden nichts. „Wie kann es sein, dass dieser abscheuliche, verachtenswerte Mistkerl sich die Zeit nehmen konnte, seine Spuren zu verwischen, während er doch meine bewusstlose Schwester trug?", fragte Daphne.

„Ein Komplize könnte sich ihm hier angeschlossen haben." Jack würde Daphne nichts von seiner Befürchtung sagen, dass Gareth Williams der zweite Mann sein könnte. Er wäre nicht überrascht gewesen, wenn Williams derjenige war, der die Falle für sie in der Grabkammer des Pharaos aufgestellt hatte.

Lord Beddington, als Ägypter gekleidet, kam herangestürmt, einen besorgten Ausdruck auf dem Gesicht. Er ging direkt zu Daphne und nahm ihre Hände. „Es tut mir so leid, dass Ihre Schwester vermisst wird, aber ich schwöre, dass ich alles in meiner Macht Stehende tun werde, um dafür zu sorgen, dass Sie sie wiederbekommen." Er drehte sich zu Jack. „Wie kann ich Ihnen helfen?"

„Ich würde tief in Ihrer Schuld stehen, Mylord, wenn Sie die Suche in den Mastabas hier in Gizeh leiten würden. Wir lassen Ihnen Arbuthnot und vier Soldaten hier. Der Rest von uns wird sie in Kairo suchen. Eines unserer Pferde fehlt."

„Ich werde dafür sorgen, dass jede Mastaba in Gizeh nach der Tochter meines alten Freundes durchsucht wird."

„Hauptmann Dryden denkt, es wäre möglich,

dass es einen zweiten Mann gab - der wahrscheinlich aus Kairo gekommen ist - der die Spuren verwischt hat", sagte Maxwell.

„Das wäre nur eine plausible Erklärung." Jacks Blick schweifte über die anderen. „Keiner von uns wird ruhen, bis die Lady gefunden wurde."

Er sah zu Maxwell. „Bevor wir losreiten, müssen Sie die Ägypter befragen, um so viel wie möglich über den verschwundenen Mann zu erfahren."

Inzwischen hatten sich alle Soldaten vollständig angekleidet und zu ihnen gesellt. Jack berichtete ihnen von Rosemarys Entführung und ihrem betäubten Kameraden. Ein Soldat ließ sich auf sein Knie nieder und versuchte, die nutzlose Wache aufzuwecken.

Jack zählte fünf Soldaten ab. „Ihr kommt mit mir. Sie auch, Maxwell. Und Daphne. Da es die schnellste Möglichkeit ist, nehmen wir die Pferde, um nach Kairo zurückzukehren." Er wandte sich an Arbuthnot. „Sie bleiben hier und helfen Lord Beddington bei der Durchsuchung der Mastabas."

Arbuthnots Gesicht wurde lang, seine Schultern sanken hinab und er nickte langsam. Es war klar, dass ihm der Auftrag nicht gefiel. Vermutlich hatte er etwas dagegen, seinen feinen Anzug schmutzig zu machen.

„Ich zähle darauf, dass Sie nicht nach Kairo zurückkommen", sagte Jack zu Arbuthnot, „bevor Sie mir nicht versichern können, dass Sie und diese Männer unter Ihrem Kommando in jeder einzelnen Mastaba nach der Schwester meiner Frau gesucht haben."

„Sie verstehen das nicht! Es gibt hunderte von Mastabas! Das könnte viele Tage dauern", protestierte Arbuthnot.

„Mir ist bewusst, dass es Hunderte dieser verdammten Dinger gibt! Sehen Sie es von der besseren Seite. Sie könnten sie in der ersten Stunde finden. Lord Beddington ist dabei, seine Diener mit der Durchsuchung der Mastabas nach Rosemary zu beauftragen. Wenn Sie Lady Rosemary finden, retten Sie sie und eilen dann nach Kairo, um uns zu benachrichtigen. Ich werde dem Konsul berichten, wie wertvoll Sie für uns gewesen sind." Jack wandte sich schnell von dem unsympathischen Mann ab.

Während der Rest von ihnen ihre Sachen zusammensuchte, befragte Maxwell die verbliebenen sieben Ägypter über den Mann, der das Lager verlassen hatte. Sie alle zeigten sich überrascht, dass er fort war. Sie sagten, er hätte in der vorigen Nacht in seinem in den Sand geschaufelten Bett nahe bei ihnen gelegen und sich anscheinend zum Einschlafen bereit gemacht.

Nur einer von ihnen kannte ihn von früher, nicht gut, aber er wusste, wo der Mann lebte und teilte Maxwell diese Information mit, die Maxwell an Jack weitergab.

Daphne umklammerte das Skizzenbuch ihrer Schwester.

„Darf ich dir vorschlagen, Liebste, dass du das in die Tasche tust", sagte Jack sanft. „Wir müssen jetzt los. Wirst du allein reiten können oder würdest du lieber bei mir mit aufsteigen?" Seine Frau konnte so gut reiten wie jeder Mann.

„Wir können schneller vorwärtskommen, wenn wir kein Pferd doppelt belasten." Sie ging und legte den Skizzenblock in ihre gemeinsame Tasche.

Bevor sie losritten, drückte Jack Lord

Beddington noch seinen tiefsten Dank für seinen
Beistand aus.

Die drei machten sich zusammen mit fünf
Soldaten auf den Weg. Jack gab das Tempo vor.
Jeder, der sie beobachtet hätte, würde
angenommen haben, dass sie Teilnehmer eines
Langstrecken-Hindernisrennens wären. Sie ritten
wie der Wind.

Er spürte es in seinen Knochen, dass Williams
Rosemary hatte und betete zu Gott, dass sie sie
finden würden, bevor dasselbe Schicksal wie
Singhs Mätresse sie ereilte.

Seine Gedanken gingen zurück zu dem
Wachsoldaten. War sein Portwein mit
Betäubungsmitteln versetzt worden? Arbuthnot
hatte den Portwein zu den Soldaten gebracht.
Aber wenn nur einem Soldaten das Laudanum
beigebracht worden war, konnte es nicht aus der
Flasche gekommen sein. Jemand hatte heimlich
das starke Mittel in das Glas des Soldaten getan.
Wer?

Könnte einer von Lord Beddingtons Dienern
sich in übler Absicht unter die ihren gemischt
haben? Keiner der Europäer hätte einen
Unterschied zwischen den Dienern aus den
beiden Lagern bemerken können.

Eine Stunde später hielten sie vor ihrem Hotel.
Nachdem die Soldaten alle Zelte mitgenommen
hatten, hatte Jack Petworth gesagt, er dürfte sein
und Daphnes Zimmer für die Nacht, in der sie
nicht da sein würden, benutzen. Jack betete, dass
er Petworth dort finden würde, betete, dass
Petworth Williams Wohnung ausgekundschaftet
haben würde.

Jack war der Erste, der abstieg, ins Hotel
rannte, die Stufen zu seinem und Daphnes

Zimmer hinaufpolterte und die Tür aufriss. Da es noch nicht sechs Uhr morgens war, schlief Petworth noch. Jack stand in der Tür. „Hasse es, Sie aufzuwecken, alter Junge, aber wir haben ein kleines Problem."

Petworth sprang auf und verwickelte sich im Moskitonetz.

„Bitte, ziehen Sie ihre Hosen an", sagte Jack. „Meine Frau ist fähig, jeden Moment hier hereinzuplatzen."

Petworth befreite sich aus dem Moskitonetz und ging fast nackt zu dem Stuhl hinüber, wo er sorgfältig gefaltet die Zivilkleidung abgelegt hatte, die Jack ihm geborgt hatte, und begann, sich anzuziehen. „Was ist passiert?", fragte er, die Stirn besorgt in Falten gelegt.

„Lady Rosemary wurde entführt und wir müssen sie finden. Ich darf nicht zulassen, dass sie endet wie ..."

„Wie die schöne Ägypterin?", sagte Petworth mit trauriger Stimme und musterte Jack.

Jack nickte. „Bitte sagen Sie mir, dass Sie unseren verhassten früheren Kameraden gefunden haben."

„Ich glaube ja, obwohl er gestern Nacht nicht dort war. Ich habe bis Mitternacht gewartet, aber er kam nicht zurück. Man hat mir gesagt, dass die Ägypterin, mit der er lebte, in ihr Dorf zurückgegangen wäre. Vielleicht ist er ihr gefolgt."

„Es ist nur eine Ahnung, aber ich spüre in meinen Knochen, dass er in Lady Rosemarys Entführung verwickelt ist." Jack fuhr damit fort zu berichten, wie ihr Zelt aufgeschlitzt worden, der Soldat betäubt worden war und dass nichts von den Sachen der Lady fehlte.

„Das ist eine verdammt scheußliche Sache.

Kein Wunder, dass dieses nichtsnutzige, diebische, mörderische Stück Dreck letzte Nacht nicht zurückkam! Ich würde mein Jahresgehalt wetten, dass dieses widerliche Exemplar eines Mannes für die Entführung der Lady verantwortlich ist. Ich bete nur zu Gott, dass wir sie rechtzeitig finden werden." Nachdem Petworth sich angezogen hatte, lud er seine Muskete und - wie Jack es auch getan hatte - schnallte seinen Säbel um. Die beiden Männer eilten die Treppen hinab, wo sie Daphne und Maxwell vorfanden. Draußen warteten die anderen fünf Soldaten, alle auf ihren Pferden sitzend.

„Hier", sagte Jack zu Petworth, „Sie nehmen das Pferd meiner Frau und sie reitet mit mir." Wenn Jack mehr Einfluss auf seine Frau gehabt hätte, würde er sie im Konsulat gelassen haben, aber er kannte sie gut genug, um zu wissen, dass sie nie sicher abseits des Geschehens bleiben würde. Wann immer eine Konfrontation bevorstand, bestand Daphne darauf, anwesend zu sein.

Sie folgten Petworth durch die Tore des alten Kairo und durch eine Reihe sehr enger Straßen. Es war offenkundig, dass in jedem der mit Gittern verdeckten Häuser viele Dutzend Menschen wohnten.

Die Stadt wachte gerade erst auf. Ziegelöfen - die jedes Haus zu haben schien - spuckten ihren dunklen Rauch in den Himmel und der Duft von frischem Brot erfüllte die Luft. Babys schrien, Katzen miauten und manchmal konnte man die beiden Laute nicht voneinander unterscheiden.

Bei einer engen Sackgasse hielt Petworth an und stieg ab. Mit gesenkter Stimme sagte er: „Wir lassen die Pferde hier." Er bückte sich, um mit dem Finger im Straßenschmutz etwas aufzuzeichnen. Er skizzierte die Lage von Williams' Haus eine Gasse von ihrem derzeitigen Standort entfernt.

„Gibt es dort neben der Vorder- auch eine Hintertür?", fragte Jack.

Petworth nickte, schaute dann zu einem seiner Kameraden. „Littleton, du gehst zur Hintertür, und lass niemanden vorbei - und wenn du ihn töten musst."

Daphne hüstelte. „Es sei denn, dass es meine Schwester, Lady Rosemary, ist."

„Ja, Mylady", sagte Littleton. „Ich würde der schönen Lady nichts tun."

„Sie sagten, Williams wäre im zweiten Stock?", fragte Jack.

Petworth nickte. „Aber der Zugang zu allen drei Stockwerken geht durch die Tür im Erdgeschoss auf der Vorderseite des Gebäudes. Ich gehe zuerst. Wir müssen alle darauf achten, unsere Gewehre bereitzuhalten."

Maxwell richtete sich zu seiner wenig eindrucksvollen Höhe auf, die nicht mehr als fünf Fuß neun betrug. „Ich gehe zuerst."

Jack hatte noch nie gehört, dass der bescheidene Gelehrte sich so entschlossen ausdrückte.

„Ich fühle mich für sie verantwortlich. Ich habe versprochen, auf sie aufzupassen, und bei Gott, wenn ich mein eigenes Leben geben muss, um sie zurückzuholen, werde ich das tun", sagte Maxwell.

„Jetzt sehen Sie aber mal, alter Junge", sagte Jack. „Sie ist meine Schwägerin und ich bin dafür verantwortlich, dass sie hergekommen ist. Außerdem habe ich eine Menge mehr Erfahrung in solchen Situationen, wo es um Leben oder Tod geht, als Sie, mein Guter."

Maxwells Augen glänzten stählern. „Sie unterschätzen mich, Hauptmann. Lassen Sie sich nicht von meiner Brille und meiner kleinen Gestalt irreführen. Ich habe auf hoher See Piraten mit einem Entermesser abgewehrt, marodierenden Nomaden in der Wüste gegenübergestanden und giftige Vipern mit meinen bloßen Händen aufgehoben. Ich.Werde.Als.Erster.Hineingehen."

In diesem Moment vergaß Jack Maxwells Körpergröße völlig. Der Mann war weit zäher, als Jack es ihm zugetraut hatte. Und obwohl es Jack gegen den Strich ging, wusste er, dass er der Forderung des Gelehrten nachgeben musste. Zwei Dinge machten ihm die Aufgabe seiner eigenen Autorität erträglich. Zum einen hatte er Vertrauen in Maxwells Intelligenz und rasches Denkvermögen. Zum anderen, wenn Jack nicht der Erste war, der hineinging, würde er Daphne besser beschützen können.

Er nickte.

Der Soldat, der die Rückseite bewachen sollte - und der am weitesten zu gehen hatte - marschierte los.

Jack musterte die verbleibenden Soldaten. „Ich fürchte, wenn er - oder sie - Ihre Uniformen sehen, könnte das unsere Überraschung zunichtemachen. Sie vier bleiben außer Sichtweite zurück. Ich werde meine Frau in Ihrem Schutz zurücklassen, während wir drei ..." Sein Blick schweifte zu Petworth und Maxwell. „Wir drei hoffen, die Entführer zu überraschen." Seine und Daphnes Augen trafen sich.

Sie öffnete den Mund. Er wusste, dass sie

gegen ihr Zurückbleiben protestieren wollte. Aber dann schloss sie ihren Mund und nickte.

Es bedurfte keiner Worte zwischen ihnen. Sie wusste instinktiv, dass er seine Pflicht besser erfüllen konnte, wenn er sich keine Sorgen um sie machen musste. Dazu kam die Tatsache, dass sie keine Waffe hatte. Er streifte ihren Mund mit seinen Lippen und folgte Maxwell.

Die drei Männer gingen wie Katzen auf leisen Pfoten. Als Maxwell um eine Ecke bog, um in Williams' Straße einzubiegen, streckte er zuerst seinen Kopf um die Hausecke und warf einen Blick in Richtung auf Williams' Haus.

Jack wusste, dass er nach einer Bewegung oder irgendeinem Anzeichen, dass jemand Ausschau hielt, suchte.

„Ich sehe kein Lebenszeichen", sagte Maxwell und bewegte sich vorwärts.

Die beiden anderen Männer folgten ihm. Jack konnte seinen Blick nicht von dem vorletzten Gebäude in der kurzen Straße abwenden. Er sah keinen Rauch aus dem Schornstein kommen, keine Schatten sich am Fenster bewegen, keine Kerzen brennen. Er hoffte, dass Williams den fehlenden Schlaf nachholte.

Und was war mit der armen Rosemary? Eine Mischung von Kummer und Übelkeit durchströmte ihn. Er war nicht so verzweifelt gewesen, seit Edwards ermordet worden war. Das war lange Zeit, bevor Jack Daphne je begegnet war, geschehen, aber die furchtbare Erinnerung an den grausamen Tod seines besten Freundes war so frisch, als wäre er erst vor einer Woche ermordet worden. Jacks Fäuste ballten sich fester und er schwor sich, alles in seiner Macht Stehende zu tun, um zu verhindern, dass

Rosemary dasselbe Schicksal wie Edwards erleiden würde.

Die Erdgeschosstür, die zu mehreren Wohnungen führte, war nicht verschlossen. Maxwell schob sie so leise wie möglich auf, dann traten alle drei ein und begannen, leise und vorsichtig die Treppen hinaufzusteigen.

Auf dem Treppenabsatz fanden sie sich drei Türen gegenüber. Petworth zeigte auf die, wo Williams wohnte, und Maxwell schlich dorthin, legte sein Ohr an die Tür und lauschte einen Moment. „Ich höre nichts", flüsterte er.

Pistole in der rechten Hand, griff seine linke nach der Türklinke und er riss die Tür in einem Wimpernschlag auf.

Alle drei Männer stürzten in das Zimmer.

In dem dunklen Raum war kein Zeichen von Leben. Nach einem Moment konnten sie besser im Dunkeln sehen. Es gab keinen Durchgang in ein anderes Zimmer. Dieser eine Raum diente als Küche, Schlaf- und Esszimmer. Da die Fenster offenstanden, eilte Jack hinüber, um sicherzugehen, dass Williams nicht dort hinaus geflohen war. Er schaute zu der ruhigen Straße hinab und sah nichts, nur einen gebeugten, grauhaarigen Ägypter, der einen Esel führte. An der Ecke konnte Jack kaum die Bärenfellmützen der zur Absicherung zurückgebliebenen Soldaten erkennen.

Er drehte sich um und überprüfte das Zimmer nach einem Anzeichen dafür, dass Rosemary hier gewesen wäre. Das Zimmer wurde von einem eisernen Bett beherrscht, das in Moskitonetze gehüllt war. An der gegenüberliegenden Wand stand ein Tisch, an dem zwei Personen sitzen konnten und darauf eine Schüssel mit Früchten.

Der Abzug des Backsteinofens war grob bis zur Decke gemauert. An einem Haken in der Wand hing Männerkleidung - eines ein arabisches Gewand, daneben ausgesprochen englische Kleidung, die mehrere Jahre alt zu sein schien.

Jack hatte keine Zweifel daran, dass dies Williams Unterkunft war.

Aber wo zum Teufel war Williams?

„Ich glaube nicht, dass Lady Rosemary hier gewesen ist", sagte Maxwell; seine Stimme klang ernst. „Hoffen wir, dass wir sie in dem Haus des verschwundenen ägyptischen Dieners finden können. Gott sei Dank, dass einer der anderen wusste, wo er wohnt."

Kapitel 12

Rosemary hatte nichts gehört. Sie träumte, dass jemand sie erstickte und erwachte mit der Erkenntnis, dass starke Hände ein dickes Tuch um ihren Mund banden. Sie versuchte zu schreien, aber nur ein ganz schwacher Laut kam heraus. Ihr Herz raste, ihre Arme schlugen wild um sich. Sie versuchte, sich ihm zu entwinden, aber er war viel stärker als sie.

Es war in ihrem Zelt zu dunkel, um zu sehen, wer sie zu töten versuchte, aber wegen der wehenden weißen Gewänder dachte sie, dass es ein Ägypter sein müsste. Einer der Diener?

Gott mochte ihr helfen. Er würde versuchen, ihr Gewalt anzutun. Sie war noch nie so verängstigt gewesen, hatte sich nie so hilflos gefühlt. Wenn sie nur schreien könnte. Jack oder Mr. Maxwell oder die Soldaten würden kommen und sie vor diesem schrecklichen Mann retten, der nach Zwiebeln stank.

Sie wand sich in seinem Griff, aber er packte nur fester zu und schlug sie ins Gesicht. Es brannte. Ihr kamen die Tränen. Sie wäre lieber gestorben, als sich von diesem widerlichen Kerl vergewaltigen zu lassen. Wäre sie doch nur in England geblieben! Sie könnte jetzt sicher im Schoße ihrer liebenden Familie sein. Aber jetzt war ihr bloßes Leben in Gefahr. Zum zweiten Mal am selben Tag.

Sie war überrascht, als er nicht gleich versuchte, sich Freiheiten herauszunehmen.

Stattdessen schlang er einen starken Arm um sie und begann, sie aus dem Zelt zu zerren - nicht vorn hinaus, sondern an der Rückseite, die ein Messer oder ein Schwert leise aufgeschnitten hatte, während sie schlief. Es machte sie krank, als ihr klar wurde, dass der Soldat, der den Auftrag gehabt hatte, auf sie aufzupassen, wahrscheinlich vor ihrem Zelt saß, bereit, sie zu beschützen, und es ihr unmöglich war, nach ihm zu rufen. Es würde ihm auch nicht möglich sein, sie zu sehen, da ihr Entführer sich in die Nacht davonstahl, seine bloßen Füße machten in dem weichen, kühlen Sand keinen Laut. Wenn sie nur etwas tun könnte, um ein Geräusch zu verursachen.

Sie versuchte, ihren Entführer zu treten, in der Hoffnung, dass er aufjaulen würde, aber er blieb so still wie eine dahingleitende Schlange. Aus der Dunkelheit tauchte ein zweiter Mann auf. Im Mondlicht konnte sie das Glänzen des Schwerts sehen, das um sein schwarzes Gewand geschnallt war. Dann erkannte sie, dass er Europäer war. Er kam auf sie zu geeilt, und ihr Herz hämmerte. Aber er ging an ihr vorbei und sie sah, dass er einen langen Palmwedel hielt und über die Fußabdrücke im Sand, wo sie gerade aufgetreten waren, fegte. Er verwischte ihre Spuren.

Niemand würde kommen können, um sie zu retten.

So hoffnungslos, wie alles aussah, war sie doch entschlossen, diesen Bestien irgendwie zu entkommen.

Ein paar hundert Yards entfernt warteten zwei Pferde. Der Europäer sagte auf Arabisch etwas zu dem anderen Mann und bestieg dann ein schwarzes Pferd. Der Ägypter warf sie auf dasselbe Pferd, als wäre sie ein Mehlsack, und der Europäer schlang die Arme um sie. Sie trat wie verrückt um sich. Sie stieß dem Mann ihre Ellenbogen in die Rippen. Er presste sie gegen seine Brust und stieß auf Englisch, das einen Hauch eines keltischen Akzents aufwies, eine heisere Drohung aus. „Tu, was ich dir sage, dann muss ich diese Woche nicht noch eine zweite Frau töten."

Der Atem blieb ihr in der Lunge stecken. Ihr Herzschlag stolperte. Ihr Blut wurde eiskalt. Dies war der Mörder von Prinz Singhs Mätresse. Sie erstarrte.

Was könnte er nur von ihr wollen?

Er musste also derjenige sein, der die herunterfallenden Steine in Cheops Grabkammer aufgebaut hatte.

„Du setzt dich auf dieses Pferd", befahl er.

Sie war zuerst vornüber hinaufgeworfen worden. Jetzt gab er ihr einen Ruck und ließ sie sich aufrecht hinsetzen. Im Damensitz. Erst da fiel ihr ein, dass sie nichts als ein Nachthemd aus dünnem Leinen trug. Unter normalen Umständen hätte sie sich zu Tode geschämt, dass ein Mann sie so sehen konnte. Unter diesen Umständen kümmerte es sie nicht, was diese Bestien von ihr dachten. Solange sie nicht versuchten, sich Freiheiten herauszunehmen.

Sie begann zu denken, dass ihre Entführung nicht dem Zweck diente, den sie ursprünglich befürchtet hatte. Jetzt nahm sie an, dass das Interesse dieser Männer Jacks und Daphnes Ermittlungen wegen des vermissten indischen Fürsten galt.

Es war noch dunkel, als sie in der Altstadt von Kairo eintrafen. Sie kamen zu einer engen Straße, wo die hohen, schmalen Häuser aus einheimischem Backstein erbaut waren. Vor langer Zeit. Ihr Zustand war nicht der beste. Die Fenster ragten alle vor und waren durch Läden mit aufwendiger Schnitzerei verdeckt. Zumindest waren sie das früher gewesen. An vielen der Läden fehlten jetzt Holzstücke, und viele hätten eine frische Schicht Farbe gebraucht.

Wie konnte sie diese Lage zum Entkommen nutzen? Sie konnte nicht rufen. Sie konnte aber noch ihre Hände und Beine gebrauchen. Sie musste versuchen, vor ihnen wegzulaufen. Es kam ihr sogar in den Sinn, dass sie das Pferd benutzen und fliehen könnte.

Der Ägypter stieg zuerst ab und ging, um die Tür des kleinsten Hauses in der engen Straße zu öffnen. Das dreistöckige Haus schien nur einen Raum breit zu sein. Nachdem er die Tür geöffnet hatte, kam er zurück und zerrte sie vom Pferd, so dass ihre beiden Arme blaue Flecken bekamen.

Sie riss sich los und versuchte wegzulaufen, als der britische Mörder schon von seinem Pferd sprang. Er rannte ihr nach und konnte schon bald ein Stück ihres Hemdes erwischen. Sie kam stolpernd zum Stehen. Ihr Hemd riss, aber er hielt es noch in der Hand. Obwohl sie heftig Widerstand leistete, schaffte er es, sie auf den Arm zu heben und zu dem schmalen Haus zurückzulaufen - alles, während er eine Flut von Tritten und Schlägen Rosemarys auszuhalten hatte. Wenn nur das ekelhafte Tuch nicht um ihren Mund gebunden wäre. Wenn sie nur schreien könnte. Das hätte Retter auf den Plan gerufen.

Ihre Verzweiflung erfüllte jede Faser ihres Körpers.

Der Europäer zündete eine Kerze an und sie
sah, dass, anders als viele der Häuser in Kairo
dies ein echtes Haus war, statt eines Hauses, das
in eine Vielzahl einräumiger Wohnungen
umgewandelt worden war, von denen jede mit
großen Familien bis zum Bersten gefüllt war. Sie
brachten sie in den zweiten Stock. Aus der Art,
wie er möbliert war, dachte sie, dass der Raum
dem Ägypter gehören müsste, denn nichts wies
darauf hin, dass ein Europäer hier wohnte. Ein
paar Papiere lagen herum, alles in arabischer
Schrift. Sie bemerkte einige schmutzige, arabische
Kleidungsstücke. Es gab kein Anzeichen dafür,
dass eine Frau hier lebte.

Der Brite wies sie an, sich auf den einzigen
Stuhl im Raum zu setzen. Er begann, sie
festzubinden und gab sich keine Mühe, sanft zu
sein. Ihr wurde noch kälter vor Furcht, als sie an
andere Übeltaten dachte, deren dieser Mann fähig
war.

Als er fertig war, wandte er sich an den Ägypter
und sprach Arabisch. Der andere Mann ließ sich
dann prompt auf eine Seite des Bettes fallen.

Ihr kam in den Sinn, dass diese Männer die
ganze Nacht nicht geschlafen hatten. Natürlich
waren sie ebenso schläfrig wie erschöpft.

„Ich werde dich befragen, nachdem wir etwas
Schlaf bekommen haben", sagte er. Jetzt war sie
sicher, dass er Waliser war.

Und sie war sicher, dass sie sie entführt
hatten, um sie über Jacks und Daphnes
Ermittlungen auszufragen. Wenn sie nicht
imstande wäre, ihnen etwas Nützliches zu
erzählen, zweifelte sie nicht daran, dass sie sie
umbringen würden.

Gott sei Dank waren sie müde. Wenn sie nur in

einen wirklich festen Schlaf fallen würden, dann könnte sie vielleicht einen Weg finden, um sich zu befreien.

Ihre Schultern sanken nach unten. Ihr Herz ebenso. Wie konnte jemand, dessen Mund zugebunden und dessen Hände gefesselt waren, sich losmachen? Sie stellte sich den gutaussehenden Hauptmann Cooper vor und wie er käme, um sie vor ihren Entführern zu retten, wie einst ein Ritter auf einem weißen Pferd.

Dann wurde ihr klar, was für eine unreife, unrealistische und törichte Idee das war. Nachdem ihre Fußspuren verwischt worden waren, wusste sie, dass niemand sie hier in dieser Stadt mit einer Viertelmillion Bewohner finden würde.

* * *

Es war noch dunkel, als Maxwell sie zu einer anderen engen Gasse führte, wo die oberen Geschosse der schmalen Häuser auf jeder Seite fast aneinanderstießen. Wie zuvor achteten sie darauf, dass Daphne ebenso wie die Soldaten der Ecke der Straße fernblieben, im Falle jemand Ausschau hielte. „Der Ägypter, der den mutmaßlichen Entführer kannte, sagte, er wohne in einem Haus in dieser Straße", sagte Maxwell zu ihnen. „Ich bin nicht ganz sicher, in welchem Haus, aber er sagte, wir würden es daran erkennen, dass es das schmalste in der Straße ist. Dieser Entführer - Mohammed Asker - benutzt alle drei Stockwerke."

Da Maxwell weiter seine arabische Kleidung anbehalten hatte, würde er von den dreien der am wenigsten Verdächtige sein, wenn er zum Auskundschaften die gassenartige Straße hinabschlenderte.

Sie warteten voll ernster Sorge auf seine Rückkehr. Unter dem heller werdenden Himmel schritt er die Straße hinab. Als Maxwell das schmalste Haus erreicht hatte, hob er den Kopf, um im Vorbeigehen zu den oberen Stockwerken zu spähen. Am Ende des Blocks bog er in die Querstraße ab, vermutlich, um den Block auf der Rückseite des Hauses abzuschreiten.

Als er wiederkam, sagte er: „Sie sind fast sicher hier. Zwei vom Reiten noch verschwitzte Pferde sind vor dem Haus angebunden. Eine Kerze brennt im zweiten Stock, aber drinnen war alles still. Es gibt keinen Hinterausgang, das ist schon gut."

„Wir drei gehen. So leise wie möglich." Jack musterte die Soldaten. „Wartet fünf Minuten und folgt uns dann. Ich muss keinem von Ihnen erklären, dass unsere Mission ist, Lady Rosemary zu retten."

„Ich bete zu Gott, dass sie hier ist", sagte Maxwell.

Jack streifte Daphnes Lippen mit den seinen. „Bitte sei vorsichtig."

Sie nickte ernst. „Du auch."

Er musterte die Soldaten. „Beschützen Sie meine Frau."

„Sie haben unser Wort darauf, Sir."

Gegen seine Gewohnheit folgte Jack einem anderen Mann - einem viel kleineren, unerfahreneren Mann. Er wusste es besser, als Maxwells Kommando zu widersprechen. Maxwells Leidenschaft und Intelligenz machten seine körperlichen Nachteile mehr als wett.

Sie hielten sich auf derselben Straßenseite wie Asker Mohammeds Haus, so dass sie nicht von jemandem, der nur aus dem Fenster sah, gesehen werden könnten. Jack war zuversichtlich, dass niemand sie sehen würde.

In einigen der Häuser, an denen sie vorbeigingen hörten sie die Geräusche erwachender Familien. Aber niemand war bei ihnen auf der Straße.

Maxwell ging, um die Tür zu Askers Haus zu öffnen, drehte sich dann um. „Sie ist verschlossen."

Da dies kein wohlhabendes Viertel der Stadt war, gab es in vielen der Fenster kein Glas, sie waren nur von den einzigartigen hölzernen Läden mit ihren reichverzierten Mustern verschlossen.

Jack bewegte sich im gleichen Moment auf das einzige Fenster im Erdgeschoss zu wie Maxwell. Sie dachten auf die gleiche Weise. Es war gut, mit jemandem zusammenzuarbeiten, dessen Gedankengänge seine eigenen nahezu spiegelten. Das war einer der Gründe, die Daphnes und seine Ehe so stark machten. Sie waren seelenverwandt.

Obwohl die Läden von innen mit einem Haken verbunden waren, um ein Öffnen zu verhindern, war das Holz doch so alt und brüchig, dass sie keine Schwierigkeiten hatten, ein Stück herauszubrechen, das groß genug war, um hineingreifen und den Riegel lösen zu können. Maxwell schaffte das mit nur minimalem Geräusch. Dann zog er sich durch das Fenster und schaute sich prüfend in dem Zimmer um, in das er gestiegen war. „Sieht nicht aus, als ob jemand in diesem Stock ist", flüsterte er. „Es geht leiser, wenn Sie durch das Fenster kommen, als wenn wir riskieren, eine Tür zu öffnen, die vermutlich knarrt."

Nachdem beide Männer drinnen waren, gingen sie von dem vorderen Raum zu dem einzigen anderen im Erdgeschoss, einem Zimmer, das direkt hinter dem ersten lag und gleich groß war. Auch dieses war leer. Maxwell ging dann langsam mit gezogener Pistole die schmale Holztreppe hinauf. So vorsichtig er sich auch bewegte, es war unmöglich, es lautlos zu tun. Jack war ziemlich sicher, dass das Geräusch nur in dem engen Treppenhaus zu hören sein würde.

Je höher sie stiegen, desto dunkler wurde die Treppe. Er hätte Maxwell nicht mehr sehen können, wenn dieser dunkle Kleidung wie er selbst oder Petworth getragen hätte.

Als sie den Treppenabsatz erreichten, konnten sie besser sehen. Maxwell schlich zu der ersten Tür, versuchte sacht, die Klinke herunterzudrücken und schob die Tür auf. Schnell schlüpfte er in die Kammer.

Jack folgte ihm. In diesem kleinen Zimmer war nichts außer einem Feldbett. Niemand war hier.

Was, wenn sich dies als eine weitere erfolglose Durchsuchung erwiese? Wo sonst könnten sie noch nach seiner Schwägerin suchen? Jack fing an, sich hilflos zu fühlen. Wie könnte er je Daphne oder Lord Sidworth in die Augen sehen, wenn Lady Rosemary das gleiche tragische Schicksal erlitte wie Amal?

Nachdem er sich versichert hatte, dass dieses Zimmer leer war, ging Maxwell wieder in den Flur und schlich zum Vorderzimmer des zweiten Stocks.

Mit noch gezückter Pistole begann Maxwell langsam die Tür zu öffnen, Jacks Kopf hinter sich, als sie in den Raum schauten. Das Erste, was Jack erblickte, war Rosemary. In ein dünnes Nachthemd gekleidet war sie an einen Stuhl gefesselt, ihr Mund war zugebunden.

Sobald er diese Beobachtungen gemacht hatte, wurde ihm klar, dass ihre Entführer über den Holzboden trampelten. Ganz sicher mehr als nur ein Paar Füße. Das leichte Geräusch, das das Schaben der Tür verursacht hatte, musste sie aufgestört haben.

Maxwell warf die Tür auf. Und stand einem Ägypter mit einem riesigen Dolch gegenüber. Maxwell feuerte auf ihn und traf ihn in den Bauch. Aber der Mann schaffte es noch, giftige Arabische Worte murmelnd, auf Maxwell zu zu stolpern, und mit seinem Dolch auf Maxwells Brust zu zielen. Maxwell wirbelte zur Seite, aber das Messer ritzte doch seinen Arm.

Von rechts stürzte sich der zweite Mann auf Jack und schlug Jack die Pistole mit seinem Säbel aus der Hand. Jack riss seinen Säbel aus der Scheide und stellte sich dem Mann, der schwarze Gewänder trug. Es war Williams. Welches Vergnügen es Jack gewesen wäre, seinen Säbel durch den Bauch des Mistkerls zu stoßen. Oder ihn zu erwürgen, wie er es vermutlich mit Singhs Mätresse getan hatte. Aber trotz des großen Hasses gegen den früheren Soldaten wusste er, dass er nichts davon tun würde, da es höchst wichtig war herauszufinden, von wem Williams seine Befehle erhielt.

Jack hatte einen deutlichen Vorteil durch seine Größe. Er war fast einen Kopf größer als der Deserteur und beträchtlich schwerer. Jack hatte auch den Vorteil, dass er das Fechten von begabten Meistern gelernt hatte - eine Gelegenheit, die der einfache Soldat, der unter ihm gedient hatte, fast sicher nie gehabt hatte.

Trotz dieser Nachteile war Williams jedoch keine einfache Beute. Er war schnell und er focht, als würde er um sein Leben kämpfen. Er war sogar schlau genug, sich nicht in die Enge treiben zu lassen. Er bewegte sich auf die offene Tür zu.

Ein Sprung, bei dem er alles aufs Spiel setzte, um Jack mit seinem Schwert zu durchbohren, ließ Williams flach auf dem Boden landen, weil Jack schnell auswich. Williams rutschte in den Flur. Jack wirbelte herum, um seinen Sieg zu sichern, solange sein Gegner noch am Boden lag, aber Williams war schneller. Er sprang auf die Füße und rannte vor Jack davon. „Wegrennen, Williams? Du warst schon immer ein verdammter Feigling."

Da der Mann Informationen hatte, die für Jacks Suche unabdingbar wichtig waren, hatte Jack nicht vor, dem Feigling zu erlauben, sich davonzumachen. Er verfolgte Williams.

Dann tat Williams etwas Seltsames. Am oberen Ende der Treppe blieb er stehen und wartete auf Jack. „Wenn Sie einen Kampf wollen, Dryden, dann können Sie ihn haben."

Als Jack näherkam, machte Williams etwas noch Seltsameres. Er ging rückwärts in die Ecke.

Jetzt war er leichte Beute. Jack näherte sich langsam, bis er im richtigen Abstand war. Als Jack zustieß, legte William sein gesamtes Gewicht hinter einen fliegenden Tritt. Der Fuß des Mannes prallte gegen Jacks Brust. Der überraschende Zug ließ Jack zu Boden gehen, sein halber Körper landete auf dem Treppenabsatz, die andere Hälfte rutschte treppab. Da verstand er, dass Williams beabsichtigt hatte, ihn die Treppe hinunter poltern zu lassen, wie ein Ei an der Wand.

Während Jack am Boden lag, rannte der drahtige Mann mehrere Schritte in den Gang zurück, der am oberen Ende der Treppe entlang ging. Petworth kam aus dem Vorderzimmer geeilt, stellte sich fest hin und zielte mit seiner Pistole auf Williams.

Der Waliser sprang über das Geländer und landete auf halber Treppe, wobei er Petworths Kugel gerade noch auswich.

Jack, wieder auf den Beinen, lief ihm nach. „Dieser Mann gehört mir, Petworth!"

Williams huschte eilends aus dem Gebäude.

Jack verfolgte ihn, Schwert in der Hand, aber als er die Straße erreichte, war Williams nirgends zu sehen. Das Pferd, das vorn angebunden gewesen war, war fort.

Jack stand wie betäubt da, wusste nicht, ob er sich nach rechts oder nach links wenden sollte. Wenn Williams sich nach links gewandt hätte, wäre er bis zum Ende des Blocks sicher noch zu sehen gewesen. Es sei denn, er wäre - mit Pferd und allem - in eines der Nachbarhäuser eingedrungen. Er war vermutlich nach rechts geflohen, da die Straße dort endete - nur zwei Häuser weiter. Jack lief nach rechts. Aber als eine andere Straße diese kreuzte, schaute er nach rechts und links, ohne eine Spur von Williams zu sehen.

Wenn Williams lange in diesem städtischen Labyrinth gelebt hatte, würde er leicht einen Weg finden, Jack abzuhängen. Jack drehte um und ging den ganzen Block zu Daphne und den Soldaten zurück, um ihnen schnell zu erzählen, was vorgefallen war. „Er weiß nicht, dass uns seine Wohnung bekannt ist. Gehen wir jetzt dorthin."

Jack wandte sich an Daphne. „Geh zu Rosemary. Maxwell und Petworth sollten den Ägypter inzwischen gefangen genommen haben."

* * *

Als sie gesehen hatte, wie ein Mann in arabischem Gewand die Tür aufschob, war Rosemary voller Angst gewesen. Dann erkannte sie Mr. Maxwell. Er war der willkommenste Anblick, den sie je erlebt hatte. Wie hatten sie sie gefunden? Ihr Blick fiel auf Jack. Beide Männer waren unglaublich klug. Sie hätte wissen müssen, dass sie Bestien wie ihren beiden Entführern überlegen waren.

Unglücklicherweise hatten die Entführer einen leichten Schlaf. Das leise schleifende Geräusch der Tür, als sie sich einen Spalt öffnete, musste sie geweckt haben. Beide Männer sprangen, Waffe in der Hand, aus dem Bett.

Ihr Hoffnungsstrahl verlosch. Wie könnte der arme Mr. Maxwell es mit Halsabschneidern wie diesen beiden verdorbenen Männern, die sie entführt hatten, aufnehmen? Er war ein Gelehrter aus Cambridge, um Himmels willen.

Sie konnte ihren Blick nicht von Mr. Maxwell lassen. Er schien von so kleiner Gestalt zu sein, als er sich gegen den Ägypter wandte, der noch kleiner war. Aber er hatte schnelle Reflexe. Er schaffte es, einen Schuss abzufeuern, bevor ihr abscheulicher Entführer ihn erreichte.

Dann klopfte ihr Herz in schnellem Stakkato, das durch ihren ganzen Körper dröhnte. Der Ägypter versuchte, seinen Dolch in den lieben Mr. Maxwell zu stechen! Ihr Retter wich aus, aber der andere Mann trieb doch seinen Dolch in Mr. Maxwells Arm. Blut spritzte. Mr. Maxwells weißes Gewand wurde dunkel von seinem fließenden Blut.

Die Wunde hielt Mr. Maxwell nicht davon ab zu versuchen, den Mann, den er angeschossen hatte, zu entwaffnen.

Der rothaarige Leibgardist kam Mr. Maxwell zu Hilfe, während Jack und der Europäer sich in einen ausgeprägten Schwertkampf stürzten.

„Dieser Mann gehört mir", fauchte Mr. Maxwell, als er den Dolch aus der Hand des Ägypters riss. Inzwischen verlor der Ägypter große Mengen Blut und dann das Bewusstsein, als er auf dem Boden zusammensackte.

Mr. Maxwell setzte sich rittlings auf ihn und bellte etwas auf Arabisch. Der Mann antwortete ihm nicht. Mr. Maxwell wiederholte seine Forderung. Diesmal sagte der Mann etwas, das Mr. Maxwell anscheinend befriedigte.

Sie war voller Bewunderung für den Orientalisten. Nicht einmal ihr verehrter Hauptmann Cooper hätte so meisterhaft sein können.

Der Ägypter wurde bewusstlos. Mr. Maxwell wandte sich an den Rotschopf. „Bitte, Petworth, seien Sie ein guter Mann und fesseln Sie dieses Ungeziefer."

Mr. Maxwell stand dann auf und kam zu ihr. „Sind Sie unverletzt, Mylady?"

Natürlich konnte sie nicht antworten, da ihr Mund zugebunden war.

Dann erkannte der brillante Mann, wie albern seine Frage war. „Verzeihen Sie mir. Ich hätte Ihnen das erst abnehmen sollen", sagte er, während er den beschlagnahmten Dolch hervorzog und das dicke Tuch, das sie zum Schweigen verdammt hatte, durchschnitt.

„Ich ... glaube schon", krächzte sie. „Diese Bestie hat mich ins Gesicht geschlagen, und ich vermute, es ist geschwollen, aber ich denke, es geht mir ganz gut. Nachdem Sie gekommen sind, mein lieber Mr. Maxwell." Ihr Blick fiel wieder auf das stark aus seiner Stichwunde fließende Blut. „Sie müssen mir erlauben zu helfen, Ihre Wunde zu verbinden, Sir."

Er durchtrennte das Seil, das ihre Handgelenke an dem Stuhl festgebunden hatte. Sie beeilte sich, das Tuch aufzuheben, das ihren Mund bedeckt hatte. „Wir müssen Ihre Blutung stillen. Ich würde mich töten, wenn ich der Grund wäre, aus dem Sie eine tödliche Wunde erlitten."

„Schon gut, Mylady, keine Angst. Mir ist schon Schlimmeres zugestoßen."

Sie sah Mr. Maxwell mit völlig neuen Augen. Schlimmeres? Er hätte getötet werden können! „Sie müssen zu einem Chirurgen."

„Zuerst muss ich zu Dryden. Vielleicht braucht er Hilfe." Er rannte zur Tür.

Sie sprang von dem Stuhl auf und folgte ihm auf dem Fuße.

Als sie zum Ausgang zur Straße des Hauses kamen, war keine Spur von Jack zu sehen. „Bitte, Mr. Maxwell, wir müssen uns um Ihre Wunde kümmern. Wo ist meine Schwester? Sie wird wissen, was zu tun ist."

„Erlauben Sie mir, Sie zu ihr zu bringen."

In diesem Moment kam ihr der Zustand ihrer mangelhaften Kleidung in den Sinn. „Ich schäme mich so, wie ich aussehe. Bitte schauen Sie mich nicht an. Ich brauche etwas zum Anziehen. Unbedingt."

„Wenn es Ihnen lieber ist, mache ich meine Augen zu."

„Sehr gut."

Am Ende der Straße gab es Bewegung. Sie sah schnell, dass es Daphne war, und Daphne kam auf sie zu gerannt. Die beiden Schwestern fielen sich in die Arme. „Oh, liebe Rosemary, ich hatte solche Angst, dass du getötet werden könntest."

„Ich auch." Die Tränen, die sie unterdrückt hatte, begannen zu fließen.

Daphnes auch.

„Ich verdanke dem lieben Mr. Maxwell mein Leben." Dann erinnerte sie sich an seine Wunde. „Oh, Daf, er wurde verletzt. Wir müssen uns um seine Wunde kümmern."

Daphne fuhr herum. „Bitte, Mr. Maxwell, warum halten Sie Ihre Augen geschlossen?"

„Ich wollte nicht, dass er mich ansieht", sagt Rosemary mit schwacher Stimme.

„Du solltest dich schämen. Der Mann wird fast getötet, als er dein Leben zu retten versucht, und dir ist es peinlich, dass er deine nackten Beine sieht!"

Daphne hatte recht mit ihrem Tadel. Rosemary lief zu Mr. Maxwell. „Sieh nur, Daf. Der scheußliche Kerl, der mich entführte, versuchte, einen riesigen Dolch in Mr. Maxwells Herz zu stechen. Zum Glück wich Mr. Maxwell ihm schnell genug aus, aber der Dolch traf seinen Arm."

„Wir werden ihn in unser Hotel bringen und einen Chirurgen rufen", sagte Daphne.

„Sie können Ihre Augen öffnen", sagte Rosemary zu ihm.

Sie stand vor ihm, als seine Augen sich öffneten. Nach zwei Tagen des Wachstums wurde sein dunkler Bart dichter. Es gefiel ihr eigentlich. Er wirkte reifer, männlicher.

Seine dunklen Augen huschten über sie. Dann schloss er sie wieder.

Aber in der Sekunde, in der seine Augen zärtlich über ihren halb nackten Körper wanderten, kribbelte es sie überall.

Kapitel 13

„Liebes, erlaube mir, meinen Schleier um dich zu wickeln. Damit wirst du beinahe anständig angezogen sein." Daphne machte sich daran, ihre Schwester in den cremeweißen Stoff einzuhüllen. Aus dem Augenwinkel bemerkte Daphne einen Mann in Hosen - mit Sicherheit ein in Kairo unüblicher Anblick. Sie schaute auf und sah den rothaarigen Mr. Petworth auf sie zukommen, einen niedergeschlagenen Ausdruck auf dem Gesicht.

„Mr. Petworth, wo ist Ihr Gefangener?", fragte Daphne.

„Ich muss ihn auf Arabisch befragen", fügte Maxwell hinzu.

Petworth schüttelte traurig den Kopf. „Das wird nicht mehr gehen."

Maxwells Stimme überschlug sich. „Er ist entflohen?"

„Nein. Er ist an der Wunde gestorben, die Sie ihm beigebracht haben."

„Das tut mir kein bisschen leid", sagte Rosemary. „Er war ein schrecklicher Mensch. Er versuchte mit entschlossener Bösartigkeit, den lieben Mr. Maxwell zu töten, und er war derjenige, der mein Zelt aufgeschlitzt und mich in der Nacht weggebracht hat. Er hat mich auch geschlagen. Es tut mir gar nicht leid, dass er tot ist."

„Es scheint, dass er sein Schicksal verdient hat", sagte Mr. Maxwell. Aber seiner Stimme fehlte es an Überzeugung.

„Bitte, Mr. Maxwell", sagte Petworth mit besorgter Stimme, „was ist mit Ihren Augen geschehen?"

„Oh, Sie können sie jetzt aufmachen", sagte Rosemary. „Ich bin jetzt größtenteils bedeckt." Rosemary wandte sich an den Soldaten.

Mr. Petworth wandte schnell seinen Blick von Rosemary ab. Er fiel auf den blutigen Ärmel des Gelehrten und er eilte zu ihm. „Lassen Sie mich Ihre Wunde sehen! Ist sie von seinem Dolch?"

Mr. Maxwell nickte ernst, als er seinen Ärmel anhob, um einen Schnitt vorzuzeigen, der so tief war, dass die Ränder nach beiden Seiten aufklappten.

Rosemary wurde ohnmächtig.

Ihr Körper fiel vornüber - direkt in Mr. Maxwells Arme. „Arme Lady Rosemary." Dann hob er sie hoch. „Wir müssen ins Hotel zurückkehren."

Daphne blieb in der Nähe ihrer Schwester. Sie hatte einige Erfahrung mit ohnmächtig werdenden Schwestern und fand daran nichts Ungewöhnliches. „Wenn wir dort ankommen, wird das Erste sein, nach einem Chirurgen zu schicken. Kommen Sie hier entlang. Wir haben drei Pferde gerade hinter der Ecke angebunden."

Mr. Maxwell übergab Rosemarys schlaffen Körper an Mr. Petworth, während er aufstieg. Dann hob Mr. Petworth sie hoch in Mr. Maxwells Arme.

„Wo sind die anderen?", fragte Mr. Petworth Daphne.

Sie erklärte, dass Jack angenommen hätte, Williams würde - da ihm nicht bekannt war, dass sie wussten, wo er wohnte - in seine Unterkunft zurückkehren und sie hofften, ihn dort zu fangen.

Direkt hinter den Mauern des europäischen

Viertels bot sich Daphne ein seltsamer Anblick. Dieselben beiden Männer, die Ahmed Hasseins Geschäft im Basar bewachten, standen gerade innerhalb der Tore. Was hatten sie wohl im europäischen Viertel zu tun? Hatte Hassein sie geschickt, um ihr und Jack nachzuspionieren?

Sie seufzte. „Wenn wir einen Soldaten finden, der Zeit hat, müssen wir ihn nach Gizeh schicken, um alle zu benachrichtigen, dass wir Rosemary gefunden haben."

* * *

Kurze Zeit, bevor sie das Hotel erreichten, kam Rosemary zu Bewusstsein. Sie hatte geträumt, dass sie von Hauptmann Coopers Armen gehalten würde. Jedenfalls dachte sie, es wäre Hauptmann Cooper. Sie konnte sein Gesicht nicht sehen. Sie wusste nur, dass sie sich sicher fühlte. Sie fühlte sich geborgen. Sie fühlte unbändiges Glück. Ihre Arme legten sich um ihn. Sie hatte nicht aufwachen wollen.

Langsam wurde ihr klar, dass sie vom Trappeln von Pferdehufen umgeben war, dass die Bewegung, die sie fühlte, bedeutete, dass sie sich auf einem Pferd befand. Gehalten von ihrem ... Liebsten. Ein Lächeln hob Rosemarys Mundwinkel, und dann öffnete sie die Augen. Das Erste, was sie sah, war seine Brille, dann der blutgetränkte Ärmel.

Sie lag in Mr. Maxwells Armen! Ihre plötzliche Woge von Zuneigung wurde schnell durch ihre Sorge um ihn gedämpft. Denn der Anblick seines zerfetzten Arms, der sich ihr geboten hatte, als er den blutigen Ärmel anhob, hatte sich in ihr Gedächtnis eingegraben. Sie richtete sich auf. „Mr. Maxwell! Bitte, lassen Sie mich die Zügel für Sie halten. Sie dürfen Ihren verletzten Arm nicht bewegen." Sie nahm ihm die Zügel aus den Händen.

Er seufzte. „Danke, Mylady. Ich glaube, ich werde Ihr freundliches Angebot annehmen. Es scheint, dass die Bewegung die Blutung verstärkt hat."

„Ich mache mir schreckliche Sorgen um Sie."

„Ich habe mir schreckliche Sorgen um Sie gemacht. Sowohl nach der Entführung als auch, nachdem Sie in Ohnmacht gefallen sind."

„Ich erinnere mich jetzt." Sie stöhnte auf. „Bin ich wirklich beim Anblick Ihrer grässlichen Wunde in Ohnmacht gefallen?"

„Ja, Mylady. Wir waren alle besorgt."

„Heben Sie sich Ihre Besorgnis für Ihren Arm auf, Mr. Maxwell."

Am Hotel hob der rothaarige Soldat sie von Mr. Maxwells Pferd herunter. Während die beiden Männer und Rosemary die Treppe hinaufstiegen, ging Daphne, um einen der Hoteldiener darum zu bitten, einen Chirurgen zu holen.

Rosemary konnte kaum erwarten, den Schleier, den Daphne um sie herumzuwickeln versucht hatte, durch ein Kleid zu ersetzen. Sie hatte teuflische Schwierigkeiten, ihn daran zu hindern, sich aufzuwickeln und ihre Blöße zu enthüllen. Sie sehnte sich danach, eines ihrer Kleider anzuziehen. Mit Strümpfen und Schuhen. Sie eilte in ihr Zimmer und warf einen Blick zu ihrem tapferen Beschützer zurück. „Sobald ich angezogen bin, komme ich in Ihr Zimmer."

„Das sollten Sie nicht tun", sagte Mr. Maxwell. „Ich kann nicht zulassen, dass Sie wieder ohnmächtig werden."

„Ich gebe Ihnen mein Wort, dass ich das nicht tun werde. Das schreckliche Bild ihrer furchtbaren Verletzung ist in meinem Gedächtnis geblieben. Ich werde es nie vergessen können." Sie wollte sagen: „Ich werde Ihnen nie genug danken können, dass Sie Ihr Leben meinetwegen in Gefahr gebracht haben", aber ihre Dankbarkeit würde sie später noch ausdrücken können. Nachdem er auf dem Wege der Besserung war.

Jetzt kam es nur darauf an, ihm ärztliche Versorgung zuteilwerden zu lassen. „Ich werde keine Sekunde Ruhe haben, bevor ich nicht weiß, dass Sie ordentlich versorgt werden." Verschwunden war ihr zarter, weiblicher Tonfall. Sie sprach mit Nachdruck.

„Aber da ist auch der Umstand, dass ich mich bis zur Taille werde entkleiden müssen", sagte er. „Es gehört sich nicht für ein junges Mädchen, so etwas zu sehen."

Sie erstarrte und schaute ihn böse an. „Dieses junge Mädchen hat Ihnen mehr als ihren halbnackten Körper gezeigt, mein lieber Mr. Maxwell. Darf ich vorschlagen, dass wir unter uns auf die englischen Anstandsregeln unter diesen Umständen verzichten?"

Seine bebrillten Augen trafen sich ernsthaft mit ihren und er nickte langsam.

Innerhalb von fünf Minuten war Rosemary angezogen und trat in Mr. Maxwells Schlafzimmer.

Daphne musterte sie. „Gute Neuigkeiten. Im europäischen Viertel lebt ein französischer Chirurg und wir haben nach ihm geschickt."

„Das *sind* gute Nachrichten." Rosemary sah, dass Mr. Maxwell seine Hosen angezogen hatte und ohne Hemd auf dem Bett saß, wo Mr. Petworth und Daphne seine Wunde untersuchten.

„Darf ich sie mir ansehen?", fragte Rosemary.

„Wenn Sie versprechen, nicht ohnmächtig zu werden", sagte Mr. Maxwell.

„Die Schwere der Verwundung wird mich diesmal nicht so schockieren." Sie kam und stellte sich auf die andere Seite des Bettes. „Glauben Sie nicht, Mr. Petworth, dass wir die Wunde verbinden sollten, um die Blutung zu verringern - zumindest, bis der Chirurg kommt?"

„Allerdings."

„Ich habe etwas Leinen mitgebracht, das wir verwenden können", sagte Daphne. „Wenn der Chirurg kommt, wird er den Arm richtig nähen wollen."

Die bloße Idee, wie eine Nadel durch Mr. Maxwells Haut gestochen wurde, ließ Rosemarys Magen sich umdrehen, aber sie schwor sich, dass sie für den mutigsten Mann, den sie je gekannt hatte, stark sein würde. Ihre Übelkeit verstärkte sich, als sie sah, dass seine Laken blutbedeckt waren.

Daphne bat Mr. Petworth zu versuchen, den langen Schnitt zusammenzupressen, während sie versuchte, das Leinen um seinen Arm zu wickeln. „Wir wissen ja nicht, wie lange es dauern wird, bis der Chirurg kommt", sagte Rosemarys praktische Schwester. „Er könnte mitten in einer Amputation oder etwas ähnlich Lebenswichtigem sein."

Mr. Maxwell lief fast grün an. „Bitte erwähnen Sie keine Amputationen."

„Es tut mir leid, aber ich bin sicher, dass Amputationen bei ... nun, bei Dingen wie von Musketenkugeln zerschmetterte Knochen notwendig sind", sagte Daphne. „Ihre Verletzungen können einfach mit einer Naht behandelt werden, da bin ich mir sicher."

„Bitte rede nicht mehr über das Nähen."

Rosemary verlagerte ihre Aufmerksamkeit von Daphne zu dem Patienten. „Möchten Sie, dass ich Ihre Hand halte, Mr. Maxwell?" Wie waren diese Worte aus ihrem Mund gepurzelt? Sie hatte nicht vorgehabt, das zu sagen. Wie peinlich!

Das Gesicht vor Schmerz verzogen wandte er sich zu ihr. „Das wäre wunderbar."

Sie legte ihre Hand in seine und er drückte sie. Obwohl er ein schlanker Mann war, hatte er keine kleinen Hände. Seine Hand war ein Gutteil größer als ihre und sein Griff war fest.

In ihrem ganzen Leben hatte noch kein körperlicher Kontakt Rosemary so zutiefst berührt. In ihrem Bauch flatterten Schmetterlinge. Ihr Atem wurde schneller. Sie war überzeugt, dass es etwas Wunderbares war, sich an der Hand zu halten.

„Als ich ein Junge war, saß meine Mutter an meinem Bett, wenn ich Fieber hatte", sagte er sanft. „Sie hielt meine Hand und ich glaubte, dass sie mir dadurch ihre Gesundheit übertrüge."

Rosemary warf ihren Kopf zurück und lachte. „Bitte, ich hoffe, dass sie an mich nicht wie an eine Mutter denken."

Ein verlegener Ausdruck huschte über sein Gesicht und er stotterte: „Ich ... ich wollte nicht andeuten ..."

„Ich wollte sie nur necken." Sie erinnerte sich daran, dass seine Mutter sich für ihn eingesetzt hatte, als sie die Mumie aus ihrem Haus hatte schaffen lassen. Es war offensichtlich, dass er und seine Mutter eine liebevolle Beziehung hatten, und daher protestierte sie nicht dagegen, dass sie ihn an seine Mutter erinnerte.

Er fiel ihr äußerst schwer, zu beobachten, was Daphne und Mr. Petworth ihrem armen Mr.

Maxwell antaten, daher schaute sie in seine dunklen Augen und versuchte, seine Gedanken von den Schmerzen abzulenken, die er zu ertragen hatte.

Nachdem sie Mr. Maxwell jetzt kannte, fiel ihr seine Brille nicht mehr auf. Genau wie bei Daphne. Zum ersten Mal schaute sie ihm wirklich in die Augen. Seine braunen Augen hatten keine honiggelben Flecken; sie waren fast schwarz. „Wissen Sie, Mr. Maxwell, Ihr Bart wird schon voller, und ich mag eigentlich, wie Sie damit aussehen."

„Ich dachte, du magst keine Männer mit haarigem Gesicht", sagte Daphne.

„Ich muss an blonde Männer gedacht haben. Ich finde, Mr. Maxwell als dunklem Typ steht es gut."

Ihre Bemerkungen ließen ihn sich völlig in sich zurückziehen. Er wollte nicht einmal ihren Blick erwidern. Sie musste ihn in Verlegenheit gebracht haben.

„Nachdem ich jetzt sicher bin, dass Ihre schreckliche Wunde gut versorgt wird, muss ich Ihnen meine tiefste Dankbarkeit aussprechen. Sie haben Ihr Leben gewagt, um meins zu retten. Ich werde eine so große Schuld nie zurückzahlen können."

„Es gibt keine Schuld, Mylady. Ich war froh, nützlich zu sein."

„Nützlich! Sie waren ein Held! Ich habe noch nie solche Tapferkeit gesehen."

„Es war gar nichts, und ich bitte darum, dass Sie nie wieder davon sprechen."

Er zog vor Schmerz eine Grimasse und auf seiner Stirn standen Schweißperlen. Sie musste sich zurückhalten, um sie ihm nicht abzuwischen.

Wirklich, sie wusste nicht, was in sie gefahren war! Sie war nie besonders demonstrativ gewesen. Bis heute.

Ihre beiden ersten Versuche, seine Gedanken abzulenken, hatten ihn offensichtlich peinlich berührt. Vielleicht sollte sie bei der Orientalistik bleiben. „Sagen Sie, Mr. Maxwell, sind Sie je in einer Mastaba gewesen?"

Er nickte und lachte dann leise.

„Was ist daran lustig?"

„Wir haben sieben der Ägypter, vier Soldaten, Mr. Arbuthnot und Lord Beddington mit seiner Heerschar von Dienern dort gelassen, um jede Mastaba in Gizeh nach Ihnen zu durchsuchen."

„Ich wünschte, Jack und unsere vier Soldaten würden zurückkommen", sagte Daphne. „Wir müssen einen Soldaten nach Gizeh schicken, um die Suche zu beenden."

Rosemary konnte sehen, dass Daphne sich um Jack Sorgen machte.

Schritte auf der Treppe schreckten sie auf und aller Augen richteten sich auf die Tür. Ein Europäer in Bart und Turban stand in der Tür und stellte sich auf Französisch als der Chirurg vor.

Daphne seufzte. „Nachdem ich jetzt weiß, dass Mr. Maxwell in den fähigen Händen des Chirurgen ist, werde ich mir Mr. Petworth ausbitten, um mich dorthin zu begleiten, wo mein Mann sich aufhält."

* * *

Wieder einmal hatte er dabei versagt, diesen verdammten Williams festzunehmen. Er musste sie in der Nähe seiner Wohnung gesehen haben und geflohen sein. Nichts konnte auffälliger sein als Soldaten mit heller Haut, strahlend roten

Röcken, weißen Hosen und hoch aufragenden Bärenfellmützen.

Sie hatten Williams nicht gesehen. Aber er trug schwarze Gewänder und konnte in den dunklen Torbögen fast unbemerkt bleiben.

Jack war in Williams' dunkles Zimmer zurückgegangen und wartete, seine Pistole zielte auf die Tür, durch die er Williams hatte eintreten zu sehen gehofft hatte. Er wartete und wartete, bis die Straßen sich schon lange mit Ägyptern gefüllt hatten, die ihrer täglichen Arbeit nachgingen. Dann kam seine Frau die Treppe heraufgehuscht, zum Glück in Begleitung von Petworth.

„Bist du hier, Liebster?", rief sie.

„Ja", brummte er.

„Ich habe mir solche Sorgen um dich gemacht." Sie betrat Williams' Zimmer, überzeugte sich, dass Jack unverletzt war und erlaubte ihrem Blick dann, durch den Raum zu wandern. „Es ist offenkundig, dass er einmal beim Militär war. Seine Unterkunft ist für einen Junggesellen ziemlich ordentlich."

„Er hebt sich seine Widerlichkeit für Mord auf", sagte Petworth knurrend.

Jack hätte es nicht besser ausdrücken können.

„Ich hasse es zu denken, dass ein Mann, der nicht für die Armee taugte, mich überlistet hat", sagte Jack.

Daphne kam an seine Seite und legte sanft eine Hand auf seine Schulter. „Nicht für lange, Liebster. Mit Mr. Petworths tüchtiger Unterstützung wirst du den üblen Kerl finden und ihn der Gerechtigkeit zuführen."

„Was meinen Sie, wohin er gegangen sein könnte?", fragte Petworth.

„Ich schätze, dass er dem Mann Bericht erstattet, von dem er seine Befehle erhält."

„Wenn wir nur wüssten, wer das ist", sagte Daphne melancholisch. „Meint ihr, es könnte Ahmed Hassein sein? Ich kann mir nicht helfen, ich muss annehmen, dass er etwas mit all dem hier zu tun hat. Ich sah seine beiden Wachmänner heute Morgen im europäischen Viertel. Warum glaubt ihr, dass sie dort waren?"

Jack hob die Augenbrauen. „Es ist sehr wahrscheinlich, dass er wünschte, sie sollten uns nachspionieren.

„Sie wären weniger auffällig gewesen, wenn sie sich als einheimische Ägypter gekleidet hätten", sagte sie.

„Einheimische Kleider erinnern mich an Maxwell", sagte Jack und bewegte sich zur Tür. „Als ich ihn zuletzt sah, bemerkte ich Blut. Ist er in Ordnung?"

„Ich denke, er wird schon wieder", sagte Petworth.

„Aber er hat eine hässliche Schnittwunde am Arm."

„Klaffte weit auf", fügte Petworth hinzu.

„Wir ließen ihn in den Händen eines französischen Chirurgen. Ich habe mir schreckliche Sorgen um dich gemacht."

Er nahm ihre Hand und drückte sie. „Wie du sehen kannst, geht es mir gut - aber ich fühle mich geschlagen." Sie machten sich daran, die Treppe hinunterzugehen.

„Ich habe keinen Zweifel daran, dass du diesen Mann erwischen wirst. Es dauert nur länger, als du es gewöhnt bist", sagte sie.

„Wir sollten zwei Soldaten nach Gizeh schicken."

Sie hielten sich noch an den Händen, während sie die Stufen hinabstiegen. „Erlaube den Männern, zuerst etwas zu essen, dann schicke zwei von ihnen los", sagte sie.

Jack lachte in sich hinein. „Ich frage mich, ob Arbuthnots Kleidung schmutzig geworden ist."

Sie lächelte. „Ich bezweifle das. Er wird einen Weg gefunden haben, solche Unannehmlichkeiten zu vermeiden."

Auf ihrem Ritt zurück zum Hotel sagte Daphne: „Weißt du, Liebster, ich bemerke solche Dinge gewöhnlich nicht, aber ich glaube, Rosemary entwickelt eine Schwäche für Mr. Maxwell."

„Sie könnte es nicht besser treffen."

„Das kann ich nicht bestreiten."

„Aber du weißt schon", sagte Jack, „dass Maxwell, selbst, wenn er ihre Zuneigung erwidern sollte, er es nie aussprechen würde?"

Sie nickte ernst. „Wegen ihrer ungleichen gesellschaftlichen Stellung."

Er erinnerte sich daran, wie er anfangs aus den gleichen Gründen Daphnes großer Anziehungskraft für ihn widerstanden hatte. Er fragte sich, ob irgendetwas anderes als ihre Erfahrung, beinahe zu Tode gekommen zu sein, sie je dazu hätte bringen können, sich ihre Liebe zu gestehen.

Kapitel 14

Jack fühlte sich schuldig, als er zwei Soldaten befahl, nach Gizeh zurückzukehren, während er und der Rest ihrer erschöpften Gruppe beabsichtigten, in ihre Betten zu fallen. „Ich verspreche, dass Sie die nächsten Tage keine Dienst haben werden", hatte Jack den Soldaten gesagt.

Es gab viel zu besprechen, als Jack und Daphne in ihrem Schlafzimmer angelangt waren. „Was hältst du von Lord Beddington?", fragte sie.

„Seine Antworten auf unsere Fragen schienen ehrlich. Er machte einen liebenswürdigen Eindruck."

„Du klingst nicht schrecklich überzeugt."

„Das liegt daran, dass ich es verdächtig finde, dass er und sein Heer von Dienern schon in Gizeh waren, als wir ankamen - und jemand in der Zeit vor unserer Ankunft die Falle einrichtete, die Maxwell oder deine Schwester hätte töten können.

„Das stimmt allerdings." Sie ließ ihr Gewand, zu Boden zu fallen und trat heraus. „Aber ich kann nicht glauben, dass Lord Beddington versuchen würde, die Tochter seines alten Schulfreunds zu töten. Er und Papa mochten sich sehr gern. Ich habe auch Schwierigkeiten zu glauben, dass einer der reichsten Männer in ganz Europa Zuflucht zu Mord nehmen müsste, um eine begehrte Antiquität zu bekommen."

„Ich neige dazu, dir da zuzustimmen." Er fegte das Moskitonetz beiseite und setzte sich auf die

Bettkante, um seine Stiefel auszuziehen.

„Lass mich dir helfen." Sie ging vor ihm auf die Knie und half ihm, sie auszuziehen.

„Vielleicht könnte Habeeb seine Diener ausfragen. Wenn seine Untergebenen Befehl hatten, die Steine da aufzubauen, meinst du nicht, dass andere davon wüssten?"

„Das ist möglich." Er zog die Brauen zusammen. „Da wir von Habeeb sprechen, ich frage mich, ob er in der Lage war, die Frauen ausfindig zu machen."

Sie ließ sich auf dem Bett nieder. „Wenn dem so wäre, würde er auf dieser Bank vor unserem Hotel gesessen haben."

„Er scheint zuverlässig zu sein." Jack fiel rücklings auf die Matratze.

„Noch etwas wegen Lord Beddington … wie hätte er auch nur wissen können, dass wir in Kairo sind? Es ist über ein halbes Jahr her, dass er nach Theben übersiedelt ist."

Er rollte sich herum, um sie anzusehen. „Es bleibt die Tatsache, dass diese reichen Männer mit Villen Personal hierlassen, selbst wenn sie sich anderswo aufhalten. Er könnte einen Boten zu seinem Personal in Kairo geschickt haben, um sie vorzuwarnen, dass er nicht viel weiter als eine Stunde entfernt wäre. Vielleicht hat einer seiner treuen Diener ihm von unserer Anwesenheit berichtet. Sagte er, wie lange er schon in Gizeh wäre?"

„Nein. Ich hatte den Eindruck, dass er sich seit ein paar Tagen dort aufgehalten haben könnte."

„Zeit genug, um mit seinen Leuten in Kairo in Verbindung zu treten. Zeit genug, um die Angriffe auf Amal und Rosemary zu planen."

„Aber wir haben keinen Grund zu glauben,

dass Lord Beddingtons Personal sich an finsteren Aktivitäten beteiligen würde. Ich denke schon, wir sollten jeden verdächtigen, bis wir den oder die Schuldigen finden, aber mein Verdacht gegen Ahmed Hassein ist größer, seit ich seine Soldaten im europäischen Viertel gesehen habe."

„Das ist allerdings verdächtig, obwohl wir nicht die einzigen Europäer sind, die sich hier aufhalten."

„Aber ich bin fast sicher, dass wir die zuletzt angekommenen sind."

„Was soll das zu bedeuten haben?"

Sie schmollte. „Ich bin nicht ganz sicher, aber ich bin sicher, dass es wichtig ist."

„Wir haben nichts, worauf wir die Annahme, dass Hassein hinter all diesen Vorfällen steckt, stützen könnten."

„Nichts, außer seinem Ruf der Unehrlichkeit und hinterhältigen Taten."

„Aber unsere einzige Quelle für diese Auskünfte über Hassein war Arbuthnot. Wie verlässlich ist seine Information?"

„Diesen Punkt muss ich einräumen. Es klingt, dass es da noch mehr für Habeeb gibt, wo er nachstochern müsste."

„Ich würde lieber nicht zu viel Vertrauen in Habeebs Fähigkeiten setzen. Ich erwarte, dass ein paar Fragen an Briggs uns die nötigen Bestätigungen bringen werden."

„Das wäre einfacher." Ihre Lippen pressten sich auf seine Wange. „Mein Mann ist so brillant."

„Daphne …", knurrte er.

Sie beachtete den Tadel nicht. „Dass Williams in all das verwickelt ist, deutet auf eine britische Verbindung."

„Aber es heißt, er spreche fließend Arabisch.

Ich glaube, er ist für jeden käuflich, der für seine schmutzigen Dienste zu zahlen bereit ist."

Daphne seufzte. „Er würde Rosemary getötet haben, nicht wahr?"

„Das ist sehr wahrscheinlich."

„Liebe Güte, ich vergaß, dir das zu erzählen! Rosemary sagte, Williams hätte ihr erzählt, dass er Amal umgebracht hätte."

Jack zuckte zusammen. „Keine wirkliche Überraschung, aber wie kaltblütig muss ein Mörder sein, ein so grässliches Verbrechen zuzugeben?"

Ihre Hand legte sich auf sein Gesicht. „Ich bin nur dankbar, dass er dich nicht getötet hat."

Er drückte einen Kuss in ihre Handfläche. „Du musstest keine Angst haben. Ich bin größer, stärker und besser in Übung als er." Er runzelte die Stirn. „Wie zur Hölle hat er mich dann geschlagen?"

„Er hat dich nicht geschlagen. Er ist dir nur entflohen, wie der Feigling, der er ist."

Das stimmte. Seine Augenlider begannen, sich zu senken.

„Liebster?"

„Ja?"

„Was ist mit Mr. Arbuthnot?"

„Was soll mit ihm sein?"

„Wir haben nie in Betracht gezogen, dass er - oder sogar Mr. Briggs - der Schuldige sein könnte."

„Ich will gerne zugeben, dass Arbuthnot eingebildet, lästig und anmaßend ist, aber ich kann kaum glauben, dass er ein Mörder sein soll. Und er sagt, er habe nie von Williams gehört und sei ihm nie begegnet."

„Es ist mir gleich, wie groß Kairo ist. Nach all

der Zeit, die Mr. Arbuthnot hier verbracht hat, würde er einen Landsmann wenigstens gesehen haben."

„Aber wie ich es verstehe, kleidet sich Williams meist wie ein Einheimischer."

Der seltsam melodische Ton des Rufs zum Nachmittagsgebet drang durch das offene Fenster in ihr Schlafzimmer. Sie schwiegen beide für einen Moment, obwohl sie das Arabisch nicht verstanden. Sein Blick fiel auf Daphne. Dieses tägliche muslimische Ritual schien sie immer an einen geheimnisvollen Ort zu bringen. Ein Lächeln erhellte ihr Gesicht, ein verträumter Ausdruck legte sich darüber und blieb, bis der Muezzin endete.

Nachdem sich relative Stille über die Stadt legte, fuhr sie fort. „Ich war ziemlich schockiert, dass Lord Beddington sich den einheimischen Kleidungsgewohnheiten so stark angepasst hat, dass er sogar einen Turban trägt."

„Offen gestanden, ich auch."

„Ich schätze, das tut man, wenn man im Orient lebt. Der französische Chirurg hat sich auch einen Bart wachsen lassen und trug einen Turban - zu Hosen."

„Wo wir von dem Chirurgen sprechen, das erinnert mich daran, wie freudig überrascht ich war, dass Rosemary den armen Maxwell so liebevoll behandelte."

„Das war besonders anerkennenswert, wenn man ihren Ekel vor Blut bedenkt. Du weißt, dass sie in Ohnmacht gefallen ist?"

„Nein."

Daphne nickte. „Als er seinen Ärmel anhob. Zum Glück fiel sie nach vorn - direkt in Mr. Maxwells Arme. Nachdem sie das Bewusstsein wiedererlangt hatte, versprach sie, tapfer zu sein und bat, zum Krankenzimmer des Mannes Zutritt zu erhalten. Ich fand, dass sie sehr tapfer war und ihre Gegenwart dort wirkte sehr tröstlich. Sie fühlt sich scheußlich schuldig, weil er sein Leben aufs Spiel gesetzt hat, um ihres zu retten."

„Ich muss sagen, dass der Mut des Mannes mich überrascht hat. Wie Äußerlichkeiten doch täuschen können!"

„Er war ein echter Held. Ich glaube, Rosemary bewundert ihn sehr."

Daphnes Lider schlossen sich immer wieder, ihre honigfarbenen Wimpern legten sich auf ihre leicht sommersprossige Wange. Sie zwang sich, sie zu öffnen, aber Sekunden später schlossen sie sich wieder. Bald schlief sie fest.

* * *

Rosemary war gerade in der Lage, lange genug zu schlafen, um sich zu erholen, bevor sie aufwachte. Sie fuhr hoch und schaute sich in ihrem Zimmer um, um sicherzugehen, dass kein Eindringling hier lauerte. Würde sie das nach ihrem grauenvollen Erlebnis in der letzten Nacht den Rest ihres Lebens tun? Sie sollte sich sicher fühlen. Daphne, Jack und Mr. Maxwell waren alle auf dem gleichen Stockwerk und die Soldaten bewachten das Gebäude von außen. Genau wie letzte Nacht, und trotzdem war sie entführt worden.

Die bloße Erinnerung ließ ihren ganzen Oberkörper sich mit Gänsehaut überziehen.

Sie war unfähig, das dumpfe Gefühl einer Vorahnung abzuschütteln. Es dauerte einen Moment, bis sie verstand, dass die Sorge, die sie gepackt hielt, nicht Angst um sich selbst war. Sie war um Mr. Maxwell besorgt. Seine Wunde war so grässlich. Sie hatte Leute gekannt, die nach viel weniger ernsthaften Verletzungen gestorben waren.

Sie stieg aus dem Bett und versuchte, ihr Haar schmeichelhaft zu frisieren.

Dann ging sie zu seinem Zimmer und klopfte leise an die Tür.

„Herein."

Er lag noch genauso dort, wie sie ihn verlassen hatte, vollständig bekleidet, auf dem Bett ausgestreckt. Der liebe Mann - Gentleman, der er war - versuchte aufzustehen, als sie ins Zimmer kam.

„Bitte, bleiben Sie liegen. Ich möchte, dass sie nach dieser Tortur vorhin ihre Kräfte sparen."

Er ließ sich wieder aufs Bett fallen und runzelte die Stirn. „Sie sollten vielleicht nicht hier sein, Mylady."

Er machte sich Sorgen um ihren Ruf. „Haben wir nicht schon festgelegt, als ich nicht einmal halb angezogen war, dass wir die englischen Ansichten über Anstand beiseitelassen wollten?"

Die bloße Vorstellung, halb nackt vor ihm zu stehen, war nicht halb so demütigend, wie sie noch eine Woche zuvor gedacht haben würde. Jetzt ließ eine solche Erinnerung eine weibliche Kraft entfalten, von der sie nicht geahnt hatte, dass sie sie besaß. Sie ertappte sich bei der Überlegung, ob ein Mann wie Mr. Maxwell sie wohl verführerisch fände.

Vor einer Woche würde sie angenommen haben, dass Mr. Maxwell kein anderes Interesse neben der Orientalistik haben könnte. Waren Gelehrte nicht langweilige Leute, die außer ihren Forschungen nichts kannten, keine frivolen Beschäftigungen - einschließlich romantischen

Neigungen? Jedoch war da die Tatsache, dass sein gelehrter Vater geheiratet und wenigstens ein Kind gezeugt hatte.

Etwas in ihr schmolz bei der Vorstellung, dass dieser Mr. Maxwell ein Kind zeugte, eine Frau küsste, bei der Vorstellung, wie er sich verliebte.

Vor einer Woche hatte sie eher an ihn in der Art gedacht, wie man an einen Gegenstand denkt. Wie ein langweiliges Grabmal. Oder etwas, das einen zu einem Ziel befördert. Aber sie hätte nie an ihn als einen Mann aus Fleisch und Blut gedacht. (Und sie wurde wirklich nicht gerne daran erinnert, wie *viel* Blut der Mann in sich hatte.)

Sie dachte nicht länger in so entmenschlichender Weise an ihn. Er hatte sich nicht nur als äußerst intelligent gezeigt, sondern auch als der tapferste Mann, den sie kannte.

Er nickte ernst.

„Ich kann auf diese Fesseln der Gesellschaft verzichten, wenn ich bei ihnen bin, weil ich weiß, dass Sie ein Gentleman sind. Sie würden nie versuchen, sich Freiheiten bei mir herauszunehmen, und sie würden mein unpassendes Verhalten auch nie anderen gegenüber erwähnen, wenn wir wieder nach England zurückkehren".

Seine dunklen Augen wurden sanft. Sie bemerkte, dass seine Brille auf dem Tisch dicht am Bett lag. „Sie, Mylady, haben kein unpassendes Verhalten an den Tag gelegt. Sie haben sich Ihrer Umgebung angepasst - etwas, das furchtlose Reisende oft tun. Und ich bitte Sie, dass Sie sich niemals selbst Vorwürfe machen wegen des unglaublichen Verbrechens, das letzte Nacht an Ihnen begangen wurde. Sie sind so unschuldig wie ein neugeborenes Baby."

In diesem Moment dachte sie, dass sie sich noch nie einem anderen Menschen näher gefühlt hatte. Ihre Gedanken huschten ständig zu dem langen Moment, als sie sich an den Händen gehalten hatten - etwas, das sie noch nie zuvor mit einem anderen Mann getan hatte. Sie hatte damit begonnen, um ihn während der schmerzhaften Behandlung seines Arms zu trösten, aber sie war selbst diejenige gewesen, die von der beruhigenden Wärme, die sich in ihr ausbreitete, als seine Hand mit sanfter Festigkeit ihre umklammerte, getröstet wurde.

Sie hätte in diesem Moment nichts lieber getan, als an seinem Bett zu sitzen und wieder seine Hand zu halten, aber ihr war die riesige Ungehörigkeit nur zu bewusst, dass sie sich auch nur ohne Anstandsdame im Schlafzimmer eines Mannes befand. Es durfte keinen körperlichen Kontakt zwischen ihnen geben.

Sie zog den einzigen Stuhl des Zimmers heran und setzte sich darauf. „Ich weiß, dass es nicht anständig ist, dass ich hier bin, aber wir sind beide anständige Menschen, die nichts Unanständiges tun werden." Die Erwähnung unanständiger Dinge ließ ihr die Hitze in die Wangen steigen. Und in andere Körperteile. „Nach allem, was wir zusammen durchgemacht haben, müssen wir uns als Verwandte betrachten."

Ein ernster Ausdruck huschte über sein nachdenkliches Gesicht. „Auch wenn ich mich als Ihr Beschützer fühle, kann ich nicht an Sie als ... eine Schwester denken, oder wie ein Vater an sein Kind. Ich gehöre nicht Ihrem Stand an."

Sie hätte beinahe bei der Vorstellung, er könnte an sie als sein Kind denken, gekichert. Er war nur eine Handvoll Jahre älter als sie. Aus einen merkwürdigen Grund wäre es ihr lieber gewesen, er würde an sie denken wie ... ja, wie Jack an Daphne dachte. „Jack ist auch nicht vom selben Stand wie Daphne, aber haben Sie je ein besser zueinander passendes Paar gesehen?"

„Sie scheinen perfekt zusammen zu passen."

Sie lachte. „Ich weiß gar nicht, wie wir zu dieser Diskussion gekommen sind. Ich bin hergekommen, weil ich um Sie besorgt war. Ich musste mich davon überzeugen, dass es Ihnen gut geht."

„Und jetzt sollten sie zufrieden sein." Er klang, als ob er wünschte, sie los zu sein.

„Der Chirurg sagte, Sie dürften den Arm mehrere Tage lang nicht bewegen. Ich kam her, um alles zu holen und wegzubringen und zu tun, was ich kann, um es Ihnen bequem zu machen."

„Das ist nicht notwendig."

„Für meinen Seelenfrieden ist es notwendig. Es ist meine Schuld, dass Sie so schwer verletzt wurden. Sie hätten getötet werden können, weil sie mich retten wollten."

„Ich werde Sie gerne von jeder Schuld an meinem kleinen Schnitt freisprechen."

„Kleiner Schnitt! Wie können Sie so tun, als wäre er unbedeutend? Das ist er nicht und ich habe vor, darauf zu achten, dass Sie eine so ernste Verletzung nicht zu leicht nehmen." Ärger war aus ihrer Stimme hören. Sie stand auf und schaute auf ihn hinab, um dann sanft weiterzusprechen. „Verzeihen Sie mir meinen Ausbruch. Ich bin nach all dem Aufruhr in der letzten Nacht noch sehr nervös. Bitte haben Sie Nachsicht mit mir und erlauben Sie mir, Sie ein wenig zu verwöhnen. Schließlich haben Sie mich ja sehr verwöhnt."

„Das ist sehr freundlich von Ihnen, Mylady, aber Sie haben mich mit Ihren Aufmerksamkeiten schon genug verwöhnt. Ein Professor ist an so etwas nicht gewöhnt. Ist das ein Wort?"

Sie setzte sich wieder. „Das hört sich sehr gut an. Ich denke, ich werde Übung im Verwöhnen bekommen."

Er lachte leise. Er sah gut aus, wenn er so lachte. Ohne seine Brille. Mit seinem dunklen Bart.

„Wissen Sie, was ich Sie schon länger fragen wollte?"

Er wirkte beunruhigt. „Was?"

„Ist es korrekt, Sie Mr. Maxwell zu nennen? Sind Sie nicht Dr. Maxwell?"

Ein schwaches Lächeln umspielte seine Lippen. „Ich bin Dr. Maxwell, aber außerhalb von Cambridge ziehen ich es vor, diesen Titel nicht zu benutzen.

Sie schmollte. „Hätten Sie viel dagegen einzuwenden, wenn ich Sie Dr. Maxwell nennen würde? Ich finde, es klingt so gut."

„Es liegt mir fern, Einwände gegen irgendetwas zu haben, das Sie tun, Mylady."

Die beiden saßen da und unterhielten sich freundschaftlich, bis das Abendessen serviert wurde. Sie entdeckte, dass er ein Einzelkind war, was ihre Ansicht verstärkte, dass seine Mutter ihr einziges Kind sehr verwöhnt hatte, aber mit seinem Vater ein Problem hatte, da dieser sich für … die schöneren Seiten des Lebens nicht sehr interessierte. Waren Gelehrte so in ihre Studien vertieft, dass sie die… schöneren Seiten des Lebens vernachlässigten?

* * *

Gerade, bevor Jack und sie zum Abendessen
nach unten gehen wollten, schaute Daphne noch
einmal aus dem Fenster ihres Schlafzimmers.
Dort saß Habeeb auf der Bank. Und neben ihm
eine arabische Frau. Hatte er Amals Dienerin
gefunden?

Daphne flog fast die Treppen hinab.

Kapitel 15

Habeeb und die Frau erhoben sich, als Daphne sich näherte. So klein wie Habeeb war, neben der zierlichen Frau in schwarzem Schleier und Gewändern sah er groß aus. Die Frau, die Habeeb als Amals Hausmädchen vorstellte, war kaum mehr als ein Kind.

Daphne sprach ihr Beileid aus und bat die Frau, nach drinnen, aus der Hitze weg, zu kommen. „Ich habe ein paar Fragen, die ich ihr stellen möchte."

Auf dem Sofa im Salon des Hotels saß Daphne auf einer Seite der Frau, Habeeb auf der anderen und Jack stand bei der geschlossenen Tür des Zimmers.

„Bitte sage ihr", fing Daphne an, „dass ich glaube, dass das Verschwinden des Fürsten Singh mit der Ermordung ihrer Herrin in Verbindung steht. Ich hoffe, dass sie - durch ihre Herrin - etwas über die letzten Stunden des Prinzen Singh in Kairo weiß."

Habeeb übersetzte für die junge Frau, die ernsthaft nickte, während er sprach. Dann trafen ihre schwarzen Augen auf Daphnes. Sie konnte keinen Tag älter als Rosemary sein. Daphne war dankbar, dass dieses junge Mädchen nach Hause gezogen war, wo ihr Vater helfen konnte, sie vor dem Übel zu schützen, das ihre Dienstherrin das Leben gekostet hatte.

„Frage sie, ob sie gehört hat, wie ihre Herrin und Fürst Singh darüber sprachen, warum er sie in der Nacht, als er verschwand, nicht besuchen konnte."

Daphne schaute erwartungsvoll zu, als Habeeb ihre Frage der jungen Dienerin übermittelte.

Das Mädchen nickte. Dann sagte sie etwas, etwas, das ein Lächeln auf Habeebs Gesicht zauberte.

Habeeb sah zu Daphne. „Sie sagte, ihre Herrin hätte ihr den Grund erklärt, warum Fürst Singh an jenem Abend nicht zu ihr kommen konnte."

Aufregung durchströmte Daphnes Adern. „Und was war das?"

„Der Fürst erzählte ihrer Herrin, dass er die Gelegenheit haben würde, ein Vielfaches an der Pharaonenmaske zu verdienen, als der englische König zu zahlen bereit gewesen wäre. Ein Mann, der sogar noch wichtiger wäre als der englische Herrscher, würde an diesem Abend in sein Haus kommen, um sie zu erwerben. Der Mann war so wichtig und der Verkauf so geheim, dass Fürst Singh befohlen worden war, alle seine Diener an diesem Abend wegzuschicken."

„Erweckte das nicht seinen Verdacht?", fragte Jack.

Habeeb fragte das frühere Hausmädchen.

Sie schüttelte den Kopf und erklärte es.

„Sie sagt, dass dieser Mann dem Fürsten Singh bekannt war."

Daphnes Herzschlag beschleunigte sich. „Und kennt sie seien Namen?"

Habeeb befragte sie.

„Sie kennt seinen Namen nicht, aber es war ein Engländer."

* * *

Am Tisch beim Abendessen bestand Rosemary darauf, Maxwell zu füttern. Jack hätte am liebsten laut herausgelacht. Dieser Mann, der in Gegenwart von Männern so verdammt stolz war - und auch mutig - wurde von einer Frau zum Kind gemacht, die selbst noch nicht zwanzig war.

„Der Chirurg sagte, Sie dürften Ihren rechten Arm nicht bewegen, und ich habe vor, dafür zu sorgen, dass diese Anweisung befolgt wird", hatte Rosemary in strengem Befehlston gedrängt. „Sie wissen, Ihr Arm wird nicht heilen, wenn Sie ihn andauernd bewegen." Dann wurde ihre Stimme weicher. „Ich schulde Ihnen so viel, mein lieber Mr. Maxwell. Bitte erlauben Sie mir doch, Sie ein wenig zu umsorgen."

Maxwell hatte viel zu viel Respekt vor Rosemary. Jack verstand es. Ihm war es früher mit Daphne ähnlich ergangen. Wegen ihrer unterschiedlichen gesellschaftlichen Stellung. Aber als sie einander während ihrer Ermittlungen näherkamen, lernte er, sich gegen Daphne zu behaupten.

Er hoffte, Maxwell würde sich ein wenig Rückgrat zulegen, wenn es um Lady Rosemary ging.

Nachdem sie alle am Tisch saßen und Rosemary Maxwell mit einem Löffel Datteln fütterte, senkte Daphne ihre Stimme. „Wir haben einen Durchbruch bei unserer Ermittlung."

Die Aufmerksamkeit der anderen war sofort geweckt.

„Unser Dolmetscher hat Amals Hausmädchen gefunden. Anscheinend vertraute ihre Herrin ihr." sagte Daphne zu Jack gewandt. „Fandest du nicht, dass das Mädchen schrecklich jung war?"

Er zuckte mit den Schultern. „Sie ist vermutlich im gleichen Alter wie Rosemary."

Rosemary stellte die Nackenhaare auf. „Ich bin

mit Sicherheit nicht so jung. Ich hoffe allerdings, bevor das Jahr vorüber ist, eine verheiratete Frau zu sein."

„Bitte, Lady Daphne", sagte Maxwell, „ist das Alter des Hausmädchens für unsere Ermittlungen von Bedeutung?"

Jetzt brach Jack in Gelächter aus. „Verlasse dich auf Maxwell, etwas Logik in unsere Ermittlungen zu bringen."

Daphne lächelte den Gelehrten an. „Verzeihen Sie mir, Mr. Maxwell, dass ich in wahrhaft weiblicher Art vom Thema abgekommen bin. Wo waren wir doch gleich?"

„Sie erzählten uns, dass die tote Herrin ihrem Hausmädchen vertraute."

„In der Tat. Sie erzählte dem Mädchen, dass Fürst Singh in jener letzten Nacht nicht zu ihr kommen würde, da er eine Verabredung mit einem Mann hätte, der wichtiger wäre als der britische Herrscher, einem Mann, der ein Mehrfaches für die Amon-Ra-Maske zahlen würde als der Regent."

„Wusste sie seinen Namen?", fragte Rosemary.

„Nein, aber ..." Daphne machte der dramatischen Wirkung zuliebe eine Pause. „Er war Engländer."

Mehrere Sekunden lang hing eine eisige Stille in der Luft.

„Es muss Beddington sein", sagte Maxwell schließlich. „Fanden Sie es nicht verdächtig, dass zwei Anschläge auf Lady Rosemarys Leben verübt wurden, nachdem wir zum ersten Mal in Kontakt mit ihm und seiner buchstäblichen Karawane von Dienern kamen?"

Jack nickte. „Meine Gedanken gingen in dieselbe Richtung."

„Aus diesem Grund", sagte Daphne, unfähig, die Selbstgefälligkeit zu unterdrücken, die sich in ihre Stimme schlich, „habe ich Habeeb zu Lord Beddington geschickt."

„Beddington ist zurück aus Gizeh?", fragte Maxwell.

Jack nickte. „Während wir mit Habeeb sprachen, kamen unsere Soldaten zurück."

„Und was soll Habeeb bitte bei Lord Beddington tun?", fragte Rosemary.

„Er soll sich unter Lord Beddingtons Diener mischen", sagte Daphne. „Ich möchte vor allem, dass er herausfindet, ob einer von ihnen von diesem Steinhaufen in der Großen Pyramide wusste, der entweder am Tag, bevor wir ankamen oder am Morgen unserer Ankunft vorbereitet wurde."

„Ich muss sagen, Mylady, das ist ziemlich schlau", sagte Maxwell.

„Er soll auch Lord Beddingtons Reise prüfen und herausfinden, wie lange er schon in Gizeh war."

Daphne schenkte Maxwell ein schwaches Lächeln. „Habeeb erweist sich als überaus nützlich."

„Du wirst ihn noch in einen zweiten Andy verwandeln", sagte Rosemary. „Um ehrlich zu sein, war ich schockiert, dass du es fertigbrachtest, ihn in London zurückzulassen."

Daphne seufzte. „Ich wollte ihn ja mitnehmen. Es hätte ihm so gefallen, aber der Kapitän des Schiffs hatte die Anzahl der Passagiere, die er mitnehmen konnte, streng begrenzt."

„Armer Andy", sagte Rosemary. „Ich wage zu behaupten, dass der Junge nie wieder mit seinem Dasein als Kutscher zufrieden sein wird, nach all den spannenden Ermittlungen, an denen ihr ihn beteiligt habt."

Maxwell musterte Jack. „Ich nehme an, Habeebs Leben wird ihm auch sehr langweilig vorkommen, nachdem wir abgereist sein werden."

Daphne verdrehte die Augen. „Ich wage zu behaupten, dass Habeeb sich viel sicherer fühlen wird. Wie man es auch betrachten will, in den letzten Tagen haben wir erlebt, wie eine Frau ermordet, das Leben einer anderen Frau bedroht und ein ägyptischer Schurke getötet wurde. Und dazu kommt, dass es sehr wahrscheinlich ist, dass Fürst Singh umgebracht wurde."

„Wir wären alle in größerer Sicherheit, wenn wir uns auf ein Boot begeben und nach England zurückkehren würden." Jack mochte flapsig klingen, aber nichts wäre ihm lieber gewesen, als diese drei auf ein Segelschiff zu verfrachten. Rosemary oder Maxwell hätten leicht getötet werden können. Würde Daphne das nächste Ziel sein?

„Du weißt doch, mein Liebling", sagte Daphne zu Jack, „dass keiner von uns beiden unseren lieben Regenten je enttäuschen könnte."

Oh, und ob Jack das könnte. Seine unbedingte Treue zum Regenten würde bröckeln, wenn sie Jacks Fähigkeit, seine Frau zu beschützen, in die Quere käme. Jacks erste Sorge galt Daphne und würde immer ihr gelten. Er schaute sie böse an.

„Wirklich, Lady Rosemary", protestierte Maxwell, „ich bin sicher, ich könnte sehr gut mit meiner linken Hand essen."

Ihre Brauen hoben sich. „Ich bin sicher, dass Sie das könnten, aber ich hasse es, an den Schaden zu denken, den Sie Ihrer weißen Krawatte zufügen würden.

Daphne kicherte. „Meine Schwester hat recht, Mr. Maxwell."

Er hatte genügend Humor, um ihn ihr Lachen einzustimmen.

„Ich denke, nach dem Essen sollte ich Ihnen etwas vorlesen", teilte Rosemary Maxwell mit. „Es ist schrecklich schwierig zu lesen, wenn man nur eine Hand benutzen kann."

Nach dem Essen versammelten sich die vier im Salon, wo Rosemary Maxwell leise ein Buch über den Koran vorlas, während Jack und Daphne Schach spielten. Jack hätte wetten mögen, dass Maxwell lieber Schach gespielt hätte, aber der Mann war zu verdammt höflich mit Dafs herrschsüchtiger Schwester.

Daphne beobachtete Rosemary ständig und flüsterte Jack zu, wie zutiefst dankbar sie war, dass ihre Schwester gerettet worden wäre. Da ihre Konzentration auf diese Weise abgelenkt wurde, half das Jack zu siegen. Mit beispiellosem Mangel an Enttäuschung über ihre Niederlage wandte Daphne schnell ihre Aufmerksamkeit ihrer Schwester zu. „Rosemary, ich bin sicher, dass dieses Buch faszinierend ist, aber du musst jetzt wirklich zu Bett gehen. Du kannst letzte Nacht kaum geschlafen haben und ich kann an deinen Augen sehen, dass du müde bist. Du musst dir deine Augen nicht so ruinieren wie ich es mit meinen getan habe."

„Verzeihen Sie mir", sagte Maxwell zu Rosemary. „Ich hatte ihr schlimmes Erlebnis von letzter Nacht fast vergessen. Sie müssen sich wirklich heute Nacht gut ausruhen."

„Und mach dir klar, Liebes, dass du heute Nacht wirklich in Sicherheit bist", sagte Daphne zu ihr.

Jack dachte an den betäubten Soldaten in der vorigen Nacht. Wer könnte dafür verantwortlich gewesen sein, Laudanum in den Portwein zu tun? Lord Beddington war, soweit Jack wusste, nicht am Lagerfeuer der Soldaten gewesen. Arbuthnot sehr wohl, aber er konnte nicht gewusst haben, welcher der Soldaten in der Nacht Wache haben würde, und keiner der anderen Soldaten war betäubt worden.

Da blieb noch die Tatsache, dass Beddington fast hundert Männer hatte, um seine Befehle auszuführen - nur in Gizeh. Könnte er nicht einen seiner Diener das Betäubungsmittel verabreichen lassen haben?

Diese verdammte Ermittlung erwies sich als so fruchtlos wie ein Eunuch.

* * *

Beim Frühstück am nächsten Morgen bestand Rosemary - sehr zu Maxwells Bestürzung – wieder darauf, ihn zu füttern.

„Ich versichere Ihnen, Mylady, ich bin imstande, den Kaffee mit meiner linken Hand an meine Lippen zu halten."

Sie nickte. „Sie können Ihren Kaffee ohne meine Hilfe trinken, aber ich bin da, um Ihre Eier aufzuschlagen und ihnen so weit zu helfen, wie es mir irgend möglich ist."

Er verdrehte die Augen. „Sie müssen wirklich nicht das Gefühl haben, mir etwas schuldig zu sein."

Daphnes Augen funkelten. „Ein Retter zu sein ist mit Sicherheit eine schwere Last, Mr. Maxwell. Ich wage zu sagen, dass meine Schwester den Rest ihrer Tage damit verbringen wird, Ihnen wie ein Schoßhündchen zu folgen."

„Ich hoffe, Sie scherzen, Mylady", sagte

Maxwell.

„Meine Frau scherzt."

An der Tür des Frühstückszimmers klopfte es und Jack rief die Person herein.

Ein Brite mittleren Alters, in eine limonengrüne Livree gekleidet, kam in den Raum und blieb an der Tür stehen. „Ich habe eine Nachricht von meinem Herrn, Lord Beddington, an Lady Daffie Dryden mitgebracht." Seine Augenbrauen hoben sich, er schaute von Daphne zu Rosemary.

„Ich bin Lady Daphne."

Er kam durch den Raum und übergab sie ihr. Die Nachricht war auf sehr hochwertigem Papier mit dem Wappen Beddingtons, einem Löwenkopf auf einem Schild, geschrieben. Sie erbrach das Siegel, entfaltete sie und las. Dann sah sie zu Jack auf. „Seine Lordschaft hat uns zum Diner eingeladen."

„Wir werden mit Freuden kommen", sagte er zu dem Diener.

„Schließt dieses wir auch mich und Mr. Maxwell ein?", fragte Rosemary.

„In der Tat." Daphne wandte sich wieder an den Diener. „Danken Sie seiner Lordschaft für diese Einladung. Wir freuen uns darauf, ihn heute Abend zu sehen."

Als der Diener gegangen war, wandte Daphne sich ihrem Mann zu. „Wir müssen uns etwas einfallen lassen, was wir heute Abend tun können, um die Wahrheit herauszufinden."

Seine Lippen waren zu einem Strich zusammengepresst. „Ein Mann, der schon zwei Morde veranlasst hat, wird die Wahrheit bis zum letzten Atemzug verbergen."

Daphnes Gesicht hellte sich auf. „Vielleicht kann einer von uns - nach dem Essen - den

Vorwand, in einen anderen Raum gehen zu müssen, nutzen, um das Haus seiner Lordschaft nach der Amon-Ra-Maske zu durchsuchen, oder nach etwas, das ihn mit dem Fürsten Singh in Verbindung bringt."

„Mr. Maxwell wird das ganz bestimmt nicht tun!", sagte Rosemary. „Er hat sein Leben schon einmal in Gefahr gebracht - und außerdem darf er seinen Arm nicht bewegen."

Daphne konnte kaum ein Grinsen unterdrücken, als ihr erheiterter Blick Jacks begegnete. „Und ich werde es Rosemary auch nicht erlauben. Sie hat schon viel zu viel durchgemacht."

Jack schaute finster. „Dein Plan, meine Liebste, ist so vernünftig wie das Toben eines Irren. Weißt du, wieviel verdammte Diener Beddington hat?"

„Du solltest vor einem jungen Mädchen wie meiner Schwester nicht fluchen."

„Verzeih' mir, Lady Rosemary." Jack fand es schwierig, seinen Gebrauch des Wortes verdammt zu vermeiden. Er hatte zu viele Jahre unter Männern gelebt.

„Unser Papa sagt das ständig", sagte Rosemary. „Und Mama tadelt ihn dafür in genau der gleichen Weise wie Daphne dich eben getadelt hat."

Jack verschränkt seine Arme über der Brust und holte tief Luft. „Eine Frau wurde bereits ermordet und Rosemary fast getötet. Ich werde niemanden von uns vieren einer solchen potenziellen Gefahr aussetzen."

Daphne schmollte. „Du willst auch nicht losgehen, um sein Haus zu durchsuchen."

„Ich denke immer noch daran, wie der Pascha uns erzählte, dass die Amon-Ra-Maske in Konstantinopel gelandet wäre", sagte Jack.

Maxwell nickte. „Wo sie für einen sehr hohen Preis verkauft worden sein soll."

Jacks Blick traf Maxwells. „Der Pascha kommt mir nicht wie ein Mann vor, der eine solche Geschichte erfinden könnte."

„Ich habe gelesen, dass die Orientalen es mit der Wahrheit nicht so genau nehmen wie es in der westlichen Kultur üblich ist", sagte Rosemary.

„Aber ich denke, dass Jack mit dem Pascha recht hat", sagte Daphne. „Denkt daran, der Pascha war der Erste, der einen Engländer erwähnte."

„Ein verwirrter Ausdruck huschte über Jacks Gesicht. „Ich gebe zu, dass im Moment niemand schuldiger als Lord Beddington erscheint, aber ich habe immer noch teuflische Schwierigkeiten, den Mann solcher Missetaten für fähig zu halten - vor allem, wenn man seinen großen Reichtum bedenkt."

„Vielleicht ist die Quelle seines Reichtums erschöpft", vermutete Daphne. „Wenn nur Papa hier wäre. Er würde es wissen."

Es klopfte wieder an der Zimmertür und wieder forderte Jack die Person zum Hereinkommen auf.

Zuerst dachte Jack, der uniformierte Neuankömmling wäre einer der neun Soldaten, die immer noch in britischer Regimentsuniform herumliefen. Dann wurde ihm klar, dass der vor ihm stehende Mann weitaus besser aussah als einer der Männer, die ihn auf dieser Reise begleiteten und seine Uniform nicht die der Leibgarde war. Der jugendliche Offizier war groß und muskulös, seine Uniform makellos. Seine Reitstiefel waren so gut poliert, dass er sein Gesicht darin hätte spiegeln können. Seine weißen Handschuhe waren unbefleckt.

Jack hatte diesen Mann schon getroffen. In London.

Es war Hauptmann Cooper, Rosemarys großer Schwarm.

Kapitel 16

Der Löffel, den Rosemary in der Hand hielt, fiel auf halbem Weg zu Maxwells Mund hinunter. Ihre Augen wurden groß. Ihr Herz schlug dröhnend. Ihr Traum wurde wahr. Seit dem Moment, an dem sie ihren Fuß auf ägyptischen Boden gesetzt hatte, träumte sie davon, dass Hauptmann Cooper in Ägypten stationiert wäre.

Und jetzt stand er in Fleisch und Blut vor ihr.

Ihr bewundernder Blick wanderte von Kopf bis Fuß über seine gesamte militärische Pracht. Ihre tiefe Bewunderung für ihn war unverändert geblieben. Keinem Mann hatte je eine Uniform besser gestanden. Er war so groß wie Jack und hatte eine ziemlich ähnliche, unglaublich männliche Gestalt. Aber wo Jack dunkel war, besaß Hauptmann Cooper blondes Haar und seine Augen waren blau.

„Mein lieber Hauptmann Cooper", rief Daphne aus. „Was bringt Sie nach Kairo?"

Er kam weiter in den Raum. „Mein Regiment ist seit fast sechs Monaten in Fort Rached stationiert und einige der Männer, die mit mir dienen, hat das Verlangen ergriffen, die Pyramiden zu besichtigen."

Jack bot ihm einen Stuhl an, Daphne etwas zu essen. Das erste Angebot akzeptiere er, das zweite lehnte er ab.

„Dann werden Sie heute nach Gizeh reiten?", fragte Daphne.

Er schüttelte den Kopf. „Ich habe nicht den

Wunsch, diese Pyramiden zu sehen. Ich habe Ägypten verflixt satt, die Hitze und die dämlichen Kleider und diese lästigen Gebetsrufe. Ich kann es nicht erwarten, in unser gutes, altes England zurückzukehren."

„Sie sollten nicht schlecht über Ägypten sprechen, Hauptmann", sagte Daphne mit vor Heiterkeit funkelnden Augen. „Meine Schwester, Lady Rosemary, liebt alles Orientalische."

Da trafen seine Augen Rosemarys. „Dann werde ich meine Meinung wohl ändern müssen."

Ihr Herz flatterte. Das war nicht misszuverstehen. Er flirtete mit ihr. Es war in der Tat - sie hasste, das zugeben zu müssen - das erste Mal, dass er je mit ihr geflirtet hatte. Sie senkte bescheiden ihre Wimpern, während ein sanftes Lächeln um ihren Mund spielte.

„Hauptmann", sagte Jack, „ich möchte Sie gerne mit unserem Reisegenossen, Stanton Maxwell, bekannt machen, der Englands bekanntester Experte für Orientalistik ist."

Die beiden Männer grüßten einander steif. „Bitte, hören Sie nicht auf Dryden", sagte Mr. Maxwell. „Ich bin nur ein Schüler des Orients, der noch viel zu lernen hat."

Rosemary bewunderte Mr. Maxwells Bescheidenheit. Ihr war ohne Zweifel klar, dass Mr. Maxwell trotz seiner Jugend der bestinformierte Mann Englands bei allem Orientalischen war.

„Vielleicht haben Sie Mr. Maxwells Buch, *Reisen durch die Levante*, gelesen", sagte Daphne. Sie hätte nicht stolzer wirken können, wenn sie Mr. Maxwells in ihn vernarrte Mutter gewesen wäre.

Hauptmann Coopers Brauen kräuselten sich.

„Ich bin nicht recht sicher, wo die Levante liegt. Was für ein Glück für Sie alle, einen so gelehrten Mann in ihrer Gesellschaft zu haben." Er drehte seinen Kopf zum Eingang. „Warum zum Teufel sind da britische Soldaten in Zelten vor Ihrem Hotel?"

„Im europäischen Hotel gab es nicht genug Zimmer für sie", sagte Daphne.

Jack nickte. „Lady Daphne und ich wurden vom Regenten gebeten, etwas für ihn zu erledigen, und er bestand darauf, dass eine kleine Abteilung der Leibgarde uns begleite, um für unsere Sicherheit zu sorgen. Ich wage zu behaupten, dass diese Entscheidung getroffen wurde, um Lord Sidworths Angst um seine Töchter in einem fremden Land zu mindern."

Hauptmann Coopers Blick traf wieder auf Rosemarys. „Und ich nehme an - da sie alles Orientalische liebt - musste Lady Rosemary sich ihrer Reisegesellschaft anschließen?"

Sie lächelte ihn an. „Wie klug sie sind, Hauptmann." Obwohl sie ihn, tief in ihrem Herzen, nicht für sehr klug hielt. Wer wusste denn nicht, wo die Levante lag? Und wie konnte ein Engländer sich die Gelegenheit entgehen lassen, die Pyramiden mit eigenen Augen zu sehen? Hatte er den Verstand verloren?

Trotzdem, ebenso sein Verlangen, sie hier zu sehen wie auch seine prachtvolle Person ließen sie sich wie eine Prinzessin fühlen.

„Was also haben Sie vor, in Kairo zu unternehmen?", fragte Daphne ihn.

„Ich muss zugeben, dass ich von Ihrer Anwesenheit gehört hatte, und da sagte ich mir, beim Jupiter, du musst hinunterfahren - oder hinauf, was auch immer der Fall sein mag - nach

Kairo und hereinschauen, um Lady Rosemary Chalmers zu besuchen."

Er hat sich an mich erinnert! Um die Wahrheit zu sagen, Hauptmann Cooper hatte Rosemary nie besonders erkennen lassen, dass er sich mehr als nur minimal ihrer Existenz bewusst wäre, was verständlich war, wenn man seine übermäßige Beliebtheit bei allen jungen Mädchen im Almack's bedachte.

Und jetzt hatte sie freie Bahn! Nur daran zu denken, dass er mindestens fünf Tage lang den Nil heruntergekommen war, um sie zu sehen!

„Möchten Sie ein Zimmer hier in unserem Hotel nehmen?", fragte Jack.

„Beim Jupiter, ja."

„Wenn es keine freien Zimmer gibt", sagte Daphne, „nehme ich an, dass Sie sich das Zimmer mit Mr. Maxwell teilen könnten - wenn Ihnen das recht wäre, Mr. Maxwell?"

Mr. Maxwell stellte seine Kaffeetasse ab. „Durchaus", sagte er und nickte.

Rosemary war nicht in der Lage gewesen, ihren Blick von Hauptmann Coopers physischer Perfektion abzuwenden. „Dies ist eine wundervolle Überraschung, Hauptmann. Wir müssen Sie auf den Basar mitnehmen. Sie können Parfüm und Seidenstoffe und alles Mögliche einkaufen, um sie Ihrer Mutter und Ihren Schwestern mitzunehmen, für einen Bruchteil dessen, was sie in England kosten würden.

„Ich schätze, man wird einen Dolmetsch brauchen, um zu handeln", sagte der Hauptmann.

„Unser Dolmetscher ist gerade mit einem anderen Auftrag unterwegs", sagte Rosemary, „aber da Mr. Maxwell Arabisch spricht, kann er für uns mit den Ladenbesitzern verhandeln."

Hauptmann Cooper musterte Mr. Maxwell. „Sagen Sie, alter Junge, was haben Sie denn mit Ihrem Arm gemacht?"

Mr. Maxwell zuckte mit den Schultern. „Ein kleiner Schnitt."

„Es war alles andere als ein kleiner Schnitt!", protestierte Rosemary. „Ein Dolch hat ihm fast den Arm abgeschnitten.

„Mr. Maxwell erlitt seine beinahe tödlichen Verletzungen", sagte Daphne, „als er meine Schwester rettete, nachdem sie von ... weißen Sklavenhändlern entführt worden war."

Hauptmann Coopers Augenbrauen schossen in die Höhe, sein Mund blieb offen stehen. Mr. Maxwell prustete seinen Kaffee heraus. Jack schaute Daphne finster an.

Warum hatte Daphne dieses Märchen mit dem weißen Sklavenhandel erfunden? Rosemary nahm an, dass sie so die Wahrheit über ihre geheimen Ermittlungen vertuschen wollte. Aber warum Sklaverei? Niemand würde die Tochter eines Earls als Zofe wollen. Sie war träge, unordentlich und hatte nicht die geringste Ahnung, wie man es anstellen sollte, etwas zu putzen.

Jack hüstelte. „Meine Frau hat eine lebhafte Fantasie."

„Wurde Lady Rosemary entführt?"

„Oh, ja", antwortete Rosemary. „Die beiden Männer waren Bestien." Sie drehte sich zu Mr. Maxwell. „Mr. Maxwell musste den einen töten, als er mich rettete."

Hauptmann Cooper, dessen Mund noch offen gestanden hatte, fragte Mr. Maxwell: „Sie besitzen ein Schwert?"

Mr. Maxwell nickte. „Wenn man im Orient reist, muss man bewaffnet sein."

„Er hat auch eine Pistole", sagte Rosemary. „Damit hat er den gemeinen Kerl getötet, der mich entführt hatte."

Hauptmann Cooper wandte sich zu Jack. „Und wo waren Sie, Sir, während Maxwell Ihre Schwägerin rettete?"

„Ich war bei ihm - und kämpfte mit dem anderen Mann."

„Haben Sie ihn auch getötet?"

Jack runzelte die Stirn. „Nein. Tatsächlich konnte er fliehen."

„Es ist widerlich, wie wenig Respekt vor Frauen diese Araber haben", sagte Hauptmann Cooper und vermied es dabei, Daphne und Rosemary anzusehen.

„Leider war der Mann, der fliehen konnte, Brite. Ein Deserteur, der einmal unter mir gedient hat", sagte Jack.

Hauptmann Cooper runzelte die Stirn. „Ein Jammer, dass Sie ihn nicht getötet haben."

Wegen der Anwesenheit des Hauptmanns erlaubte Rosemary Mr. Maxwell, alleine zu essen - vorausgesetzt, dass er nur seine linke Hand benutzte. Das tat sie aus zwei Gründen. Einerseits wollte sie Mr. Maxwells Männlichkeit vor dem übermäßig männlichen Hauptmann nicht in Frage stellen. Andererseits wollte sie nicht, dass der unmäßig gutaussehende Hauptmann Cooper dachte, dass Mr. Maxwell ihre Zuneigung erworben hätte. Nichts könnte der Wahrheit ferner gelegen haben. Er war nur ihr Retter. Sicher aber nicht ihr Liebster.

Hauptmann Cooper räusperte sich. „Sagen Sie, wäre es nicht besser, wenn Sie nicht herumlaufen und den Leuten über Lady Rosemarys Berührung mit ... weißer Sklaverei erzählen?"

„Es ist ja nicht so, dass ich wirklich hätte
Böden putzen oder Röcke bügeln müssen."

Hauptmann Coopers Augen wurden schmal,
auf seinem Gesicht erschien ein fragender
Ausdruck. Mr. Maxwell hustete. Jack schaute
Daphne finster an.

„Wir hoffen, wir können uns auf Ihre
Verschwiegenheit verlassen, Hauptmann", sagte
Daphne.

Warum strahlte ihre Schwester so?

„Oh, ja, selbstverständlich."

* * *

Wie stolz Rosemary war, als sie am Arm von
Hauptmann Cooper durch den Basar spazierte.
Aller Augen folgten dem gutaussehenden Offizier
in seinem gut sitzenden roten Rock mit seinen
goldenen Knöpfen und Epauletten. Wie sie
wünschte, dass ihre Freundinnen zu Hause in
London sie mit dem meistbegehrten Mann der
letzten Saison sehen könnten!

Sie achtete darauf, dass Mr. Maxwell auf ihrer
anderen Seite ging, damit er für sie mit den
verschiedenen Ladenbesitzern sprechen konnte.
„Ich bin ziemlich gut beim Übersetzen", sagte er
zu ihnen, „aber ich muss sagen, dass ich kaum
etwas über den Wert dieser Waren weiß - oder
über das Handeln."

Sie seufzte. „Das war ein Gebiet, auf dem
Habeeb seinen Lohn wirklich verdiente."

„Hätte jemand etwas dagegen, wenn wir in den
Antiquitätenbasar gehen?", fragte Daphne, die,
zusammen mit ihrem Ehemann, hinter dem
Dreiergrüppchen herging, gefolgt von einem
halben Dutzend Leibgardisten.

„Ich wäre sehr daran interessiert, noch einmal
dorthin zu gehen", sagte Rosemary. Sie würde nie

müde werden, alte Papyrusrollen anzusehen oder bunt bemalte Sarkophage - oder hieß es Sarkophagi? „Sagen Sie, Mr. Maxwell, wie ist es richtig - Sarkophage oder Sarkophagi?" Sie musste erst noch eine Frage finden, die der Mann nicht beantworten konnte.

„Man hört wohl beides, aber ich glaube, die korrekte Form in der Mehrzahl ist Sarkophage."

„Was zum Teufel ist ein Sarkophag?", fragte Hauptmann Cooper.

„Ein recht ungewöhnliches Wort für einen recht ungewöhnlichen Sarg", antwortete sie.

„Sie dürften Hunderte in englischen Kirchen gesehen haben", erklärte Mr. Maxwell dem Hauptmann. „Jede steinerne Kiste in Sarggröße, auf der oben das Bildnis einer Person zu sehen ist, wird Sarkophag genannt. In Ägypten können Sarkophage sehr reich verziert sein."

„Wie lästig es ist, wenn die Wörter anders buchstabiert werden - wenn Worte wie fungus zu fungi werden", sagte Hauptmann Cooper. „Es ist lästig genug, dass man wünschen könnte, die Person, die sich diese Lächerlichkeiten hat einfallen lassen, zu erwürgen, nicht wahr?"

„Es kann sicher verwirrend sein", stimmte sie zu.

„Nicht so verwirrend, wenn man Mr. Maxwell an der Seite hat. Der Mann ist eine wandelnde Bibliothek."

Rosemary drehte sich zu ihrer hinter ihr folgenden Schwester um und nickte. „Das ist er wirklich."

„Nie von jemandem gehört, dass er eine wandelnde Bibliothek wäre", sagte Hauptmann Cooper. Dabei murmelte er in sich hinein: „Welcher Mann würde schon eine wandelnde

Bibliothek sein wollen?"

Rosemary gab ihm für diese unfreundliche Bemerkung einen Stoß mit ihrem Ellenbogen.

Auf dem Weg in den Antiquitätenbasar hielten sie am selben Stand an, wo Rosemary schon zuvor Parfüm gekauft hatte. Hauptmann Cooper war daran interessiert, zwei Fläschchen zu kaufen.

„Wenn Sie die Düfte mögen, die ich gekauft habe, kann ich Ihnen sagen, was wir dafür bezahlt haben. Ich fand, es war ausgesprochen günstig, aber das war nicht mein Verdienst. Die Verhandlungskünste unseres Dolmetschers haben das möglich gemacht", sagte Rosemary.

„Wenn Lady Rosemary für die Güte garantiert, weiß ich, dass meine Mutter hochzufrieden damit sein wird." Ihre Blicke trafen sich. Ihr Herz schlug schneller.

Es bedurfte der gemeinsamen Anstrengung von allen dreien, um den Handel mit dem Parfümverkäufer abzuschließen, aber am Ende ging Hauptmann Cooper glücklich mit zwei Fläschchen von Rosemarys Lieblingsparfüms fort.

Zehn Minuten später schlenderte die Gruppe die prachtvollste Straße des gesamten Basars entlang, ihr Ziel war der Laden mit den goldenen Säulen am Ende des Durchgangs. Ahmed Hasseins Geschäft.

Die zwei großen Wachmänner, die Fez trugen, standen auf den beiden Seiten des Eingangs, aber ihr Herr war nicht anwesend. Ein Helfer eilte herbei und begrüßte sie auf Französisch. Während er mit Jack und Daphne sprach, flüsterte Hauptmann Cooper Rosemary zu: „Noch ein Grund, warum ich die Ägypter hasse. Sie müssen diese grässlichen Franzmänner lieben, denn das ist die einzige andere Sprache, die sie zu sprechen bereit sind."

„Sie sprechen nicht Französisch, Hauptmann?", fragte sie.

Er schaute böse. „Nein, und das werde ich auch nie tun. Ich hasse die Franzosen noch mehr als die Ägypter."

„Ich hätte gedacht, ein Soldat, der das Empire überall auf der Welt vertreten soll, müsste toleranter sein, mein lieber Hauptmann", sagte Rosemary. Sie befürchtete, dass Mr. Hasseins Helfer die abfälligen Bemerkungen des Offiziers gehört haben könnte.

Wie alle Ägypter, die sie kennengelernt hatten, trug der Helfer einen Turban, fließende Gewänder und einen buschigen Vollbart. „Sie sind die Engländer, die Ahmed Hassein bereits früher besucht haben?", fragte er auf Französisch.

„Ja", antwortete Jack.

„Mein Dienstherr sagte, dass ich Ihnen sagen sollte, wenn Sie zurückkämen, dass es Neuigkeiten gibt, die er Ihnen mitteilen will. Wenn Sie am Morgen zurückkommen, wird er hier sein."

„Wir werden am Morgen wiederkommen", sagte Jack.

Der Rest der Gruppe sammelte sich um einen stark vergoldeten, länglichen Sarkophag, der einen uralten Mann mit kholgeschminkten Augen zeigte, dessen schwere, goldene Halskette anzeigte, dass er von hohem Rang war. Er hatte beim letzten Mal, als sie in diesem Geschäft waren, nicht hier gestanden. Rosemary wandte sich an den Angestellten. „Hat dieser hier einem Pharao gehört?"

„Allerdings, Madame", antwortete er auf Französisch.

„Welcher Pharao sollte das sein?", fragte Mr.

Maxwell.

Der Mann räusperte sich. „Es wird angenommen, dass dies der Sarg des Cheops ist."

„Das wäre wohl kaum möglich", antwortete Mr. Maxwell.

Sie wartete darauf, dass Mr. Maxwell es erklärte, aber er neigte nicht dazu, mit seinem umfangreichen Wissen zu prahlen.

Der Helfer zuckte die Achseln. „Ich kann mich irren. Mein Herr wird in der Lage sein, Ihnen ausführlichere Informationen zu verschaffen, aber leider ist er derzeit nicht anwesend."

„Aus welcher Zeit stammt er?", fragte sie.

„Ich glaube, er stammt aus dem Mittleren Königreich", sagte der Ladenhelfer.

Mr. Maxwell, der nicht gerne widersprach, schüttelte nur leicht verneinend seinen Kopf.

„Können Sie den Kerl fragen, was einer von diesen Dingern einen Mann kosten würde?", fragte Hauptmann Cooper.

Rosemary kannte niemanden, der sich nicht auf Französisch unterhalten konnte. Außer aus den niederen Schichten natürlich.

Jack fragte.

„Dies ist das seltenste und schönste Exemplar königlicher Sarkophage, das wir je erhalten haben, und der Wert ist nahezu unermesslich. Leider hat mein Dienstherr andere finanzielle Verpflichtungen, die ihn dazu zwingen, einen Käufer für diese Krone seines Besitzes zu finden. Da er auf einen schnellen Verkauf angewiesen ist, hat er zugestimmt, dieses unglaublich seltene Stück für nur zehntausend britische Guineen zu verkaufen."

„Unser Herrscher wäre begeistert, ihn in seiner Sammlung zu haben", sagte Daphne. „Wie schade, dass wir ihm diese Information derzeit nicht zukommen lassen können."

Da Ahmed Hassein als anrüchig bekannt war, ertappte Rosemary sich dabei, wie sie sich fragte, ob dies eine echte Antiquität wäre. Sie nahm an, Mr. Maxwell würde es wissen.

Nachdem sie den Laden verlassen hatten, fragte sie Mr. Maxwell, ob er die Echtheit des Sarkophags bestätigen könnte.

„Ich nehme an, dass er echt ist, aber ich bin kein Experte. Nur bei Parpyrii bin ich kompetent genug, um ein Urteil abzugeben."

Sie war ziemlich sicher, dass er nur bescheiden war. Selbst ein Antiquitätenhändler wie Ahmed Hassein hatte keine so großen Kenntnisse über seine Vorfahren wie der Gelehrte aus Cambridge.

Als sie in ihr Hotel zurückkamen, erhielten Jack und Daphne einen Brief. Es ging sie eigentlich nichts an, aber Rosemary wurde von Neugier zerfressen, wer ihn geschickt haben mochte.

Daphne schaute ihrem Mann beim Lesen über die Schulter. Er brauchte nur Sekunden, um ihn zu lesen, dann schaute er auf. „Lord Beddington hat angeboten, heute Abend seine Kutsche für uns zu schicken."

Rosemary war enttäuscht. „Was ist mit Hauptmann Cooper?"

„Lord Beddington wird es auf einen mehr nicht ankommen. Ich schicke ihm eine Nachricht, um ihm mitzuteilen, dass unsere Gruppe sich um eine Person vergrößert hat." Sie lächelte zu Hauptmann Cooper auf. „Seine Lordschaft ist seit vielen Jahren aus England fort und freut sich über die Gelegenheit, mit Engländern zu verkehren."

* * *

Während Jack Daphnes Perlen für das Abendessen befestigte, sagte er: „Du hättest das wirklich nicht zu Hauptmann Cooper sagen dürfen, dass Rosemary von Händlern weißer Sklaven entführt worden wäre."

Sie sah mit verständnislosem Gesichtsausdruck zu ihm auf. „Warum denn nicht?"

„So etwas könnte ihren Ruf ruinieren. Ich wollte dir in Gizeh nicht die Einzelheiten erklären, aber Händler weißer Sklaven handeln mit den Körpern der Frauen."

Daphnes Magen drehte sich um. „Gott sei Dank wurde sie gerettet!"

„Zunächst, meine listenreiche Frau, weißt du sehr wohl, dass sie nicht von Händlern weißer Sklaven entführt wurde."

„Oh, liebe Güte, das hätte ich fast vergessen."

Er sah sie streng an. „Du vergisst nie etwas, du hinterhältiges Frauenzimmer. Was für ein Spiel spielst du da?"

Sie seufzte. „Ich mochte Hauptmann Cooper nie, und nachdem ich nun einen ganzen Nachmittag mit dem Mann verbracht habe, bin ich mehr denn je überzeugt, dass er der Zuneigung meiner Schwester nicht würdig ist."

„Ich bin völlig deiner Meinung."

„Ich hätte nichts dagegen, wenn er dächte, dass Rosemary beschädigte Ware ist. Ich vertraue darauf, dass er als Gentleman niemals eine solche vertrauliche Mitteilung weitergeben würde."

„Ich glaube, du hattest andere Pläne bei diesem speziellen Trio in Vorbereitung."

„Du kennst mich zu gut." Sie seufzte wieder. „Ich gebe zu, dass ich hoffe, dass sie, je mehr Zeit sie mit dem Hauptmann verbringt, umso schneller einsieht, wie unpassend er ist."

„Und da ist noch etwas ..."

Sie nickte. „Ja, je mehr sie Gelegenheit hat, ihn mit Mr. Maxwell zu vergleichen, desto größer die Wahrscheinlichkeit, dass sie sehen wird, welcher Mann mehr wert ist."

Er drückte ihr einen Kuss aufs Haar. „Was, wenn Maxwell sich nicht für deine Schwester interessiert?"

Sie räusperte sich vielsagend. „Er war bereit, sein Leben für sie zu opfern! Das ist für mich durchaus ausreichend, um mich von seiner großen Zuneigung für sie zu überzeugen. Du hast auch versucht, dein Leben zu geben, um mich zu retten, in jener Nacht in Hampstead, nicht wahr?"

Er nickte. „Aber du warst meine Frau. Das macht ein Ehemann."

„Das ist wohl wahr."

Sekunden später sah sie zu ihm auf. „Hast du besondere Fragen, die wir heute Abend bei Lord Beddington zu klären versuchen sollten?"

„Zuerst müssen wir herausfinden, warum er uns so bald nach seiner Rückkehr nach Kairo zu sehen wünscht. Spürt er, dass unsere Ermittlungen ihm zu nahe kommen?" Er schüttelte bedauernd den Kopf. „Gott, ich wünschte, ich wüsste etwas. Irgendetwas! Wir haben nicht eine verdammte Information gefunden."

„Doch, du hast eine, mein Liebling. Du weißt, dass Gareth Williams in die Angelegenheit verwickelt ist. Du weißt, dass Gareth Williams Amal ermordet hat. Du weißt, dass ein Engländer dafür verantwortlich ist, dass Fürst Singh ... ziemlich sicher ermordet wurde."

„Das stimmt." Er bot ihr seinen Arm. „Ist meine Lady bereit für die wartende Kutsche?"

Kapitel 17

Wie Daphne erwartet hatte, erwies sich Lord Beddingtons Haus als Mischung aus Ost und West. Anders als viele Villen, die sie hier gesehen hatten, die um Innenhöfe herumgebaut waren, war diese viel eher im englischen Stil gestaltet, mit einem Flur, von dem aus alle Zimmer im Erdgeschoss zugänglich waren. Dieser Flur war mit einheimischen Fliesen ausgelegt. Ihre Schritte hallten auf dem Boden, als sie Lord Beddingtons sehr englischem Butler aus der vorderen Eingangshalle in den Salon seiner Lordschaft folgten.

Dieser Raum sah völlig anders aus als ein englischer Salon. Der frühere Botschafter war offensichtlich vom Pascha beeinflusst, denn hier war der Boden von dicken, seidenen Polstern in allen Farben bedeckt.

Als sie eintraten, stand Lord Beddington, im orientalischen Stil gekleidet, aus seiner sitzenden Haltung auf einem dieser Polster auf. Er ging direkt auf Rosemary zu und nahm ihre Hand. „Erlauben Sie mir zu sagen, wie glücklich ich bin, dass Sie uns zurückgegeben wurden, Lady Rosemary." Seine Augen betrachteten sie von oben bis unten. „Ich bin dankbar, dass Sie anscheinend keine bösen Folgen dieser Übeltat davongetragen haben."

„Ich bin dankbarer, als Sie sich vorstellen können", antwortete sie. „Ich werde Mr. Maxwell und Hauptmann Dryden ewig für meine

heldenhafte Rettung zu Dank verpflichtet sein."
Sie warf Mr. Maxwell, der seinen Arm in einer
Schlinge trug, einen Blick aus feuchten Augen zu.
„Mr. Maxwell hätte bei meiner Rettung tödlich
verletzt werden können."

Aller Blicke richteten sich auf Maxwell. „Das
war doch nichts", sagte der verlegene Gelehrte.

Rosemary richtete ihre Aufmerksamkeit wieder
auf ihren Gastgeber. „Und ich danke auch Ihnen,
Mylord, dass Sie so freundlich Ihre Hilfe bei der
Suche nach mir angeboten haben."

„Es gäbe nichts, was ich nicht getan hätte, um
Sie Ihrem lieben Vater wieder zurückzubringen",
sagte der Earl. „Auch wenn ich Lord Sidworth
viele Jahre nicht gesehen habe, zähle ich ihn zu
meinen liebsten Freunden." Er wandte sich zu
Jack. „Darf ich hoffen, dass die Schuldigen gefasst
wurden?"

Ein niedergeschlagener Ausdruck zeigte sich
auf Jacks Gesicht. „Der Ägypter, der Lady
Rosemary   entführte,   wurde   bei   der
Rettungsaktion getötet. Der andere Mann konnte
fliehen."

„Ein   weiterer   Ägypter?",   fragte   Lord
Beddington.

Obwohl Jack bisher dagegen gewesen war, über
Williams' Anwesenheit in Kairo zu sprechen, war
das nicht länger der Fall, seit sie einander so offen
gegenübergestanden hatten und seit Jack bei
Williams' Unterkunft gesehen worden sein
mochte. Die Person, in deren Diensten Williams
stand, würde jetzt alles darüber wissen.

War Lord Beddington dieser Mann? Daphne
hatte Schwierigkeiten, es zu glauben. Papa würde
keinen Freund haben, der aus Gier mordete.
Obwohl sie vermutete, dass wenige Schuljungen

tatsächlich Mörder waren. Und er und Vater waren in der Schule so gute Freunde geworden. Vielleicht war Lord Beddington später verdorben worden.

Aber sie glaubte das nicht wirklich.

Jack schaute noch immer finster. „Der zweite Mann, wie ich zu meiner Beschämung sagen muss, war einer unserer eigenen Landsleute, ein Deserteur, der in Spanien unter mir gedient hatte.

Lord Beddington runzelte die Stirn. „Ein verdammter Verräter also." Achselzuckend fuhr er fort: „Ich vermute, dass wohl seine niederen Instinkte die Oberhand bekamen, als er eine schöne englische Dame erblickte. Was für ein Glück, das sie gerettet wurde, bevor der Unmensch ... seine Absichten mit Lady Rosemary ausführen konnte."

Mr. Maxwell zuckte zusammen. Hauptmann Cooper starrte auf den Boden.

Daphne versuchte festzustellen, ob ihr Gastgeber wirklich glaubte, dass Rosemarys Entführung auf den niederen Instinkten eines einzelnen Briten beruhte, oder ob seine Lordschaft das einwarf, um Williams tatsächliches Motiv zu verschleiern - was etwas wäre, das der hinterhältige Drahtzieher dieser finsteren Vorkommnisse tun würde. Aber mit Sicherheit war dieser Mann nicht Lord Beddington.

Sie trat vor und bot ihrem Gastgeber die Hand; nachdem sie Begrüßungen ausgetauscht hatten, sagte sie: „Mylord, ich möchte Ihnen Hauptmann Cooper vorstellen, der für ein paar Tage in Kairo zu Gast ist."

Obwohl der Hauptmann in die ursprüngliche Einladung nicht eingeschlossen war, hätte Lord Beddington nicht freundlicher zu dem jungen

Offizier sein können, als er ihn nach seiner Stationierung und seinem Regiment befragte.

Nachdem alle Begrüßungen beendet waren, bot Lord Beddington Rosemary seinen Arm. „Sollen wir ins Speisezimmer gehen?"

Auf dem Weg zu diesem Raum kamen sie an einem kleineren Esszimmer vorbei, wo die Speisenden offensichtlich am Boden aßen.

Das große Speisezimmer, zu dem sie kamen, war hauptsächlich in englischem Stil eingerichtet, aber anstelle von Kristallkronleuchtern wurde es von hängenden Laternen erleuchtet, die wie etwas aussahen, das der Prinzregent gerne im Königlichen Pavillon gehabt hätte. Die hochlehnigen Stühle um einen langen Tisch herum waren gepolstert und mit reich gemustertem Damast überzogen, einer Mischung aus tiefroter und goldener Seide. Ein gestärktes weißes Baumwolltuch bedeckte den Tisch, der schon mit einer großen Auswahl an Speisen auf silbernen Schüsseln und Platten gedeckt war. Europäischen Speisen.

Obwohl Daphne stolz auf ihre Fähigkeit war, sich verschiedenen Kulturen anzupassen, musste sie zugeben, dass sie europäisches Essen bevorzugte. Wie hatte sie diese Gerichte in den letzten Tagen vermisst! Da war eine Terrine mit Suppe, Fleischpasteten, Hammelkeule, Fisch in einer Buttersauce und eine Auswahl farbenfroher Gemüse.

„Ich hoffe, es macht Ihnen nichts aus, dass die Mahlzeit nicht ausschließlich aus englischen Gerichten besteht", sagte Lord Beddington. „Mein Koch ist schließlich Franzose und ich dachte, seine feinen Kreationen würden dieser Gesellschaft durchaus willkommen sein."

„Allerdings", sagte Daphne und schenkte ihrem Gastgeber ein Lächeln.

Sie machten sich alle daran, Platten und Schüsseln herumzureichen und ihre Teller zu füllen, während ein Paar Diener, die nach türkischer Mode gekleidet waren, allen Wein eingossen.

Sie schaute über den Tisch, als der eine Diener Wein in Jacks Glas goss und erkannte in ihm Habeeb. Wie findig der Dolmetscher war! Er sah auf, begegnete Daphnes Blick und zwinkerte, bevor er sich zum nächsten Gast bewegte.

Sie überlegte, wie Jack oder sie es anstellen könnten, einen Moment mit ihm verbringen zu können. Ob er schon etwas erfahren hatte? Wegen des beinahe übermütigen Ausdrucks auf seinem Gesicht hatte sie Hoffnung, dass er tatsächlich etwas herausgefunden hatte.

Unter dem Tisch gab sie Jack einen Tritt. Er funkelte sie mit hochgezogenen Brauen an. Sie neigte ihren Kopf leicht in Habeebs Richtung.

Aber statt Habeeb anzusehen, flog Jacks Blick zu Mr. Maxwell, dessen Glas Habeeb gerade füllte. Jacks Blick wanderte zu ihr zurück, auf seinem Gesicht war ein verwirrter Ausdruck.

Sie machte mit dem Kopf einen Ruck nach oben, in der Hoffnung, dass er über Mr. Maxwells Kopf schauen würde.

Jack wollte von seinem Stuhl aufspringen. „Daphne, geht es dir nicht gut?" Sorge ließ seine Stimme schwanken.

Jetzt funkelte sie ihn an. „Mir. Geht. Es. Bestens."

Er seufzte und setzte sich wieder hin.

Wie konnte sie ihn dazu veranlassen, Habeeb anzusehen? Gewöhnlich achtete man nicht auf

Diener. Wie schade.

Glücklicherweise war Lord Beddington - ebenso wie Rosemary - von dem, was Mr. Maxwell erklärte, fasziniert - was immer es auch sein mochte. Sie holte Atem und sagte leise zu ihrem Mann: „Ich hatte gehofft, du könntest dich mit dem Mann in Verbindung setzen, von dem ich sagte, dass er viele Frauen hätte." Sie betete, dass er nicht mit Habeebs Namen herausplatzen würde. „Er ist so etwas wie Jonathan bei Papa." Würde Jack sich daran erinnern, dass Jonathan der Diener war, der am längsten bei ihren Eltern arbeitete?

Der verwirrte Blick auf Jacks Gesicht hellte sich bald auf, sein Blick huschte zu den Dienern und ein Lächeln des Erkennens hob seine Mundwinkel. „Ich werde alles für Mylady tun."

Zuversichtlich, dass Jack es schaffen würde, wandte Daphne ihre Aufmerksamkeit dem köstlichen Essen zu. Sie zeigte große Beherrschung, um nicht bei jedem Bissen in laute Bewunderungsrufe auszubrechen. „Mylord, ich glaube nicht, dass ich jemals - nicht einmal beim Regenten - bessere Speisen gekostet habe als diese. Die französische Sauce ist himmlisch."

„So stolz ich auf meinen Koch bin, Mylady", sagte Lord Beddington, „kann ich jedoch nicht umhin zu denken, dass Ihr Lob durch den Vergleich zu dem einfachen, ägyptischen Essen motiviert wird."

Sie lachten alle.

„Mein Koch wird überaus erfreut sein, wenn er hört, dass Sie seine Kochkunst dem, was sie beim Regenten genossen haben, überlegen finden, denn der lukullische Zug des Prinzregenten ist allgemein bekannt."

„Ich glaubte nicht, dass irgendwelches Essen mit dem seinen vergleichbar sein könnte", sagte Jack. „Bis heute Abend."

„Sagen Sie, Mylord", sagte Hauptmann Cooper, „warum tragen Sie einen Turban und kleiden sich im orientalischen Stil?"

„Als ich britischer Botschafter beim Osmanischen Reich war, begann ich, mich bei besonderen Gelegenheiten so zu kleiden - um meinen Respekt für die dortigen Sitten und Gewohnheiten zu zeigen. Ich finde, ein Botschafter muss, während er sein eigenes Land repräsentiert, auch als Brücke zwischen den beiden Ländern dienen."

„Aber Sie sind kein Botschafter mehr", sagte Hauptmann Cooper.

Tödliche Stille legte sich über die Tafel. Daphne wand sich innerlich. Sie betete, dass Rosemary diesen Mann nicht heiraten würde.

„Stimmt", sagte seine Lordschaft mit einem fröhlichen Lächeln. „Ich habe - sehr zur Bestürzung meiner Frau - festgestellt, dass ich alles Orientalische sehr liebe."

Rosemary nickte. „So wie auch ich."

„Lieben Sie auch die Hitze des Sommers?", fragte Hauptmann Cooper ihren Gastgeber.

„Da haben Sie mich erwischt", antwortete Lord Beddington. „Die Hitze mag ich nicht, wenn sie so drückend ist wie jetzt. Trotzdem, stünde ich vor der Wahl, im trüben, nassen England oder in der arabischen Wüste zu leben, würde ich ohne zu zögern die Wüste wählen."

Mr. Maxwell zuckte mit den Schultern. „Mir geht es genauso, aber ich habe Verpflichtungen in Cambridge."

Jack musterte den Gelehrten. „Sie haben

Glück, dass Ihre Berufung die Gelegenheit gibt, sowohl den Osten wie den Westen zu genießen."

„Ich ziehe das Land, in dem ich geboren wurde, bei weitem vor", sagte Hauptmann Cooper, „aber mein Beruf hält mich von meinem Heimatland fern."

Daphne konnte ihre Zunge nicht unter Kontrolle halten. „Dann sollten Sie vielleicht einen anderen Beruf wählen, Hauptmann." Sie hätte darauf wetten mögen, dass er sich für die Offizierslaufbahn entschieden hatte, da er die Art männlicher Gestalt besaß, die eine Uniform so prachtvoll ausfüllte. Eitle Kreatur.

„Kann in Kriegszeiten nicht den Abschied nehmen. Gehört sich nicht."

„Dem stimme ich zu", sagte Jack.

Irgendwie hatte Hauptmann Cooper es geschafft, neben Rosemary zu sitzen und er machte großes Aufhebens mit seiner Besorgnis um sie. Rosemary selbst - sehr zu Daphnes Bestürzung - sonnte sich glücklich in seiner Aufmerksamkeit und strahlte von innen heraus wie eine Votivkerze in einer dunklen Kirche.

An Rosemarys anderer Seite befand sich Mr. Maxwell, dem sie half, sein Lammfleisch zu zerschneiden. Bevor sie ihr Hotel verließen, hatte er ihr das Versprechen abgenommen, dass sie davon absehen würde, ihn regelrecht zu füttern. Er und ihr Gastgeber vertieften sich in eine Unterhaltung über ihre arabischen Reisen.

Daphne ertappte sich dabei, wie sie Lord Beddingtons Verhalten analysierte. Es machte nicht den Anschein, dass er sie eingeladen hatte, um sie über ihre Aktivitäten in Kairo auszufragen. Seine Fragen über Rosemarys Entführung waren nur solche, die jeder Neugierige gestellt hätte. Nicht danach zu fragen, wäre ausgesprochen merkwürdig gewesen. Es hätte sogar auf mögliche Schuld deuten können.

Je länger sie dort saß - und sich an Fleischpasteten und dem einheimischen Fisch in der besonderen Buttersauce des Kochs delektierte - desto überzeugte war sie von der Unschuld seiner Lordschaft. Wäre er der Schuldige, würde er nicht die Unterhaltung auf Fragen über den Grund ihrer Anwesenheit in Kairo gelenkt haben? Sie würde mit Jack über all ihre Gründe, warum sie Lord Beddington für unschuldig hielt, sprechen müssen.

Obwohl sie sich nicht daran erinnern konnte, dass Jack und sie während ihrer Ermittlungen je verschiedener Meinung gewesen wären.

* * *

Nachdem die Männer ihren Portwein genossen hatten, entschuldigte sich Jack. Seine Nase führte ihn problemlos zur Küche, wo er darum bat, mit dem Diener über den Wein sprechen zu dürfen, der serviert worden war. Einen Moment später erschien Habeeb.

„Sprichst du Englisch?", fragte er wegen der Anwesenden.

„Allerdings."

„Sehr gut, alter Junge." Jack legte einen Arm um seine Schultern und ging mit ihm aus der Küche. „Es gibt ein paar Fragen, die ich dir gerne über den Wein stellen wollte."

Als sie an einer schwach beleuchteten Stelle des Flurs angekommen waren, steckten die beiden Männer ihre Köpfe zusammen.

„Hast du etwas Interessantes herausbekommen?", fragte Jack.

Habeeb nickte. „Ich wollte am Morgen zu Ihnen

kommen - nachdem ich aus der Stellung hier verschwunden wäre. Ich habe erfahren, dass der englische Lord seit ein paar Wochen nach der Zeit Ihres Weihnachtsfests in Theben war und erst vor drei Tagen nach Gizeh gekommen ist."

„Weißt du, ob seine Lordschaft in Verbindung mit einem anderen Engländer steht? Einem Waliser?"

„Ich habe gefragt, ob sie, während sie in Gizeh waren, Besuch von einem anderen Engländer hatten und man sagte mir, dass er nur Ihre Gesellschaft gesehen hat."

„Wusste jemand etwas über einen Streich, der in der Großen Pyramide vorbereitet worden war?"

Habeeb schüttelte den Kopf.

„Eine letzte Frage. Hat einer der Diener etwas gehört, dass Lord Beddington finanzielle Probleme haben könnte?"

„Nein. Alle sagen, er sei ein sehr reicher Mann."

Jack dankte ihm und begab sich zu den anderen zurück, darauf bedacht, seiner Frau zu erzählen, was er gehört hatte.

* * *

Zwei Stunden später waren sie in ihrem Schlafzimmer, des größten Teils ihrer Kleidung ledig, und saßen an das Kopfteil des Betts gelehnt. Er konnte seiner Frau alles mitteilen, was Habeeb ihm gesagt hatte.

„Ich wusste einfach, dass Lord Beddington nicht schlecht ist", sagte sie triumphierend.

Er ließ die Schultern hängen. „Damit sind wir wieder da, wo wir waren, als er auftauchte. Wir wissen nichts."

„Ich denke, morgen wäre ein privater Besuch bei Mr. Briggs angebracht."

Jack beugte sich zu ihr, strich die goldenen

Locken aus ihrem Gesicht und drückte seine Lippen auf ihre. „Ein sehr guter Plan, meine Liebe. Und jetzt habe ich einen anderen, sehr angenehmen Plan ..."

* * *

Mitten in der Nacht wachte Daphne auf. Sie setzte sich mit klopfendem Herzen im Bett auf. Was hatte sie so plötzlich geweckt? Dann fühlte sie etwas Seltsames. Als ob etwas auf ihren Beinen kröche. Oder auf dem Laken, das ihre Beine bedeckte.

Das Mondlicht reichte gerade aus, dass sie es sehen konnte. Der Anblick war genug, um ihr Herz stehenbleiben zu lassen. Sie warf die Laken zurück, als stünden sie in Flammen. Ein schriller, außerirdischer Schrei entrang sich ihrer Kehle. Ihre Brust fühlte sich an, als würde sie explodieren.

Jack fuhr hoch. „Daphne! Was ist los?"

„Eine Schlange! Eine riesige Schlange kroch auf unserem Bett."

Kapitel 18

„Lieber Gott!"

Er sprang aus dem Bett und holte sein Schwert.

Wenn die Schlange giftig war, hätte sie Daphne töten können. „Raus hier, schnell! Ich werde das verdammte Ding töten."

Sie stand am Kopfende des Bettes auf der Matratze und wimmerte. „Ich fürchte mich zu sehr."

Er bewegte sich auf das Bett zu. Gott sei Dank war Vollmond. Er sah eine Bewegung. „Sie ist jetzt auf dem Fußboden - am Fußende des Betts. Bleib, wo du bist."

„I-i-ich werde mich nicht rühren."

Jack war stolz auf seine Tapferkeit, aber er musste zugeben, dass es furchterregender war, eine Giftschlange anzustarren als sich Kanonenfeuer gegenüber zu sehen. Er erinnerte sich noch aus seinen Tagen in Indien an die todbringenden Kobras. Ein Untergebener in seinem Lager war von einer getötet worden. Während er schlief.

Ein Schauer der Furcht rann Jack den Rücken hinab.

Er wünschte bei Gott, er hätte seine Stiefel an.

Plötzlich hob die Viper ihren Kopf, ihre Halskrause breitete sich aus und glänzte im Mondlicht. Jack hätte schwören mögen, dass das verdammte Ding ihn beobachtete.

Mit laut pochendem Herzen machte Jack einen

Satz auf die Kobra zu und schwang sein Schwert mit aller Kraft nach der Schlange, bevor er sich schnell wieder zurückzog.

Geschafft! Es war ihm gelungen, den Kopf vom Rest des Körpers zu trennen. Aus mehreren Fuß Entfernung schaute Jack zu, wie der blasse, zusammengerollte Körper einige Sekunden lang zuckte, bevor die Bewegungen langsamer wurden und sie schließlich starb.

Jack näherte sich Daphne. „Sie ist tot."

Sie fiel ihm entgegen und brach hysterisch weinend in seinen Armen zusammen. „Ich w-w-will nach Hause. Ich ka-ka-kann nicht an einem Ort schlafen, wo fiese Vipern auf schlafende Menschen kriechen."

Er streichelte ihren Rücken und murmelte ihr ins Ohr. „Schlangen klettern nicht in den zweiten Stock."

Sie löste sich von ihm und zog die Brauen zusammen. „Was sagst du da?"

„Jemand hat diese Schlange in unser Zimmer gebracht, vermutlich, während wir bei Lord Beddington aßen."

„Sieh mal, Jack, du kannst den Freund meines Vaters nicht einer solchen Schlechtigkeit verdächtigen."

„Das tue ich nicht. Die Wahrheit ist, dass ich nicht weiß, wer unseren Tod wünscht."

„Warum haben wir die Schlange nicht gesehen, als wir zurückkamen und eine Kerze hier angezündet haben?"

Er zuckte mit den Schultern. „Ich vermute, dass die Schlange unters Bett gelegt worden war. Ich habe einiges über Schlangen gelernt, als ich in Indien lebte. Sie sind nicht aggressiv. Sie ist vermutlich lieber in ihrem Versteck geblieben, solange unsere Kerze brannte. Erst, als es still im Zimmer wurde, hat sie begonnen, das Zimmer zu erkunden."

Sie zitterte. „Eine Kobra? Sind sie nicht schrecklich giftig?"

„Ja."

„Weißt du, Liebster, es ist nicht undenkbar, dass jemand die Schlange hereingebracht hat, nachdem wir eingeschlafen sind."

„Aber unsere Tür war verschlossen." Sobald er sprach, nickte er ihr verstehend zu. „Wir lassen unser Fenster offen, und jemand könnte die Tat mit einer Leiter begangen haben."

„Aber eine Leiter durch die Stadt zu schleppen - diese Vorstellung macht diese Möglichkeit wenig glaubhaft."

Er nickte. „Das Erste, was wir am Morgen tun, wird sein zu fragen, wer gestern Abend im Hotel war, ob sie jemanden gesehen haben, der nicht hierher gehört, fragen, ob jemand in der Nähe unseres Zimmers gesehen wurde. Und ... wir werden sehen, ob jemand bemerkt wurde, der eine Leiter trug." Er seufzte. „Ich hätte dich nicht nach Ägypten mitnehmen dürfen."

„Du weißt sehr gut, dass ich dich nicht ohne mich hätte reisen lassen."

„Ich hatte ehrlich nicht angenommen, dass dein Leben in Gefahr geraten könnte."

„Unsere Leben, Liebster."

Er zog sie an sich und hielt sie lange Zeit fest.

* * *

Am nächsten Morgen brachen sie recht spät auf, um Mr. Briggs zu besuchen. Jack hatte gleich nach dem Ankleiden einen Gang um die Außenmauer des Hotels gemacht und unter ihrem Fenster angehalten, um mit gesenktem Kopf die

Erde zu mustern. Er suchte nach Anzeichen dafür, dass jemand dort gewesen sein könnte, nachdem die Stadt schlafen gegangen war. Aber der Schmutz war unberührt. Da selbst seine Stiefel Abdrücke hinterließen, war er sicher, dass die Person, die ihm den Tod wünschte, von innen gekommen war, während sie bei Lord Beddington speisten.

Als Daphne zum Frühstück nach unten kam, befragten sie die anderen Gäste. Alle drei: zwei deutsche Universitätsstudenten und einen Dänen mittleren Alters. Sie unterhielten sich auf Französisch. Niemand hatte in der vorigen Nacht jemanden gesehen, der nicht hierher gehörte. Niemand hatte jemanden in der Nähe von Jacks und Daphnes Zimmer gesehen. Niemand hatte jemanden mit einer Leiter gesehen. Die drei anderen Gäste sagten alle, sie hätten sich nach dem Abendessen in ihre Zimmer zurückgezogen und wären nicht mehr ausgegangen.

Als nur noch sie drei im Frühstückszimmer waren, hob Rosemary ihre Brauen und sprach sie an. „Warum stellt ihr alle diese Fragen?"

Da Hauptmann Cooper noch nicht heruntergekommen war, konnte Daphne offen sprechen. „Wir glauben, dass jemand versucht hat, uns zu töten."

Rosemary schnappte nach Luft. „Wie?"

„Indem er eine Kobra in unser Schlafzimmer brachte."

In diesem Moment schlenderte Maxwell in den Frühstücksraum. „Was ist mit einer Kobra?"

Rosemary wirbelte zu ihm herum. „Meine Schwester sagt, dass jemand letzte Nacht, als sie schliefen, eine Kobra in ihre Zimmer gebracht hätte." Ein übertriebenes Erschauern ließ ihren

Oberkörper sich zusammenziehen.

Maxwell zuckte zusammen.

Rosemary schaute zu Daphne. „Es ist ein echtes Wunder, dass ihr sie entdeckt habt, bevor sie euch tötete. Wie habt ihr sie entdeckt?"

„Ich hatte vielleicht drei Stunden geschlafen, als ich aufwachte und spürte, dass etwas an mir heraufkroch."

Rosemary kreischte auf und griff sich ans Herz. „Heiliger Gott, du hättest getötet werden können!"

Jack legte einen Arm um seine Frau. „Ja, das wissen wir."

Daphne sah liebevoll zu ihrem Mann auf. „Gott sei Dank hing Jacks Schwert in der Nähe! Er hat es geschafft, dem widerlichen Ding den Kopf abzuhauen."

Rosemary krümmte sich immer noch.

Maxwells Stimme wurde sanft, als er zu ihr sprach. „Sehen Sie es positiv, Lady Rosemary. Sie waren diesmal nicht das auserwählte Opfer."

Rosemary schaute mit glänzenden Augen zu ihm auf. „Gott sei Dank! Ich wäre vor Angst gestorben."

Daphne seufzte und begegnete Maxwells Blick. „Ich mache mir noch immer große Sorgen um sie. Ich möchte, dass sie heute Nacht in unserem Zimmer schläft."

Rosemary, deren Stirn noch immer gerunzelt war, schenkte ihrer Schwester ein schwaches Lächeln. „Es wird keine weitere Überredung brauchen. Ich werde kommen!"

„Ich bin sehr erleichtert, das zu hören", sagte Maxwell.

„Wo ist dein Hauptmann Cooper?", fragte Jack seine Schwägerin.

Bei der Erwähnung Hauptmann Coopers wurde

Maxwells Gesicht ausdruckslos. Verdammt schlechter Stil, wie Jack über den verflixten Hauptmann gesprochen hatte.

„Ich glaube, er sagte etwas darüber, dass er seiner natürlichen Neigung, lange zu schlafen, nachgeben wollte", antwortete sie.

„Was möchtest du heute Morgen tun, während wir zum Konsulat gehen?", fragte Daphne.

„Mr. Maxwell hat angeboten, uns eine Runde durch Kairo zu führen", sagte Rosemary. „Ich dachte, wir könnten euch später im Basar treffen. Ich bin begierig zu erfahren, was Mr. Hassein euch zu sagen hat."

Jack nickte und senkte seine Stimme. „Solange du unsere Ermittlungen vor Hauptmann Cooper geheim hältst."

Rosemary und Mr. Maxwell nickten gleichzeitig.

Als Jack und Daphne ihr Hotel in Richtung Altstadt verließen, wechselten sie einen kurzen Gruß mit Hauptmann Cooper, der mit gegen die Wand knallendem Schwert die Treppe herunterkam.

Obwohl es erst neun Uhr morgens war, konnte man die Hitze kaum ertragen, und bei jedem ihrer Schritte wirbelte Staub auf. Kurze Zeit, nachdem Jack und Daphne losgegangen waren, sagte Jack: „Schade, dass wir kein Pferd haben, auf dem wir in die Stadt reiten könnten."

„Ganz gewiss ist das nicht schade. Gehen ist unglaublich gut für uns."

„Das mag in England der Fall sein, aber hier ist es zu verdammt heiß, um herumzulaufen." Er scheuchte die Fliegen von seinem Gesicht.

Sie seufzte. „Es ist ziemlich entmutigend, wenn man sich klar wird, dass dies der kühlste Teil des Tages ist, nicht wahr?"

Er stimmte zu.

„Ich schätze, später am Tag werden ich mir ein Pferd wünschen."

Inzwischen kannten sie sich gut genug aus, um das Konsulat in dem Labyrinth der Gassen des alten Kairos zu finden. Fünfzehn Minuten, nachdem sie ihre Unterkunft verlassen hatten, wurden sie in Mr. Briggs Büro geführt. Im Gebäude war es mehrere Grad kühler als draußen.

Der Konsul stand zu ihrer Begrüßung auf. „Widerliche Sache mit Ihrer Schwester, Lady Daphne. Widerlich." Er küsste die Hand, die sie ihm hinhielt und bat beide, sich vor seinen Schreibtisch zu setzen.

„Ist Ihnen bekannt", fragte Jack, „dass ein britischer Untertan - vermutlich ein Verräter - bei der Entführung meiner Schwägerin eine Rolle spielte?"

Der Konsul riss die Augen auf. „Wer?"

„Ein Waliser namens Gareth Williams. Je von ihm gehört?", fragte Jack.

„Könnte ich nicht sagen."

„Wegen seines fragwürdigen Hintergrunds ist es möglich, dass er einen anderen Namen verwendet", sagte Jack. „Der Mann - ich kann ihn nicht mit gutem Gewissen einen Soldaten nennen - hat in Spanien unter mir gedient. Er ist vor Badajoz desertiert."

„Hört sich nach einem überaus unangenehmen Kerl an."

Sie hatten beschlossen, nicht zu verraten, dass er Amals Mörder war. Nicht jetzt. Gerechtigkeit für den Mord an ihr konnte warten, bis der Mörder oder die Mörder gefasst worden waren.

„Wenn man über äußerst unangenehme Leute

redet", sagte Daphne, „können Sie bestätigen, dass Ahmed Hasseins Ruf anrüchig ist?"

Der Konsul schürzte nachdenklich seine Lippen. „Das ist schwer zu beantworten, da es verschiedene Ebenen der Korruption gibt. Ich glaube, dass es Zeiten gegeben hat, als Mr. Hassein zugelassen hat, dass Fälschungen als echte Antiquitäten ausgegeben wurden. Das heißt nicht, dass er nicht verdammt schöne Sachen verkauft. Einige sehr wertvolle Stücke. Es sind die kleineren Dinge wie Amulette oder Papyrus, bei denen er unehrlich sein könnte."

„Ich würde jedoch sagen, dass ich nie etwas anderes gehört habe, das einen Schatten auf seinen Ruf werfen könnte. Er gilt als gerechter und gütiger Herr seiner Diener. In den Jahren, seit ich hier bin, habe ich nichts Nachteiliges über ihn gehört."

Daphne war äußerst verwirrt. Das war eine völlig andere Geschichte, als die, die Mr. Arbuthnot ihnen erzählt hatte. Welcher der Männer log? Wie verlässlich waren die Informationen dieses Mannes?

„Um das Thema zu wechseln", sagte der Konsul mit einem Lächeln, „ich habe gehört, dass Sie das Vergnügen hatten, Lord Beddington kennenzulernen."

„Ja, allerdings", sagte Jack.

„Er und mein Papa waren Schuldfreunde."

„Ein feiner Gentleman, das." Er lehnte sich in seinem Stuhl zurück, als ob der Gedanke an seinen reichen, titelgeschmückten Freund ihn an einen himmlischen Platz versetzte. „Sie hatten, wenn meine Informationen korrekt sind, gestern Abend die Ehre, bei ihm zu speisen, nicht wahr?"

Jack setzte sich kerzengerade auf. „Woher

wissen Sie das?"

„Sein Beauftragter kam in unser Büro, um Ihre Adresse zu erfragen."

Also hatten sowohl Mr. Arbuthnot als auch Mr. Briggs als auch andere hier im Konsulat gestern gewusst, dass sie am Abend nicht in ihrem Hotel sein würden.

War einer von ihnen für das Eindringen der Kobra in ihrem Schlafzimmer verantwortlich?

* * *

Trotz all der schrecklichen Dinge, die geschehen waren, seit sie in Ägypten angekommen war, hatte Rosemary noch nie etwas so sehr genossen. So viele neue und aufregende Erfahrungen! Seit dem ersten Morgen, an dem sie den Nil hinaufgesegelt waren, bis zu dem Tag, als sie auf ein Dromedar geklettert war, um durch eine Wüste zu reiten, die seit biblischen Zeiten unverändert war, ließ jede neue Erfahrung sie sich lebendiger fühlen als sie sich je gefühlt hatte. Sie würde nie den Klang des hallenden, lyrischen Gebetsrufs des Muezzins vergessen, auch wenn sie kein Wort Arabisch verstand.

Sie gewöhnte sich sogar daran. Sie dachte, dass sie eher wie Mr. Maxwell und Lord Beddington war, die gelernt hatten, die Hitze - sogar die drückende Hitze wie an diesem Tag - Englands häufig grauen, regnerischen Tagen vorzuziehen.

Während sie mit ihren beiden liebsten Gentlemen durch die engen Straßen der Altstadt schlenderte, ertappte sie sich wieder bei dem Wunsch, dass all die Debütantinnen in London sie jetzt sehen könnten. Wie neidisch würden sie sein, dass sie es war, die die Zuneigung des Hauptmanns errungen hatte. Denn jetzt hatte sie keinen Zweifel mehr daran, dass er sie mit Aufmerksamkeiten überschüttete.

Jedoch war da die Tatsache, dass sie die einzige unverheiratete englische Dame in ganz Ägypten war. Er hatte wenig Auswahl. Obwohl ihre vernünftige Seite ihr sagte, dass er hier in diesem exotischen Land jedem englischen Mädchen gegenüber ebenso aufmerksam gewesen wäre, sagte ihre romantische Seite jedoch, dass er jetzt endlich die Freiheit hatte, ihr seine lange gehegte Zuneigung für sie zu eröffnen. In London hatte er gewusst - so versuchte sie sich einzureden - dass er in ferne Länder gehen würde. Es wäre nicht richtig gewesen, die Zuneigung einer jungen Dame zu ermutigen, nur, um sie dann für beträchtliche Zeit zu verlassen.

Aber so lange von seinem Heimatland fort zu sein, hatte mit Sicherheit Hauptmann Coopers Verlangen verstärkt, sich ... vielleicht mit ihr zu verbinden? Ihr Herz flatterte. Würde er um ihre Hand anhalten? Das hatte sie sich die letzten eineinhalb Jahre sehnlichst gewünscht.

Sie schaute vorsichtig zu seinem markanten Profil auf. Wie gut er aussah! Wie befreiend es war, in Kairo zu sein! In London würde man ihr nie erlauben, ohne Anstandsdame mit zwei Gentlemen, von denen keiner ein Verwandter oder Anstandshüter war, durch die Straßen zu gehen.

Sie scheuchte eine Fliege aus ihrem Gesicht. Fliegen und Schlangen waren definitiv zwei Dinge, die sie an Ägypten nicht vermissen würde. Konnte man sich je an diese scheußlichen Plagen gewöhnen? „Sagen Sie mir, Mr. Maxwell, haben Sie gelernt, die Fliegen ebenso zu ertragen, wie sie gelernt haben, die Hitze auszuhalten?"

Er schüttelte den Kopf, während er lachend

Fliegen von seinem Mund wischte. „Ich glaube, nicht einmal die Einheimischen gewöhnen sich an sie."

„Nur noch eines mehr, was ich an diesem Land hasse", sagte der Hauptmann und lächelte sie dann an, um gleich ihre Hand zu tätscheln, die auf dem Arm ruhte, den er ihr geboten hatte; seine Stimme wurde weich. „Aber wenn die liebliche Lady Rosemary diesen verlassen Ort liebt, werde ich mir Mühe geben, mich nicht darüber zu beklagen."

Ihre Aufmerksamkeit wurde von einer Flötenmelodie gefangen genommen, die die Straße herunterdrang. Sie wandte sich zu dem Gebäude, aus dem sie kam und konnte drei Tanzmädchen sehen. Sie ging langsamer, während sie ihnen zuschaute, und die Gentlemen an ihren Seiten verlangsamten ebenfalls ihre Schritte. Rosemary war von den Frauen wie verzaubert (genauso wie die völlig stummen, unverblümt starrenden Männer um die Mädchen herum - und die Reihe von Soldaten, die ihr überallhin folgte).

Die Tanzmädchen waren sehr schön. Ihre Bewegungen, als sie sich zu der Musik hin und her bogen, waren anders als alles, was sie je gesehen hatte, und ihre Kleider waren eher europäisch als orientalisch. Der Halsausschnitt zog sich V-förmig bis zu der enthüllten Schlucht zwischen ihren Brüsten - viel größere Brüste, als Rosemary hatte.

Keine der Tänzerinnen war älter als fünfundzwanzig, und alle hatten rabenschwarzes Haar, das mit vergoldetem Kopfputz geschmückt war. In diesem Teil der Welt war das Haar einer Frau ein seltener Anblick.

Als sie und ihre Begleiter stehenblieben und

zuschauten, sagte sie leise: „Sie sind wunderschön."

„Das sind sie wirklich", stimmte Hauptmann Cooper zu, „aber ich schätze, Sie sollten nicht hier sein, Mylady. Das ist nicht die Art von Frau, der sie so nahekommen sollten." Er bot ihr seinen Arm und begann, sich zu entfernen.

„Warum hat dann meine Schwester so darauf bestanden, dass Mr. Maxwell eine davon kennenlernen sollte?" Sobald sie die Worte ausgesprochen hatte, wurde ihr klar, was Daphne versucht haben musste, Mr. Maxwell zu vermitteln. Und sie spürte, wie die Röte ihr in die Wangen stieg.

Hauptmann Cooper hüstelte.

Sie sah zu Mr. Maxwell. Er zuckte mit den Schultern. „Ich sagte Ihrer Schwester doch, dass ich nicht tanze."

Hauptmann Cooper hüstelte wieder.

„Seien Sie doch so freundlich, Mr. Maxwell", sagte sie, „uns zu Mr. Hasseins Geschäft im Basar zu führen. Meinen Sie nicht, dass Jack und Daphne ihre Angelegenheiten im Konsulat inzwischen beendet haben dürften?"

„Allerdings."

* * *

Nur die hochgewachsenen Wachmänner vor Mr. Hasseins Geschäft zu sehen, verschaffte Daphne eine Gänsehaut. Warum waren diese Fez-tragenden Männer an jenem Morgen im europäischen Viertel gewesen? Die einzigen Ägypter, die man dort gewöhnlich sah, waren die niedrigsten Arbeiter, keine großen, gutaussehenden Männer, die in eine seltsame Mischung aus ägyptischer und türkischer Kleidung gehüllt waren.

Sie hätte nicht übel Lust gehabt, sie zu fragen, aber sie bezweifelte, dass sie auch nur ein Wort Englisch sprächen. Oder Französisch.

Als sie gerade den Laden betreten wollte, erblickte sie ihre Schwester, wie sie zwischen ihren beiden Verehrern, gefolgt von vier der Leibgardisten des Regenten, die Straße herabgeschlendert kam.

„Das passt ja perfekt!", stellte Daphne fest. Sie wartete, um zusammen mit ihrer Schwester in das Geschäft zu treten, während die Herren ihnen folgten. Es gefiel ihr gut, diesen Muslimen zu demonstrieren, dass in ihrer Kultur die Frauen zuerst kamen, dass Frauen respektiert wurden, dass ihre Anwesenheit in der Öffentlichkeit erwünscht war.

Als sie den Laden betrat, begegnete ihr Blick dem Hasseins. „Sie sind zurückgekommen", sagte er auf Französisch. „Mein Angestellter sagte mir, dass er Ihnen meine Nachricht ausgerichtet hätte."

Jack stellte sich neben sie und sie beide nickten. „Was wollten Sie uns sagen?", fragte Jack.

Hasseins durchdringender Blick begegnete Jacks. „Sie kennen einen Franzosen, der Duc d'Arblier genannt wird?"

Daphne hatte das Gefühl, als wollte ihr Herz platzen. Ihre Glieder begannen zu zittern.

Jack nickte.

„Ich glaube, Sie stehen mit den Franzosen im Krieg, ist das nicht so?", fragte Hassein.

„Das stimmt", sagte Jack.

„Dann möchten Sie Ralph Arbuthnot vielleicht fragen, was er mit dem Franzosen zu schaffen hatte."

Kapitel 19

Der Duc d'Arblier war in Kairo? Ihr Puls raste. Die bloße Vorstellung machte Daphne krank. D'Arblier hatte viele Male versucht, Jack zu töten. Sie hatte keinen Zweifel daran, dass die Kobra in der letzten Nacht dazu bestimmt gewesen war, Jack zu töten, und keinen Zweifel, dass d'Arblier für diesen Anschlag verantwortlich war, ganz gleich, ob er sie höchstpersönlich dorthin gebracht hatte oder nicht.

Für ein paar Sekunden hatte Daphne in Mr. Hasseins Geschäft im Basar gedacht, sie würde ihren Rekord als einzige Chalmers-Schwester, die nie in Ohnmacht gefallen war, aufgeben müssen. Nachdem Mr. Hassein die Verbindung zwischen dem üblen Duc und Mr. Arbuthnot offengelegt hatte, schaffte sie es irgendwie, dem Eigentümer zu danken und darum zu bitten, sich verabschieden zu dürfen. Ohne in Ohnmacht zu fallen.

Als sie die vergoldeten Säulen am Eingang des Ladens erreichte und die Wachmänner mit ihrem Fez sah, hielt sie an und drehte sich zu Hassein um. „Habe ich nicht Ihre Wachen vor kurzem im europäischen Viertel gesehen?"

Er nickte. „Ja, das waren sie. Ein Franzose hat mir diesen ungewöhnlichen Skarabäus verkauft." Er öffnete eine Seidenschachtel und kam durch den Laden, um ihnen einen Skarabäus zu zeigen. Er war aus Gold, dicht besetzt mit Smaragden, Rubinen und Saphiren. „Meine Wachen gingen, um ihn abzuholen. Das ist genau so ein Stück, an dem Diebe besonders interessiert wären. Ich muss Ihnen nicht sagen, dass dieses beiden Männer noch nie auch nur einmal bedroht worden sind."

„Ich muss zugeben, dass ich sie bedrohlich finde", sagte Daphne liebenswürdig. „Sie sehen wirklich gefährlich aus."

„Genau deshalb habe ich sie eingestellt."

Nachdem sie den Basar verlassen hatten, brauchten sie einen Ort, an dem sie sich unterhalten konnten, ohne belauscht zu werden. Sie hatten viel zu besprechen. Die bisher so zäh verlaufende Reise hatte endlich Früchte getragen. Nicht nur Früchte, sondern sie war ziemlich sicher, dass sie jetzt über genug Informationen verfügten, um die Verbrechen aufzuklären.

Mr. Arbuthnot war nicht der freundliche Landsmann, den er darzustellen versuchte. Er war schlecht. Er musste schlecht sein, wenn er mit d'Arblier verbündet war.

Als sie weitergingen, dachte sie an Dinge, die Arbuthnot gesagt und getan hatte, seit sie angekommen waren, Dinge, die auf seine Schuld hinweisen könnten. Es war sein Dolmetscher gewesen, der die Dienste der Ägypter für ihren Ausflug nach Gizeh besorgt hatte. Entweder der allwissende Arbuthnot oder sein Angestellter mussten für die Einstellung des Schufts, der Rosemary entführt hatte, verantwortlich sein. Jetzt war Daphne sicher, dass er derjenige gewesen war, der das Laudanum in den Portwein der Wache an Rosemarys Zelt gegeben hatte. Sie erinnerte sich auch, dass Arbuthnot damit angegeben hatte, ein Haus gekauft zu haben. Wenige Staatsbedienstete konnten es sich leisten, Eigentum zu erwerben.

„Ich habe eine Idee", sagte Mr. Maxwell. Dann wandte er sich an Rosemary. „Warum zeigen Sie nicht Hauptmann Cooper den Hafen in Bulak? Dort gibt es viel Interessantes."

Sie schaute ihn böse an und senkte ihre Stimme, damit der Hauptmann sie nicht hören konnte. „Während Sie hierbleiben und alles Spannende mitmachen?"

Er zuckte mit den Schultern. „Es ist offensichtlich, dass der Hauptmann mit Ihnen allein sein möchte."

Ihre Augen wurden rund. „Glauben Sie wirklich?"

Er nickte ernst.

Sie seufzte. „Na gut, aber Sie müssen mir versprechen, mir alles zu erzählen, wenn ich wiederkomme." Sie ging zum Hauptmann zurück und schob ihren Arm durch seinen, als sie davonspazierten.

* * *

Wie sehr sie wünschte, bei den anderen zu bleiben. Rosemary war furchtbar neugierig zu sehen, wie sie vorgehen würden. Sie wusste nichts über den Duc d'Arblier, aber sie kannte Mr. Arbuthnot, und jetzt vermutete sie stark, dass er irgendwie die Schuld an all diesen schrecklichen Dingen trug, die passiert waren.

Seine Schuld ließ sie schaudern. Zu denken, dass ein britischer Staatsdiener, ein Mann, dem sie vertraut hatten, seit sie ihren Fuß nach Ägypten gesetzt hatten, gegen sie arbeitete. Er könnte für die Bedrohung ihres Lebens verantwortlich sein.

Es war schwierig für sie, die freundliche, unterhaltsame Führerin für Hauptmann Cooper zu spielen, während ihre Gedanken anderswo weilten.

Die Sonne stand jetzt hoch am Himmel - es war der heißeste Teil des Tages. Sie schwor, dass sie sich nicht beklagen würde. Wenigstens hatte sie die Möglichkeit, ein leichtes Tageskleid aus Musselin anzuziehen. Der arme Hauptmann Cooper musste seine schwere wollene Jacke tragen.

„Ich habe festgestellt, Hauptmann, dass, wenn die Hitze am unerträglichsten ist ...“ Sie hielt inne, um einige Fliegen zu verscheuchen, die sich auf ihr Gesicht gesetzt hatten. „Dann versuche ich, mir einen trüben Tag in London vorzustellen, der so kalt ist, dass das Blut in meinen Adern sich wie Eis anfühlt, und als ob meine Knochen gefroren wären. Ich denke an einen Tag, der so kalt ist, dass ich nichts anderes wünsche, als mich in Decken zu wickeln und vor ein Feuer zu setzen. Ich erinnere mich daran, wie der Nebel so dicht ist, dass ich die Häuser auf der anderen Straßenseite nicht sehen kann.“ Sie schaute zu ihm auf und lächelte. „Dann finde ich die ägyptische Hitze nicht so schrecklich.“

„Wie klug Sie sind, Mylady. Ich werde ihren kleinen Trick ausprobieren müssen.“

Mit den vier Soldaten, die hinter ihnen her trotteten, machten sie sich auf den Weg nach Bulak, sprachen aber nur wenige Worte.

Er streichelte ihre Hand. „Ich kann Ihnen gar nicht sagen, wie glücklich ich bin, endlich mit der schönsten Frau, die ich kenne, alleine zu sein.“

Sie spürte, wie die Röte ihr in die Wangen stieg, als sie in ansah und schüchtern ihre Wimpern senkte, während ein sanftes Lächeln um ihren Mund spielte.

„Ich denke, wir sollten besser in einem

Kaffeehaus Pause machen. Wenn mein Gedächtnis mich nicht trügt, müsste gleich hier eines sein."

Der starke Kaffee, der an diesen Orten serviert wurde, war nicht nach ihrem Geschmack, aber sie wollte freundlich sein. „Ja, ich glaube, Sie haben recht."

Da es die heißeste Zeit des Tages war, befand sich niemand in dem kleinen Laden, als sie eintraten und sich an einen kleinen Tisch setzten.

Es war unmöglich, sich mit dem Kellner zu verständigen, da keiner von ihnen Arabisch sprach. Sie wünschte, Mr. Maxwell wäre bei ihnen.

Der Kellner, der einen dicken, schwarzen Bart trug, brachte ihnen schließlich breit lächelnd zwei Tässchen des starken Gebräus und verschwand dann hinter einem Vorhang, um sie allein zu lassen.

Hauptmann Cooper legte seine Hand auf ihre. „Ich muss Ihnen nicht sagen, wie tief meine Gefühle für Sie sind, Rosemary."

Wie unpassend! Noch kein Mann hatte sie je einfach bei ihrem Vornamen genannt. „I-i-ich bin sehr geschmeichelt."

„Ich fühle mich geschmeichelt, mit Ihnen allein sein zu dürfen."

„Erstaunlich, nicht wahr, dass wir in Kairo tun dürfen, was in London nie akzeptabel wäre, nicht wahr?"

Er zog ihre Hand an seine Lippen und küsste sie sanft. „Ja, allerdings." Seine Stimme war leise und heiser und das Funkeln in seinen blauen Augen war etwas, das sie nie zuvor gesehen hatte. Wenn nicht bei einem Menschen, der vom Gebrauch von Opium von Sinnen war. Sie fühlte sich unbehaglich.

„Ich würde Ihnen gerne eine Frage stellen, Mylady."

Sie lächelte ihn an. „Welche Frage?"

„Ich wäre der glücklichste Mann in der Armee seiner Majestät, wenn Sie so gütig wären zuzustimmen, meine Frau zu werden."

Sie hatte das Gefühl, dass sie einen Schlag mit dem Cricketschläger vor die Brust bekommen hätte. Hatte sie noch ein wenig Luft in ihrer Brust? Sie war von der Erklärung des Hauptmanns völlig verblüfft. Sie hatte gewusst, dass er sich zu ihr hingezogen fühlte, aber sie wusste auch, dass er nicht die Absicht hatte, seinen Dienst zu quittieren, solange sein Land sich im Krieg befand.

Bevor sie antworten konnte, fuhr er fort. „Ich weiß, dass ich für die Tochter eines Earls nicht gut genug bin, aber Ihr Vater hat schon einmal zugestimmt, einen Armeeoffizier als Schwiegersohn zu bekommen. Ich weiß, es ist viel von Ihnen verlangt zu erwarten, dass Sie Ihren luxuriösen Lebensstil aufgeben, um mit mir der Trommel Gott weiß wohin zu folgen. Aber ich muss sagen, es gibt schon drei Offiziersfrauen in unserem Armeelager und sie scheinen ein solches Leben ziemlich zu genießen."

Sie fühlte sich wie im Traum. Ihre Träume wurden wahr! Seit eineinhalb Jahren hatte sie sich danach gesehnt, eine solche Erklärung von dem gutaussehenden Hauptmann zu hören. Sie war diejenige, die sich geehrt fühlte. Ganz ehrlich, als sie sich auf diese ägyptische Reise einließ, hatte sie keine Hoffnung gehabt, dass der Hauptmann sich je zu ihr hingezogen fühlen könnte.

Ein Lächeln hob ihre Mundwinkel und sie erwiderte seinen Blick. „Ich denke, der Trommel zu folgen, klingt aufregend. Ich werde mich geehrt fühlen, Ihre Frau zu werden."

Sein Blick huschte von ihr zu dem Vorhang, dann zu den auf der Straße wartenden Soldaten, die mit dem Rücken zu ihnen standen. Er stand auf und zog sie an sich, seine starken Arme umfingen sie, als er sie verlangend küsste.

Es war ihr erster Kuss. Er war nicht so märchenhaft, wie sie es sich vorgestellt hatte. Einerseits war er so groß, dass sie ihren Kopf sehr ungelenk verdrehen musste. Andererseits roch sein Atem nach Knoblauch. Jetzt war sie dankbar, dass sie Knoblauch hasste. Sie hätte keinen solchen Geruch ausströmen wollen.

Sie nahm an, dass man das Küssen erst lernen musste, ganz sicher musste man erst auf den Geschmack kommen.

Als der Kuss zu Ende ging, wurde ihr klar, dass sie sich verlegen fühlte. Sie schaute zu Boden und huschte wieder zu ihrem Stuhl, um ihren Kaffee auszutrinken.

Sie konnte nicht erwarten, es Miss Elephantine zu erzählen. Sie beide, die besten Freundinnen, hatte zusammen den schönen Hauptmann angehimmelt, wann immer er auf einen Ball kam.

Sie tranken ihren Kaffee aus und setzten ihren Weg nach Bulak fort. „Ich werde Urlaub nehmen und mit Ihnen nach England zurückfahren, um die Erlaubnis Ihres Vaters einzuholen. Danach werde ich eine Sonderlizenz besorgen müssen, damit wir schnell heiraten und nach Fort Rached zurückkehren können."

„Das klingt alles so furchtbar romantisch."

* * *

Nachdem Rosemary und Hauptmann Cooper sie verlassen hatten, sah Mr. Maxwell Jack und Daphne an. „Um diese Zeit wird niemand in der koptischen Kirche sein. Wir können uns da vertraulich unterhalten.

Sie und Jack folgten Mr. Maxwell. „Sagten Sie nicht, die Kopten wären Christen?", fragte sie.

„Ja. Sie haben viel mit der Griechisch-Orthodoxen Kirche gemeinsam, beide stammen aus dem 1. Jahrhundert nach Christus", sagte Mr. Maxwell.

Die Kreuze, die von den Zwillingstürmen mit den kleinen Kuppeln aufragten, waren aus etlichen hundert Yards zu sehen. Als sie näher kamen, fragte Daphne Mr. Maxwell nach dem Namen der Kirche.

„Sie wird die Hängende Kirche genannt, aber nicht aus den Gründen, die Sie vermuten könnten. Es hat mehr mit ihrer Lage zu tun."

Sie stiegen neunundzwanzig Stufen hinauf, um die Kirche zu betreten, von der Mr. Maxwell sagte, dass sie viele hundert Jahre alt wäre. Die Kirche war im Stil einer christlichen Basilika erbaut, aber ihre buntfarbigen Mosaikbögen im maurischen Stil deuteten klar auf ihr ägyptisches Erbe hin.

Niemand sonst war dort. Zu dritt gingen sie das Kirchenschiff entlang und setzten sich in den vordersten Kirchenstuhl. Jack gab genug Informationen über seinen Erzfeind, um Mr. Maxwell eine Vorstellung davon zu vermitteln, welche Art von Gegner der gerissene Duc d'Arblier war.

„Es scheint einleuchtend, dass sein Bestreben, sich in den Besitz der Amun-Ra-Maske zu bringen, von seinem Hass auf den Regenten motiviert war", sagte Maxwell.

„Und er ist ein so durch und durch abscheulicher Mensch, dass er lieber mordet, als sein eigenes Vermögen zu vermindern", sagte Daphne.

„Du hast vermutlich recht, Liebes." Jacks Brauen zogen sich zusammen. „Ich verstehe nicht, wie jemand ein so kaltblütiger Mörder werden kann. Wenn man bedenkt, dass der Herzog einer der reichsten Männer Frankreichs ist. Warum hat er nicht einfach für die Maske bezahlt?"

„Vielleicht entschied Fürst Singh, sie ihm nicht zu verkaufen", warf Mr. Maxwell ein.

Jack nickte. „Der Duc ist nicht daran gewöhnt, ein Nein zu hören. Bei nichts."

Daphne kniff leicht die Augen zusammen. „Welche Rolle spielt dieser gemeine Mr. Arbuthnot bei all dem?"

„Ich bin nicht sicher", sagte Jack. „Aber ich weiß, dass es so ist."

„Ich bin derselben Meinung", sagte Daphne. „Nachdem ich darüber nachgedacht habe, gibt es mehrere Dinge, die auf seine Schuld hinweisen."

Jack nickte. „Dinge, wie, dass er das Laudanum in den Portwein der Wache in Gizeh gemischt hat?"

„Ja", sagte sie. „Und es waren sein Dolmetscher und er, die die Ägypter für diese Expedition ausgesucht haben."

„Und einer von ihnen hatte offensichtlich Anweisung, die arme Lady Rosemary zu entführen", fügte Maxwell hinzu.

„Dazu kommen die Lügen, die er uns erzählt hat", sagte Daphne. „Er sagte uns, er würde den Fürsten Singh nicht kennen, und Ahmed Hassein wäre ein Mörder." Sie holte tief Atem. „Außerdem hat er mir erzählt, er hätte angefangen, Eigentum zu erwerben." Sie zuckte die Achseln. „Das war natürlich keine Lüge."

„Mit dem Gehalt eines Staatsdieners?", fragte Maxwell grinsend.

„Außerdem", sagte Daphne, „ist er Engländer. Man hat uns fast von Beginn an gesagt, dass es ein Engländer war, der sich in jener Nacht mit dem Fürsten Singh treffen wollte."

„Erinnert euch auch daran, dass er an jenem Tag nicht in die Pyramide gehen wollte", sagte Jack kopfschüttelnd. „Ich kann nicht glauben, dass ich nicht näher über ihn nachgedacht habe. Ich frage mich, ob ich das je ohne Hasseins hilfreichen Tipp herausgefunden hätte."

„Aber ja doch." Daphne schaute ihn ärgerlich an. „Hassein würde sich nicht mit uns in Verbindung gesetzt haben, wenn unsere Ermittlungen uns nicht zu seinem Geschäft geführt hätten. Wir waren gründlich und diese Art von Ermittlungen haben sich als das Mittel zum Aufdecken der Wahrheit erwiesen."

„Ich denke, es ist an der Zeit, dass wir drei diesem Mann einen nicht so freundlichen Besuch abstatten", sagte Mr. Maxwell.

* * *

Sie fanden Arbuthnot in seinem Büro im Konsulat. Als sie sein Zimmer betraten, stand er auf, lächelte sie an und begrüßte sie freundlich, aber als er den düsteren Ausdruck auf ihren Gesichtern sah, bewölkte sich das seine. „Bitte, ist etwas nicht in Ordnung?" Sein Blick huschte zu der Tür, die Maxwell gerade schloss. Nachdem er die Tür zugezogen hatte, stellte Maxwell sich davor, seine Arme über der Brust verschränkt, während er den Attaché finster anstarrte.

Jack kannte sich mit dem Verhör von Feinden

aus. „Und ob", sagte Jack. „Sie sind ein verdammter Verräter. Wie viel hat d'Arblier Ihnen gezahlt?"

Arbuthnots Gesicht wurde weiß. „Ich weiß nicht, worüber Sie reden."

„Eine sehr zuverlässige Quelle hat uns über ihre enge Verbindung mit dem Franzosen berichtet", sagte Daphne.

Arbuthnot zuckte schließlich mit den Schultern. „Was ich also von ihm weiß? Er ist nicht in offiziellem Auftrag hier. Ist es ein Verbrechen, mit dem Mann eine Wasserpfeife zu teilen?"

„Zufällig besteht seit sehr langer Zeit eine Feindschaft zwischen mir und dem Herzog. Nichts, was er tut, ist zufällig", sagte Jack.

„Er ist ein schlechter Mensch", sagte Daphne giftig. „Er hasst sowohl meinen Ehemann als auch unseren Herrscher."

Jack ging auf ihn zu. Allein seine überlegene Größe hätte Arbuthnot einschüchtern sollen. „Sie haben uns belogen, dass Sie den Fürsten Singh nicht kennen. Sie haben uns wegen Ihrer Bekanntschaft mit Gareth Williams belogen. Sie haben gelogen, als Sie uns Ahmed Hassein als Mörder beschrieben." Jack kam noch näher, sein Gesicht war verzerrt. Er packte Arbuthnots eleganten, wollenen Rock und drehte den Kragen um. „Sie sagen uns jetzt besser die Wahrheit, oder ich sorge dafür, dass Sie wegen Mordes gehängt werden."

Arbuthnot fiel in seinem Stuhl zusammen. „Ich bin kein Mörder. „Ich bin nur minimal an seinen Übeltaten beteiligt." Er seufzte und fing einen Moment später von Beginn an zu erzählen. „D'Arblier, der wusste, dass ich mit dem Fürsten

Singh bekannt war, bat mich, zwischen ihm und dem Inder als Mittelsmann aufzutreten. D'Arblier war fest entschlossen, diese Maske zu bekommen. Er trug mir auf, dem Fürsten zu sagen, dass ich einen Handel mit einem anonymen Sammler vermitteln wollte, der das Doppelte von dem, was der Regent für die Maske bot, zahlen würde."

„Sind Sie in jener Nacht mit d'Arblier zu Singhs Haus gegangen?", fragte Jack.

Seine Augen füllten sich mit Tränen, als er nickte. „Ich hatte keine Ahnung, was der wahre Grund dafür war, darauf zu bestehen, dass die Diener an diesem Abend beurlaubt werden sollten, keine Ahnung, dass er vorhatte, Singh zu ermorden, um sich in den Besitz der Maske zu bringen." Seine Stimme brach.

Obwohl Jack im Innersten gewusst hatte, dass Singh ermordet worden war, hatte er sich doch törichterweise an die Hoffnung geklammert, dass dem nicht so wäre.

„Sobald sein Dolch den Fürsten Singh traf", fuhr Arbuthnot fort, „war ich sicher, dass er mich auch ermorden würde. Es hätte einen Sinn ergeben, wenn er es hätte so aussehen lassen, als ob ich Singh umgebracht hätte. Aber zu meiner größten Überraschung lächelte er mich an. Er sagte, er bräuchte einen Mann bei der britischen Regierung. Er sagte, er würde gut bezahlen. Er fragte, wie hoch mein Gehalt wäre und versprach, es zu verdoppeln.

„Ich glaubte ihm nicht. Nicht nach dem, was er Singh angetan hatte, aber ich hätte in jener Nacht alles versprochen, um mich vor diesem Mörder zu retten." Er seufzte. „Danach verließ er Ägypten, aber getreu seinem Wort wurde jedes Vierteljahr die Summe, die er versprochen hatte, bei meiner

Bank eingezahlt.

„Ein paar Monate lang lief alles glatt. Ich hörte nichts von dem Franzosen, aber ich wurde gut bezahlt. Als er erfuhr, dass Sie kommen würden ...“ Er musterte Jack. „Er präsentierte seine Wechsel, sozusagen. Hätte er von Ihrem Kommen erfahren, bevor Sie in Alexandria landeten, hätte ich eine von d'Arbliers Marionetten als ihren Dolmetscher eingestellt, aber so hatte ich Habeeb schon engagiert.“

„Also erfuhr d'Arblier erst von unserem Kommen, nachdem der Konsul bereits davon wusste?“, fragte Daphne.

„Ja.“

„Versuchte er, Ihnen den Befehl zu geben, mich zu töten?“

„Nein. Ich hatte den Eindruck, dass er dieses Vergnügen für sich selbst beanspruchte. Er machte klar, dass er ihre Gesellschaft in Panik versetzen wollte, damit sie aus Angst um die Sicherheit der Damen nach England zurückkehren würden.“

„An dem Tag, als Sie bei unserem Aufbruch nach Gizeh auftauchten, war es nicht der Konsul, der sie gebeten hatte, uns zu begleiten, nicht wahr?“, fragte Jack.

Arbuthnot schüttelte den Kopf. „D'Arblier bestand darauf, dass ich mitgehe. Er hatte Williams schon vorausgeschickt. Irgendetwas wegen des Aufbaus der Steine, die auf ihre Gruppe stürzen sollten, wenn Sie die Grabkammer in der Großen Pyramide betreten würden.“

Daphne funkelte Arbuthnot böse an. „Haben Sie den Ägypter ausgesucht, der meine Schwester entführte? Sie wussten, dass sie mitnehmen würden, nicht wahr?"

Er vermied es, ihr in die Augen zu sehen. Mit hängendem Kopf nickte er. „Er ließ mich Laudanum in das Glas des Wächters gießen. Er versicherte mir, er würde Ihre Schwester nicht töten, er bräuchte sie nur, um so viel Information wie möglich über ihre Ermittlungen für den Regenten aus ihr herauszupressen. Er wollte Ihnen auch Angst einjagen, damit Sie nach England zurückkehren würden."

Daphnes Stimme schwankte. „Sie hätten wissen müssen, dass sie sie töten würden, nachdem sie mit dem Verhör fertig waren."

Er schaute voller Reue zu ihnen auf. „Das hätte ich nicht zugelassen."

Jack lachte böse. „Bilden Sie sich das ruhig weiter ein, Arbuthnot. Die Wahrheit ist, dass Sie Angst vor d'Arblier haben. Sie sind ein Feigling."

„Wir wissen, dass Williams Singhs Mätresse ermordet hat", sagte Daphne. „Geschah das, weil der Duc befürchtete, sie könnte etwas über die verhängnisvolle Nacht, in der ihr Geliebter starb, wissen?"

Arbuthnot nickte reuevoll.

„Bitte, Mr. Arbuthnot", fuhr Daphne fort, „wie wurde Fürst Singhs Leiche fortgeschafft?"

Der Teppich! Das ist mir entgangen, dachte Jack.

Arbuthnot holte erneut tief Luft. „Es war kein Blut zu sehen, außer auf dem Teppich. Wir haben seinen Körper hineingerollt." Er verstummte, als könne er nicht weitersprechen.

„Wohin haben Sie ihn gebracht?", fragte Jack.

„Sie haben die letzte Ruhestätte des Fürsten gesehen."

„In der Wüste", flüsterte Daphne.

Ihre Augen trafen sich, und er nickte wieder.

„Wenn Sie hoffen, ihren nichtsnutzigen Hals aus der Schlinge zu halten, sollten Sie mir besser sagen, wo ich d'Arblier finden kann."

Arbuthnots Augen schlossen sich. „Er ist fort. Heute Morgen hat er ein Boot nach Alexandria bestiegen. Das ist die Wahrheit. Da ich meine verloren habe, schwöre ich es bei der Ehre meines Vaters."

Jack fluchte.

„Gestern spät am Abend haben der Duc, Williams und ich uns getroffen und Informationen ausgetauscht. Als wir ihn an der Feluke verabschiedeten, sagte er, er würde Sie doch noch erwischen, Dryden."

„Williams ist nie in seine Unterkunft zurückgekehrt. Wissen Sie, wo wir ihn finden können?"

„Er ist in meinem Haus."

„Und die Amon-Ra-Maske?"

„Williams hat sie - im Auftrag des Ducs - in Konstantinopel verkauft. Sie hat dem Duc eine riesige Summe Geld eingebracht und diesem Widerling Williams einen schönen Bonus."

Also hatte der Pascha damit recht gehabt.

Schließlich sprach Maxwell. „Möchten Sie, dass ich Mr. Briggs bitte, nach den türkischen Behörden zu schicken, um diesen Mann zu verhaften?"

Arbuthnot drückte seine Augen fest zu.

Jack nickte grimmig. „Ja."

Kapitel 20

Jack fühlte sich am Boden zerstört. Das Rätsel war gelöst, aber es gab keinen Jubel. Fürst Singh war tot. Der Regent würde die Amon-Ra-Maske nicht bekommen. Ralph Arbuthnot würde wahrscheinlich gehängt. Und der Duc d'Arblier war auf dem Weg zurück nach Frankreich.

Ihr einziger Erfolg war, Williams gefasst und des Mordes angeklagt zu sehen. Die Behörden protokollierten Rosemarys Aussage, dass er ihr den Mord gestanden hatte. Sie wollten das Haar an sich nehmen, das Jack bei der ermordeten Frau gefunden hatte. Habeeb würde Amals Hausmädchen ins Gefängnis mitnehmen, damit sie Williams identifizieren konnte. Alles in allem gab es eine gut begründete Anklage gegen den Waliser.

Es war erst am späten Nachmittag, als sie aus dem Konsulat fort und in ihr Hotel kamen, alle sehr matt, als er, Daphne und Maxwell sich im Salon des Hotels trafen. Rosemary und ihr Hauptmann schlossen sich ihnen bald an. Da Geheimhaltung nicht länger erforderlich war, stand es ihnen frei, Hauptmann Cooper den Grund für ihre Anwesenheit in Ägypten zu verraten. Das machten sie, während sie Rosemary alles erzählten, was bei ihrer Konfrontation mit Arbuthnot herausgekommen war.

„Ich hatte nie viel für Mr. Arbuthnot übrig", sagte Rosemary, „aber es ist mir zuwider, ihn hängen zu sehen."

„Mr. Briggs sagte, die Tatsache, dass er Geld von einem französischen Agenten angenommen hätte, würde ausreichen, um ihn des Verrats anzuklagen", sagte Daphne.

Hauptmann Cooper zuckte zusammen. „Darauf steht die Todesstrafe durch Erhängen."

„Es ist zu spät für Arbuthnot, um zu lernen, dass, wer mit Hunden zu Bett geht, mit Flöhen aufsteht", sagte Jack. Es gab keinen größeren Hund als d'Arblier.

Rosemary hatte sich nicht hingesetzt, sondern war neben dem Hauptmann stehengeblieben. „Ich habe etwas bekanntzugeben."

Alle Augen wandten sich zu ihr.

„Ich habe Hauptmann Cooper die Erlaubnis gegeben, bei Papa um meine Hand anzuhalten."

Wenn das arme Mädchen jubelnde Glückwünsche erwartet hatte, hatte sie sich getäuscht. Ihrer Ankündigung folgten einige Sekunden absoluter Stille. Sie waren alle verblüfft.

Maxwell war der erste, der antwortete. Er stand auf, ging durch den Raum und bot Cooper die Hand. „Glückwunsch, Hauptmann. Sie sind ein sehr glücklicher Mann."

Dann wandte er sich zu Rosemary und verbeugte sich. „Ich hoffe, Sie werden sehr glücklich sein, Mylady."

Dann holte er Atem und sagte: „Ich muss mich verabschieden. Ich habe Korrespondenz zu erledigen, die meiner Aufmerksamkeit bedarf."

Armer Kerl. Maxwell mochte eine ausgezeichnete Vorstellung abliefern, aber es bestand kein Zweifel daran, dass diese Neuigkeit ihn tief verletzt hatte.

Daphne beeilte sich, ebenfalls ihre

Glückwünsche zu äußern, aber Jack konnte sehen, dass sie das nur aus Höflichkeit tat. Ihrer Stimme fehlte die Wärme, die bei einer solchen Gelegenheit normalerweise bei ihr zu spüren gewesen sein würde.

Widerwillig gratulierte auch er dem schlecht zueinander passenden Paar.

Bevor eine peinliche Stille folgen konnte, wurden sie in den Speisesaal gerufen. Maxwell ließ sich nicht blicken. Daphne stocherte in ihrem Essen. Jack wusste, dass sie begierig war, mit ihm allein zu sein, um diese mögliche Erweiterung ihrer Familie zu besprechen.

Nach der Hälfte der Mahlzeit stand sie auf und sagte, sie hätte den Appetit verloren. „Ich weiß, dass du und Hauptmann Cooper viel zu besprechen haben werdet. Ich denke auch, dass du heute Nacht in deinem Zimmer in Sicherheit sein wirst und nicht in unser Zimmer zu kommen brauchst - es sei denn, dass du das gerne möchtest."

„Ich denke, die Bedrohung meiner Sicherheit ist jetzt vorbei", sagte Rosemary.

Jack stand auf und erklärte, dass er auch den Appetit verloren hätte. „Es waren ein paar scheußliche Tage."

In ihrem Zimmer brach Daphne voll bekleidet auf dem Bett zusammen. Ihre Stimme war unglaublich düster, als sie sprach. „Meine Schwester begeht einen schweren Fehler."

„Ich weiß. Das ist keine gute Partie. Außer für Cooper."

„Ich hatte wirklich gedacht, sie und Mr. Maxwell würden perfekt zueinander passen."

Jack zuckte mit den Schultern. „Es ist schwer mit jemandem zu konkurrieren, der das Abbild männlicher Perfektion ist." Normalerweise sagte Jack nie etwas über das Aussehen anderer Männer. Nur hatte er so viel Lob über Hauptmann Cooper äußern hören, dass ihm die Größe und Gestalt des Mannes aufgefallen waren und er bemerkt hatte, dass nur wenige Männer solche Eigenschaften hatten. Wie schade. Maxwell war trotz seiner geringeren Körpergröße doppelt so viel wert.

„Ich bin nur so verdammt niedergeschlagen. Ich fand es so schön, herzukommen, und jetzt, wo wir kurz vor der Abreise stehen, wird mir klar, dass nichts geklappt hat. Die Krönung des Ganzen ist, dass meine Schwester ihr Leben an einen unwürdigen Verehrer wegwirft."

„Das ist Rosemarys Entscheidung. Wir müssen sie akzeptieren."

„Ich war enttäuscht, als Cornelia uns erzählte, dass sie Lankersham heiraten würde, aber Lankersham war wenigstens Herzog. Hauptmann Cooper ist Rosemary in jeder Hinsicht unterlegen - vor allem, was Intelligenz betrifft."

Er kam, setzte sich neben sie und nahm ihre Hand in seine. „Es ist Rosemarys Leben."

Sie seufzte. „Ich schätze, wir werden uns morgen um die Heimreise kümmern müssen."

„Ich dachte, du wolltest gerne nach Theben fahren."

Ihr Gesicht hellte sich auf. „Du würdest uns hinbringen?"

„Mit Maxwell." Er runzelte die Stirn. „Aber ich denke nicht, dass Cooper so lange Urlaub nehmen könnte."

Sie rümpfte die Nase. „Er hätte nicht das geringste Verlangen, die Antiquitäten dort zu sehen. Er passt so überhaupt nicht zu Rosemary."

„Wir werden das morgen alles besprechen. Ich
kann sehen, dass du erschöpft bist."

* * *

Rosemary kam in ihr Zimmer und schloss die
Tür hinter sich. Wie sie ihre Zofe vermisste! Seit
sie aus dem Schulzimmer gekommen war, hatte
sie eine eigene Zofe gehabt, die dafür sorgte, dass
ihre Kleider gewaschen und gebügelt wurden, die
sie frisierte und die ihr beim Ankleiden half. Es
war ein Luxus, den Daphne, der Mode völlig
gleichgültig war, nicht verstehen konnte. Mit
einem Seufzer begann Rosemary ihr Kleid
abzustreifen und sich fürs Bett fertig zu machen.

In dieser Nacht, der Nacht nach ihrer
Verlobung, sollte sie überglücklich sein. Aber das
war sie nicht. Sie nahm an, sich an die
Vorstellung zu gewöhnen, verlobt zu sein, war
genauso wie sich ans Küssen zu gewöhnen. Es
würde Zeit brauchen.

Als sie ihre Kerze ausblies und ins Bett fiel,
dachte sie an all das, was sich an diesem einen
Tag ereignet hatte. Ihr ganzes Leben hatte sich
geändert. Es dauerte lange, bis sie einschlief und
nicht sehr viel später wachte sie aus einem
seltsamen Traum auf.

In diesem Traum küsste sie. Und sie genoss
das Küssen ganz ungemein. Als sie zu ihrem
Liebsten aufschaute, sah sie eine Brille. Das war
nicht der Mann, mit dem sie verlobt war! Es war
Mr. Maxwell.

Der bloße Gedanke daran, Mr. Maxwell zu
küssen, ließ ihr Herz rasen. Sie erinnerte sich
plötzlich, dass dies nicht das erste Mal war, dass
sie eine so tiefe körperliche Reaktion auf ihn
gezeigt hatte. Sie erinnerte sich daran, wie sie sich
vor zwei Tagen gefühlt hatte, als er seine Augen

öffnete und sein Blick langsam über ihren ganzen Körper glitt. Jede Zelle in ihrem Körper hatte geprickelt. Zum ersten Mal in ihrem Leben hatte sie sich als Frau gefühlt.

An diesem Tag, als Hauptmann Coopers lässiger Blick sie von Kopf bis Fuß musterte, hatte sie nichts gespürt. Nichts, außer Unbehagen.

Sie lag lange wach im Bett und grübelte über dieses seltsam berauschende Gefühl, das sie überkommen hatte. Hatte sie sich nicht seit dem Tag ihrer Einführung in die Gesellschaft davon geträumt, Hauptmann Cooper zu heiraten? Nachdem sie jetzt seine Zuneigung errungen hatte, empfand sie weder Sieg noch Freude.

Alles, woran sie denken konnte, war Mr. Maxwell. Wie glücklich die Frau sein musste, die seine Zuneigung erwarb. Würden sie je ein halbes Jahr in arabischen Ländern und die andere Hälfte in Cambridge verbringen, so, wie er es als Junggeselle tat? Was für ein aufregendes Leben sie führen würden.

Mehr als daran dachte sie daran, Mr. Maxwell zu küssen. Sie fragte sich, ob seine Küsse in Wirklichkeit bei ihr nicht mehr Leidenschaft auslösen würden als Hauptmann Coopers. Oder würden sie die beseligenden Küsse ihres Traums sein?

Sie fühlte sich wie eine Betrügerin. Hier lag sie, verlobt mit dem Hauptmann, und träumte von Mr. Maxwell. Irgendetwas hier stimmte ganz und gar nicht. Eine Frau sollte in der Nacht nach ihrer Verlobung keine Reue spüren.

Sie hatte das Falsche getan.

Die bloße Vorstellung, wie sie Mr. Maxwell küsste, ließ ihren Atem schneller werden.

„Das entscheidet es“, sagte sie sich. „Es gibt

keinen Weg es herauszufinden, bis ich nicht Mr. Maxwell geküsst habe." Wenn seine Küsse sie ebenso unbefriedigt ließen wie Hauptmann Coopers, würde sie wissen, dass das Küssen etwas war, das man langsam lernen musste, kein Versuch und Irrtum wie bei botanischen Studien.

Sie setzte sich in ihrem Bett auf. Sie hatte vor, etwas zu tun, was sie in ihrem Heimatland nie in Betracht gezogen hätte, aber hier in Ägypten konnte sie sich Dinge leisten, die in London nie möglich gewesen wären.

Außerdem war Mr. Maxwell ein Ehrenmann.

Sie stand auf und ging zu dem kleinen Spiegel über der Waschschüssel und bürstete ihre Haare aus. Als Nächstes tupfte sie Rosenwasser auf ihren Hals. Dann verließ sie ihr Zimmer und tapste den Flur hinunter zu Mr. Maxwells Zimmer, wo sie leise anklopfte.

Schritte antworteten. „Wer ist da?", fragte er.

„Lady Rosemary."

„Ist etwas geschehen?"

„Bitte, lassen Sie mich hinein."

„Warten Sie einen Moment." Erneute Schritte.

Daphne hatte ihr erzählt, es sei für Männer, vor allem in diesem Klima, nicht ungewöhnlich, nackt zu schlafen. Die Vorstellung, wie Mr. Maxwell nackt auf einem Bett ausgestreckt lag, ließ sie ein Pochen an Stellen verspüren, von denen sie bisher nichts geahnt hatte.

Einen Moment später riss er die Tür auf. Er war barfuß, hatte es geschafft, Hosen und ein Hemd überzustreifen, sich aber nicht die Mühe gemacht, es in den Hosenbund zu stopfen. Er hatte sich noch immer nicht rasiert, und sein Bart wirkte sehr männlich. Er trug seine Brille nicht.

Er ließ sie hinein und schloss leise die Tür. „Sie

sollten nicht hier sein."

„Ich weiß, aber ich weiß auch, dass Sie ein Gentleman sind, der sich keine Freiheiten herausnehmen würde und auch nie verraten würde, dass ich mitten in der Nacht in sein Schlafzimmer gekommen bin."

„Natürlich würde ich das nicht." Er trat zurück, um Abstand zwischen ihnen zu schaffen. „Bitte, Mylady, warum sind Sie gekommen?"

Sie hatte ihren Blick nicht von ihm abgewandt. „Ich bin gekommen, um Sie um etwas zu bitten."

„Was auch immer es sein mag."

Sie kam ihm näher, ihr Atem ging hastig. Als sie nur noch einige Zoll von ihm entfernt stand, schaute sie ihn an und sprach in heiserem Flüsterton. „Ich möchte, dass Sie mich küssen."

Bevor er protestieren konnte, stellte sie sich auf Zehenspitzen und beugte sich zu ihm vor, um ihre Lippen auf seine zu drücken. Sein Atem stockte nur für eine Sekunde, dann zog er sie an sich und gab dem verwirrenden, betäubenden, aber so durch und durch köstlichen Zauber dieses Kusses nach.

Es war völlig anders als den Hauptmann zu küssen. Es war das Schönste, das sie je getan hatte! Sie wusste nicht, wer damit anfing, aber beide öffneten ihren Mund, um einander zu erkunden und sie war fast sicher, sie hätte vor lauter Genuss ohnmächtig werden können.

In diesem Moment verflog der Schleier der Melancholie, der über ihr gelegen hatte. Sie mochte bei Hauptmann Cooper einen Fehler begangen haben, aber mit Mr. Maxwell tat sie definitiv das Richtige. Dies war der Mann, mit dem sie das Leben zu verbringen bestimmt war.

Dies war der Mann den sie liebte.

Er zwang sich schließlich, den Kuss zu unterbrechen, und als er sprach, klang seine Stimme atemlos. „Verzeihen Sie mir. Das hätte ich nicht tun dürfen."

Ihr Zeigefinger berührte sacht die Lippen, die ihr solchen Genuss verschafft hatten. „Sagen Sie das nicht. Ich bin so froh, dass sie es getan haben."

„Wirklich?"

Sie nickte.

„Warum wollten Sie, dass ich sie küsse?"

„Aus einem sehr guten Grund, einem Grund, der größten Einfluss auf den Rest meines Lebens haben könnte."

Zwischen seinen Brauen entstand eine Falte. „Das verstehe ich nicht."

„Ich habe nichts verspürt außer einer Art von Widerwillen, als Hauptmann Cooper mich heute zum ersten Mal geküsst hat. In meinem Herzen wusste ich, dass das nicht das war, was man bei dem Mann, den man heiraten wird, fühlen sollte."

Sie holte tief Luft und sprach dann weiter. „Heute Nacht habe ich geträumt, dass ich Sie küsste, und es war gar nicht abstoßend. Deshalb bin ich gekommen. Ich musste wissen, ob ihre Küsse mein Herz schneller schlagen lassen würden, ob Ihre Küsse meine Leidenschaft entfachen könnten, ob Ihre Küsse mir den Atem rauben würden."

Einen Moment schwieg er, als ob er Angst hätte zu fragen. „Das ist eine sehr ausführliche Erklärung."

Sie konnte die Erinnerung an diesen wundervollen Kuss nicht abschütteln. „Aber Sie küssen auch außerordentlich gut, Stanton." Sie hatte noch nie zuvor einen Mann bei seinem

Vornamen genannt.

„Glauben Sie das wirklich? Ich habe keine Erfahrung in solchen Dingen."

„Ich habe heute gelernt, dass Küssen nichts mit Erfahrung zu tun hat. Sondern mit der Liebe zwischen zwei Menschen. Ich bin zu der Erkenntnis gelangt, dass ich den Hauptmann nicht heiraten kann, wenn mein Herz Ihnen gehört." Sie wusste, dass sie aufgrund ihres Standesunterschieds die Erste würde sein müssen, die sich erklärte.

„Oh Gott", brummte er, als er auf sie zu trat und sie wieder in seine Arme zog. „Sie werden ihn wirklich nicht heiraten?"

„Nein, mein liebster Stanton." Wie sie es liebte, ihn beim Vornamen zu nennen!

Seine Hände glitten durch ihre langen Locken. „Ich bin sehr glücklich, das zu hören."

„Nachdem ich mich jetzt Ihretwegen zum Narren gemacht habe, hatte ich gehofft, Sie würden etwas Romantisches zu mir sagen. Meinen Sie, Sie könnten sich je in mich verlieben?"

„Ich weiß nichts über die Liebe, aber ich weiß, dass Ihr Gesicht das erste ist, das ich am Morgen vor Augen habe, und das letzte am Abend. Ich weiß, dass die Aussicht, jeden Tag mit Ihnen zusammen zu sein, mich glücklich macht, und dass ich traurig war, als Sie bei Hauptmann Cooper waren. Ich weiß, dass ich mein Leben geben würde, um Ihres zu schützen. Denn ich kann mir eine Welt ohne die schöne Rose nicht vorstellen."

Sie küsste ihn auf die Wange: „Ich bin deine Rose, Liebster."

Er zog sich zurück, hob ihre rechte Hand und

küsste sie sanft. „Komm, setzen wir uns ans Fenster und planen unsere Zukunft."

„Ich hoffe sehr, dass du um mich anhalten wirst."

„Du bist alles, was ich je von einer Frau erhoffen könnte. Würdest du - sobald du deine Verbindung zu Hauptmann Cooper gelöst hast - meine Frau werden wollen?"

„Nichts könnte mich glücklicher machen."

Hand in Hand gingen sie ans Fenster. Er öffnete die Läden, gerade, als der Ruf zum ersten Gebet des Tages vom Minarett ertönte und sich am rauchblauen, frühmorgendlichen Himmel ausbreitete.

* * *

Daphne hatte sich so an die Gebetsrufe gewöhnt, dass sie den Fajr-Gebetsruf im Morgengrauen verschlief. Aber nicht heute. Sie hatte das Gefühl, als wäre Rosemary etwas geschehen, daher sprang sie aus dem Bett und eilte zum Zimmer ihrer Schwester. *Ich muss nur sehen, dass es ihr gut geht.* Daphne klopfte an Rosemarys Tür, erhielt aber keine Antwort. Sie griff an den Türknauf, und ihr Herz klopfte laut. Es war nicht abgeschlossen! Nach allem, was ihre Schwester durchgemacht hatte, würde sie auf keinen Fall so unvorsichtig sein.

Das musste bedeuten, dass sie nicht in ihrem Zimmer war.

Daphne riss die Tür auf und lief zu Rosemarys Bett. Es war leer. Im Zimmer war keine Spur von ihr. Lieber Gott! Sie war wieder entführt worden.

Mit pochendem Herzschlag rannte sie in ihr eigenes Schlafzimmer zurück und weckte Jack. „Rosemary ist weg!"

Er fuhr hoch. „Das kann nicht sein!"

„Doch!"

„Du überreagierst. Du weißt ebenso gut wie ich, dass es keine Bedrohung ihrer Sicherheit mehr gibt." Er holte Luft. „Ist es dir in den Sinn gekommen, dass sie und ihr Zukünftiger ... ein bisschen kuscheln könnten?"

„Dieser Schuft! Wie könnte er Rosemarys Unschuld so ausnutzen? Komm, du und ich gehen jetzt zu seinem Zimmer."

„Ich werde nichts Dergleichen tun! Er hat sich ehrenhaft verhalten, indem er um sie anhielt."

„Wenn er jetzt mit meiner jungfräulichen Schwester herumkuschelt, ist das überhaupt nicht ehrenhaft!" Sie stampfte mit dem Fuß auf. „Ich gehe ohne dich."

Als sie die Tür ihres Schlafzimmers erreichte, drehte sie sich um. „Er ist hier im dritten Stock, nicht wahr?"

„Daf, du kannst nicht im Nachthemd durchs Hotel laufen."

„Ich werde mir nicht die Zeit nehmen, mich anzuziehen." Sie stolzierte hinaus.

Fluchend warf er die Beine über die Bettkante, um ihr nachzugehen (nachdem er sich angezogen hätte).

Als sie in den dritten Stock kam, war sie nicht ganz sicher, welches das Zimmer des eingebildeten Hauptmanns war. Sie erinnerte sich, dass er heute in das einzig verfügbare Zimmer gezogen war. Sie hatte gehört, dass es das kleinste war und auf der Rückseite des Gebäudes lag. Sie beschloss, dass der Grundriss des dritten Stocks genauso aussehen musste wie der auf ihrem, wo sie wusste, welches das kleinste Zimmer war. Es musste das über Mr. Maxwells sein.

Sie ging zu der Tür und klopfte leise an. Nichts. Lieber Gott, was, wenn der Hauptmann Rosemary entführt hatte? Sie klopfte lauter. Diesmal hörte sie das Brummen eines Mannes, dann schwere Fußtritte. „Wer ist das zu dieser unchristlichen Stunde?", wollte er wissen.

„Ich bin's, Lady Daphne. Ich suche nach meiner Schwester."

Die Tür wurde aufgerissen.

Oh, liebe Güte. Der Hauptmann schien ... gar nichts anzuhaben. Er erwies ihr jedoch ein Mindestmaß an Respekt, indem er *hinter* der Tür stehenblieb. „Lady Rosemary ist nicht in ihrem Zimmer?" Er klang echt bestürzt.

„Sind Sie sicher, dass sie nicht bei Ihnen ist?"

„Ich würde es verdammt wohl wissen, wenn meine Verlobte bei mir wäre! Und ich nehme es übel, dass Sie denken, eine feine Dame wie Rosemary würde in das Zimmer eines Mannes gehen, mit dem sie nicht verheiratet ist."

„Ich hoffte es nur, weil ich Angst habe, dass die Händler weißer Sklaven sie gefangen haben könnten."

„Lieber Gott."

Jack kam heran. „Komm schon, Daphne. Kein Händler weißer Sklaven hat deine Schwester entführt."

„Letztes Mal nicht, aber diesmal müssen sie es sein."

„Erlauben Sie mir, mich anzuziehen", sagte Hauptmann Cooper. „Wir müssen anfangen, nach ihr zu suchen."

„Liebster, geh bitte Mr. Maxwell aufwecken. Wir werden seine Hilfe brauchen."

Jack nickte und drückte mitfühlend ihre Hand, bevor er die Treppe hinabstieg. Sie folgte ihm in ernster Stimmung. Was als die schönste Reise ihres Lebens begonnen hatte, schien sich in den schlimmsten Albtraum für ihre Schwester verwandelt zu haben. Sie hoffte, dass Rosemary nichts zustoßen würde, betete, dass sie nicht in den Harem eines Sultans verkauft würde.

Was sie sah, als sie auf ihrem Stockwerk ankam, erfreute ihr Herz. In Mr. Maxwells Tür stand Rosemary in ihrem Nachtgewand, ganz dicht bei Mr. Maxwell, der den Arm um sie gelegt hatte. Sie sahen aus wie ein lange glücklich verheiratetes Paar.

Daphne lief zu ihrer Schwester und umarmte sie. „Ich habe mir solche Sorgen um dich gemacht!"

„Ich habe etwas anzukündigen", sagte Rosemary und legte den Kopf schräg, um Stanton Maxwell ein verliebtes Lächeln zu schenken.

„Liebes", sagte Daphne, „wenn du ankündigen willst, dass du die Absicht hast, Mr. Maxwell zu heiraten, kannst du das wirklich nicht tun, bevor du nicht deine Verlobung mit Hauptmann Cooper gelöst hast."

Schwere Tritte eilten die Treppe herab, zwei Stufen auf einmal. Als der eingebildete Hauptmann bei ihnen ankam und seinen Blick über Rosemary und Mr. Maxwell schweifen ließ, explodierte er. „Was zum Teufel geht hier vor? Was haben Sie mit meiner Zukünftigen gemacht?" Der Hauptmann stürzte sich auf Mr. Maxwell und wollte ihm die Faust ins Gesicht schlagen.

Aber Mr. Maxwell duckte sich und schubste dann den anderen Mann weg, der fast doppelt so massig war wie er.

Als der Hauptmann sich zur Wehr setzen wollte, griff Jack ein und stellte sich zwischen die beiden Männer. „Ich glaube, Lady Rosemary und Hauptmann Cooper brauchen ein paar Minuten unter vier Augen."

„Ich spreche nicht mit ihr, solange sie so unpassend gekleidet ist", sagte der Hauptmann.

„Dann erlauben Sie mir Ihnen mitzuteilen", begann Rosemary, „dass trotz der großen Ehre, die Sie mir erwiesen, indem Sie mich baten, Ihre Frau zu werden, ich festgestellt habe, dass wir nicht zueinander passen."

„Umso besser", zischte Hauptmann Cooper. „Ich will keine Frau, die von weißen Sklavenhändlern beschmutzt wurde."

Mr. Maxwell wurde so wütend, dass er Jack beiseiteschob und den Hauptmann angriff, indem er ihm seine Faust ins Gesicht schleuderte.

Zu aller Erstaunen fiel der große Hauptmann einfach um.

Völlige Stille.

Der Hauptmann pflegte einen Moment seinen verletzten Stolz, bevor er aufstand und sich zur Treppe begab. „Ich werde noch heute Morgen nach Rached zurückreisen."

Jack und Daphne folgten dem glücklichen Paar in Mr. Maxwells Schlafzimmer. Inzwischen ging die Sonne auf und sie konnten ihre Gesichter deutlich sehen. Ein glücklicheres Paar war ihnen noch nie unter die Augen gekommen. Wie perfekt sie zueinander passten!

„Ich glaube, meine liebe Schwester, der letzte Tag war sehr bedeutsam für dich."

Rosemary richtete ihren Blick zunächst anbetend auf Mr. Maxwell, dann auf ihre Schwester. „Ja, wirklich. Ich war nie von etwas mehr überzeugt: es gibt nur einen Mann auf der Welt, mit dem ich mein Leben verbringen möchte."

„Und hat Mr. Maxwell sich dazu auf sein Knie niedergelassen?"

Ein unglücklicher Ausdruck legte sich auf sein Gesicht. „Das habe ich falsch gemacht. Ich hätte niederknien und um deine Hand bitten müssen?"

„Nein, du Dummchen", sagte Rosemary. „Du hast alles ganz perfekt gemacht." Sie drehte sich zu Daphne. „Ich bin nicht ganz sicher, wer von uns beiden gefragt hat. Ich wusste, dass Stanton einen kleinen Schubs von mir brauchte."

Wie natürlich ihr der Name ihres Liebsten über die Zunge kam, dachte Daphne.

„Ich wäre nie so anmaßend gewesen", erklärte Mr. Maxwell.

„Ich bin sicher, unser Papa wird Sie sehr gern haben, Mr. Maxwell", sagte Daphne.

Rosemary betrachtete ihre Schwester. „Ich weiß, dass ihr über das Ergebnis eurer Nachforschungen enttäuscht seid, aber diese Expedition war die großartigste, aufregendste Sache, die mir je passiert ist."

Daphne nickte. „Trotz der Tatsache, dass wir nicht sehr erfolgreich waren und trotz der Tatsache, dass du fast getötet worden wärest, und trotz der Tatsache, dass dieser mörderische Franzose davongekommen ist, muss ich sagen, dass ich jeden Augenblick genossen habe - außer diese genannten Minuten.

„Ich muss Ihnen meine Glückwünsche aussprechen, Maxwell. Meine Frau und ich wussten schon seit einiger Zeit, dass Sie beide füreinander bestimmt waren."

Mr. Maxwell dankte ihm schüchtern.

„Oh, mir ist etwas Wundervolles eingefallen!", sagte Daphne. „Als wir heute im Konsulat waren, kam ein reisender englischer Geistlicher vorbei.

Wir könnten ihn bitten, euch zu trauen!"

Rosemary warf dem zweiten Mann, mit dem sie sich verlobt hatte, die Arme um den Hals. „Oh, Stanton, wäre das nicht wunderbar? Wir könnten uns auf der Heimfahrt nach England eine Kabine teilen!"

Jack räusperte sich. „Ich dachte an eine Expedition nach Theben."

Rosemary quietschte wie ein überglückliches Kind. „Oh, Stanton, ist das nicht wundervoll?"

Mr. Maxwell nickte und musterte Jack. „Ich wäre entzückt, wenn Sie eine Reise nach Theben möglich machen könnten."

„Wenn Sie verheiratet wären, könnten Sie sich ein Zelt teilen", sagte Daphne. Ihr funkelnder Blick traf Jack, als sie sich auf mehr Liebe im Mondschein der Wüste mit ihrem Ehemann freute.

Ende

Die Reihe: Im Auftrag des Regenten

Wenn Sie „*Eine ägyptische Affäre*" genossen haben, gefallen Ihnen sicher auch die drei ersten Bände der Reihe „*Im Auftrag des Regenten*":

Mit der Hilfe seiner Lady (Buch 1, Im Auftrag des Regenten)

Der Prinzregent heuert Wellingtons besten Spion, Hauptmann Jack Dryden, an, um herauszufinden, wer ihn zu ermorden versucht. Aber um sich in den höchsten Kreisen der feinen englischen Gesellschaft tummeln zu können, muss der überaus gutaussehende Spion eine Verlobung mit der ausgesprochen unscheinbaren alten Jungfer, Lady Daphne Chalmers, vortäuschen. Während die Ermittlungen dieses unwahrscheinlichen Paares tiefer gehen, vertieft sich auch ihre gegenseitige Anziehung.

Eine äußerst diskrete Ermittlung (Buch 2, Im Auftrag des Regenten)

Es fing ganz unschuldig an, als Lady Daphne Chalmers' herzogliche Schwester zu ihrer detektivisch veranlagten großen Schwester kam, weil sie Hilfe brauchte, um die Liebesbriefe, die sie an den inzwischen verstorbenen Major Styles geschrieben hatte, wiederzubekommen. Aber als Daphne und ihr Liebster, Hauptmann Jack Dryden von den Husaren Seiner Majestät sich zusammentun, um die Briefe zu finden, geraten sie auf einen Weg von Verrat und Mord, der das gesamt Königreich bedroht.

Diebstahl vor Weihnachten (Buch 3, Im Auftrag des Regenten)

Da der Diebstahl des Michelangelo des Regenten das Potenzial hat, einen internationalen Zwischenfall zu verursachen, glaubt dieser, dass die beste Aussicht, ihn vor dem Weihnachtsabend wiederzubeschaffen, darin besteht, seine besten Ermittler herbeizurufen: Hauptmann Dryden und dessen Frau, Lady Daphne.

Cheryl Bolen Biografie

Cheryl Bolen ist eine New York Times- und USA Today-Bestsellerautorin und hat mehr als zwei Dutzend historischer Liebesromane geschrieben, von denen die meisten in der Regency-Zeit spielen. Ihre Bücher wurden in acht Sprachen übersetzt und erlangten Platzierungen in verschiedenen Schreibwettbewerben, so etwa auch im Daphne du Maurier Wettbewerb. 1999 wurde Cheryl als "Notable New Author" ausgezeichnet und gewann im Jahr 2006 die Holt Medallion in der Kategorie "Bester historischer Kurzroman". 2012 gewann sie den International Digital Award – eine Auszeichnung speziell für E-Bücher – im Bereich "Bester historischer Roman", und im Jahr darauf erzielte eine ihrer Novellen den ersten Platz in der Kategorie "Beste historische Novelle". Zahlreiche ihrer Bücher wurden zu Bestsellern bei Barnes & Noble und auf Amazon.

Sie ist eine ehemalige Journalistin mit einer Faszination für tote englische Damen und schreibt regelmäßig Beiträge für The Regency Plume, The Regency Reader und The Quizzing Glass. Viele ihrer Artikel kann man auch auf ihrer Webseite (www.CherylBolen.com) finden sowie auf ihrem Blog (www.CherylsRegencyRamblings.wordpress.com), wo sie ihre aktuellen Artikel einstellt. Leser sind an beiden Orten ganz herzlich willkommen.

www.ingramcontent.com/pod-product-compliance
Lightning Source LLC
Chambersburg PA
CBHW021943170626
46808CB00001B/14